L'Importance d'être constant

The Importance of Being Earnest

Du même auteur
dans la même collection

Le Portrait de Dorian Gray
Le Portrait de Mr. W.H. suivi de *La Plume, le crayon, le poison*
Salomé (édition bilingue)

OSCAR WILDE

L'Importance d'être constant

The Importance of Being Earnest

TRADUCTION
PRÉSENTATION
NOTES
DOSSIER
CHRONOLOGIE
BIBLIOGRAPHIE

par Pascal Aquien

GF Flammarion

ISBN : 2-08-071074-5

SOMMAIRE

Présentation

> Je voudrais aussi expliquer à ma façon l'œuvre de Wilde, et en particulier son théâtre – dont le plus grand intérêt gît entre les lignes.
>
> André Gide, *Journal*, 29 juin 1913.

L'année 1894 fut pour Wilde très productive, voire foisonnante : l'écrivain, qui devait connaître l'opprobre une année plus tard seulement, terminait alors *Un mari idéal* et écrivait la majeure partie d'*Une tragédie florentine* et de *La Sainte Courtisane*. Ces deux pièces, qui sont restées inachevées, contiennent un certain nombre d'éléments (les oppositions duelles, les retournements inattendus) récurrents dans l'œuvre de Wilde, et en particulier dans *L'Importance d'être constant*, bien que l'intrigue et le ton de cette comédie soient d'une autre nature. Le premier de ces textes joue sur la duplicité d'un mari trompé (Simone) qui prépare la mise à mort de l'amant, un prince persuadé que l'époux ignore tout de sa liaison avec sa femme (Bianca). En fin de compte, Wilde joue sur l'effet de surprise : contrairement à ce qu'attend et espère la femme, c'est le mari qui tue son rival, ce qui le rend désirable aux yeux de son épouse séduite par sa force et son ardeur insoupçonnées. La mort de l'amant entraîne également la réconciliation des deux protagonistes sous la forme d'un baiser prévisible, symbole d'une alliance heureuse que l'on retrouve, sous une forme également convenue, mais comique car mécanique (l'étreinte pudique suivie de son institutionnalisation, le mariage), à la

fin de *L'Importance d'être constant* [1]. La seconde de ces œuvres met en scène deux personnages, une prostituée et un ermite zélé, décidé à convertir la pécheresse. L'issue, toutefois, est insolite : dans un retournement structurel caractéristique de Wilde, si la femme renonce à la chair pour se consacrer à Dieu, l'ermite décide de mener une vie de luxure. La femme perdue et l'ermite ne sont certes pas des personnages de comédie, mais d'une part Miss Prism, qui a commis une lourde faute en confondant un livre et un bébé, avant de se réfugier dans la religion et ses préceptes, d'autre part le révérend Chasuble, qui se « convertit » au mariage, en sont à l'évidence les héritiers grotesques.

Sans doute insatisfait de ces ébauches pourtant prometteuses, Wilde se lança dans un genre différent avec *L'Importance d'être constant* (*The Importance of Being Earnest*) : si elle avait des points communs avec les comédies de société dans lesquelles Wilde triomphait à Londres depuis quelques années [2], cette pièce se caractérisait par un ton nouveau qui devait beaucoup plus au *nonsense* [3], tel qu'il apparaissait dans les situations oniriques des deux *Alice Books* (*Alice au pays des merveilles*, 1865, et *De l'autre côté du miroir*, 1871), et surtout dans le traitement ludique du langage et de la logique auquel se livre Lewis Carroll, qu'à l'exploitation systématique du mot d'esprit et des oppositions duelles. Surtout elle mettait en avant une conception du théâtre qui rompait avec les usages du temps pour annoncer la modernité, ce qui explique en partie ce jugement de Wilde sur sa pièce, qui n'est pas qu'une boutade : « Il y a deux manières de ne pas aimer mes pièces. La première est de ne pas les aimer, la seconde est de préférer

1. BIANCA : Pourquoi ne m'avez-vous pas dit que vous étiez si fort ?
SIMONE : Pourquoi ne m'avez-vous pas dit que vous étiez si belle ?

2. *L'Éventail de Lady Windermere* (1892), *Une femme sans importance* (1893), *Un mari idéal* (1895).

3. Voir *infra*, note 2, p. 39.

Constant. » Le langage devenait l'acteur principal et Wilde jouait avec ses personnages, comme il se serait amusé à faire des réussites. Il ne se contentait pas en ce sens d'imiter Alice à la fin du premier volume de ses aventures (« Vous n'êtes qu'un paquet de cartes ! », lance-t-elle aux habitants du pays des merveilles, avant de retrouver le monde réel, celui des petites filles victoriennes bien élevées), il balayait également d'un revers de manche le théâtre bourgeois à la Dumas fils, le théâtre social à la Henry Jones ou Arthur Pinero [1], prétendument proche des « réalités » de la vie, ou le théâtre politique dont George Bernard Shaw, persuadé que les mots pouvaient agir sur le monde et surtout l'améliorer, était le meilleur représentant [2].

Genèse

La préoccupation première de l'écrivain, toutefois, n'était pas de faire du nouveau, mais plutôt de continuer à écrire et à faire représenter ses pièces. Il était en effet alors en négociation avec divers metteurs en scène et directeurs de théâtre, soit dans l'espoir de voir produire des pièces déjà composées, soit dans l'intention de leur présenter des projets qui n'avaient pas encore pris une forme définitive mais qui lui semblaient mériter leur attention. Les raisons qui poussaient Wilde à multiplier ainsi

1. Henry Arthur Jones (1851-1929) est l'auteur de quarante-cinq pièces données entre 1878 et 1917. Son théâtre, maintenant oublié (*Saints et pécheurs*, *La Danseuse*, *Le Triomphe des Philistins*), est pour l'essentiel un théâtre d'idées : la critique sociale y est sa préoccupation principale. Sir Arthur Wing Pinero (1855-1934) s'intéressait tout particulièrement au sort des femmes repentantes dans une société, celle de son temps, peu encline au pardon (*La Seconde Mrs. Tanqueray*, *La Tristement Célèbre Mrs. Ebbsmith*, etc.). Shaw, toutefois, le jugeait excessivement conservateur.

2. George Bernard Shaw (1856-1950). Très critique à l'égard des travers de la société victorienne et fortement influencé par Ibsen, il s'en prend à l'argent (*L'argent n'a pas d'odeur*), au fléau de la prostitution (*La Profession de Mrs. Warren*), aux préjugés de classe (*Pygmalion*) ou encore, dans un autre registre, à l'héroïsme (*Le Héros et le soldat*).

les occasions de diffuser ses œuvres n'étaient pas seulement liées à son ambition ou à son désir de se faire reconnaître de la société londonienne, bien qu'il fût sensible au fait d'être, lui l'Irlandais, issu d'une culture méprisée des Anglais, l'auteur adulé de l'aristocratie britannique [1]. Elles avaient d'autres motivations, plus triviales, liées aux difficultés financières de l'écrivain qui allaient croissant. Il lui était en effet de plus en plus difficile de subvenir à la fois aux besoins de sa mère, Lady Wilde, qui habitait désormais Londres et qui devait mener un train de vie conforme à son rang, à ceux de sa propre famille – sa femme, Constance, et ses deux enfants, Cyril et Vyvyan – et surtout de supporter les dépenses considérables qu'entraînait sa liaison avec Lord Alfred Douglas. Il suffit de relire *De profundis* pour se faire une idée plus précise de la prodigalité de l'écrivain, voie périlleuse sur laquelle, une fois ruiné, il fit le reproche à Douglas de l'avoir entraîné. Il était donc plus que jamais nécessaire de créer une nouvelle pièce à succès, et Wilde n'avait guère que ce souci en tête.

La rédaction de cette comédie, qui n'avait pas encore de titre, ne se fit pas d'une traite. En juillet 1894, Wilde partit avec sa famille pour la station balnéaire de Worthing – toponyme qu'il retint pour baptiser l'un de ses personnages principaux, John Worthing, et pour bâtir en partie son intrigue – et il se mit au travail dans l'intention de proposer ce qui allait être la version primitive de *L'Importance d'être constant*. Le premier état avait pour titre *Le Tuteur* (*The Guardian*), et l'on y trouve un certain nombre de personnages qui annoncent ceux de la pièce définitive : Mr. Bertram Ashton, juge de paix, comme le sera le futur John Worthing, y tient le rôle du tuteur ; il a un jeune frère fictif, George, le Ernest (Constant) de la version définitive. Quant au futur Algernon, il apparaît sous les

1. Sur Wilde et l'Irlande, voir Jerusha Mc Cormack éd., *Wilde the Irishman*, New Haven & London, Yale University Press, 1998.

traits d'un certain Lord Alfred Rufford, nom qui rappelait, sans doute à l'excès, celui de Lord Alfred Douglas, ce qui explique que Wilde l'ait d'abord retenu puis qu'il l'ait écarté. Le dramaturge, en fin de compte, ne retint aucun de ces noms pour son œuvre à venir, à l'exception de celui d'un personnage secondaire, Miss Prism, dame d'un certain âge qui, dans la première version, a des vues matrimoniales sur son employeur. Dans la version définitive, ces vues seront transférées sur un personnage de son propre milieu, le révérend Chasuble, Wilde veillant étrangement à ce que les mondes sociaux ne se mélangent pas. L'intrigue est également différente : on n'y trouve pas de bébé abandonné ou du moins oublié, pas de sac de voyage, qu'il ait ou non des poignées, pas de roman sentimental en trois volumes non plus, et surtout pas de jeu de mots fondateur sur le prénom d'Ernest (Constant).

Une fois installé à Worthing, Wilde commença à travailler ; il affirma à Douglas qu'il trouvait sa pièce « très drôle » et qu'il en était « enchanté ». Il avait conscience d'écrire ce qu'il considérait comme une « comédie et une farce », « admirable pour le style, mais fatale pour l'écriture », sans doute pour faire allusion au danger de la virtuosité. Il y introduisit beaucoup d'éléments personnels, comme le voyage en train de la gare Victoria à Worthing par la ligne de Brighton qu'il fréquentait lui-même, le nom de stations balnéaires qui lui étaient familières, voire des épisodes de sa vie privée : Douglas, qui se retrouva cloué par la grippe au Grand Hôtel de Brighton – épisode dont il est question dans *De profundis* sur un ton radicalement différent –, est une source probable pour le valétudinaire Bunbury. Wilde ne s'en tint pas là toutefois et travailla son texte sans la moindre indulgence : il supprima ainsi nombre de bons mots et d'épigrammes qui, selon lui, ralentissaient l'action. Il modifia également le nouveau titre qu'il avait choisi, *Lady Lancing, comédie sérieuse pour*

gens frivoles, et lui préféra *L'Importance d'être constant, comédie frivole pour gens sérieux*, qui rappelait le sous-titre de « La critique est un art » (*Intentions*, 1891) : « Avec quelques remarques sur l'importance de ne rien faire du tout », qui résume en quelques mots le programme de vie du dandy.

Wilde, depuis le début, pensait au metteur en scène et acteur George Alexander, qui depuis 1891 dirigeait le St. James's Theatre de Londres, ce qu'il fit d'ailleurs jusqu'à sa mort en 1915 : il avait créé *L'Éventail de Lady Windermere*, et la pièce avait connu un succès remarquable. Wilde lui fit parvenir son manuscrit fin octobre 1894, ce qui, paradoxalement, ne l'empêcha pas de promettre la pièce à un autre metteur en scène, Charles Wyndham. En fin de compte, comme Alexander, qui avait connu un échec cuisant en montant *Guy Domville* de Henry James, avait besoin d'une nouvelle comédie pour remplir ses caisses, Wyndham accepta généreusement de céder ses droits. Rasséréné, Alexander tenta ensuite de persuader Wilde de raccourcir sa pièce et de la ramener à une structure en trois actes ; en fait, il opéra lui-même des coupes dans le manuscrit. Aussi supprima-t-il la scène où l'avoué Gribsby menace d'arrêter, pour dettes impayées, Algernon qui se fait passer pour Constant. Il réduisit également les personnages du révérend Chasuble et de Miss Prism, ainsi que celui d'Algernon, pour donner plus de relief au rôle qu'il interprétait lui-même – celui de John Worthing – et qui lui valut un triomphe mémorable.

Quelques semaines avant la première, Wilde donna une interview dans la *St. James's Gazette* (18 janvier 1895) afin de faire de la publicité pour sa pièce et de suggérer une approche interprétative. Il la présenta ainsi sous le titre d'*Une comédie frivole pour gens sérieux* et la décrivit dans les termes suivants :

> Elle est délicieusement frivole, comme une délicate bulle de fantaisie, mais elle a sa philosophie : que l'on

> considère toutes les choses frivoles de la vie avec sérieux et les choses sérieuses de la vie avec une frivolité sincère et étudiée.

Le jeu avec les termes et les effets de miroir se poursuivait en dehors de la scène, comme s'en rendit compte un journaliste qui demanda à l'écrivain avant la première si, à son sens, la pièce serait une réussite : « Mon cher ami, lui répondit Wilde, vous n'avez rien compris. La pièce est évidemment une réussite. Toute la question est de savoir si le public de la première en sera une. » En retournant encore une fois les cartes et en plaçant le spectacle dans la salle, Wilde faisait plus que jongler avec les mots ; il laissait entendre que la folie et le ridicule étaient du côté de ceux qui applaudissaient ses comédies à tout rompre sans comprendre que c'était avant tout d'eux-mêmes qu'ils riaient. Les rieurs, toutefois, n'allaient pas tarder à prendre leur revanche.

La première eut lieu le 14 février 1895 au St. James's Theatre et le succès, comme prévu, fut immense. Lord Queensberry, père de Lord Alfred Douglas, avait pourtant eu l'intention de provoquer un scandale, mais Wilde avait fait garder le théâtre par la police, qui était encore de son côté, pour en faire interdire l'accès à celui qu'il appelait « le marquis écarlate [1] ». Allan Aynesworth, qui interprétait le rôle d'Algernon, raconta plus tard à Hesketh Pearson, biographe de Wilde, qu'en cinquante-trois ans de carrière il n'avait jamais assisté à un tel triomphe. Quant à George Alexander, qui se réjouissait dans sa loge de la réaction enthousiaste du public après la représentation, il demanda imprudemment à Wilde de lui confier ses impressions, en particulier son opinion sur les coupes importantes opérées dans le texte :

---

1. Oscar Wilde, lettre à Lord Alfred Douglas du 17 février 1895, *Lettres*, vol. 1, Paris, Gallimard, 1966, p. 465-466.
L'adjectif fait référence à la « femme écarlate » (Apocalypse, 27, 3-4), prostituée infâme et symbole d'abjection.

« Alors, lui dit-il, n'avais-je pas raison [de raccourcir la pièce] ? Qu'en pensez-vous ?

– Mon cher Aleck, lui répondit l'écrivain, c'était délicieux, tout à fait délicieux. Et savez-vous, cela m'a fait penser de temps en temps à une pièce que j'ai moi-même écrite autrefois et qui avait pour titre *L'Importance d'être constant.* »

La fortune de Wilde était néanmoins assurée et l'immense succès de *L'Importance d'être constant*, comme celui d'*Un mari idéal*, qui était donné triomphalement au Haymarket Theatre depuis le 3 janvier de la même année, lui garantissaient un immense confort, au moins financier. Quant à sa réputation d'homme de théâtre, elle était définitivement établie. L'avenir de Wilde se présentait sous les meilleurs auspices, ce qui était une raison supplémentaire sans doute pour qu'il désirât précipiter sa chute, qui se produisit quelques semaines plus tard. Après l'arrestation de l'écrivain le 5 avril, les représentations se poursuivirent jusqu'au 8 mai, mais le nom de Wilde fut retiré des affiches et des programmes. À New York, la pièce fut créée à l'Empire Theatre le 22 avril mais elle ne tint pas l'affiche plus d'une semaine, pour des raisons qui n'avaient plus rien à voir avec la qualité objective de l'œuvre. Il fallut attendre quelques années pour que la pièce fût de nouveau produite : elle est désormais considérée comme un chef-d'œuvre absolu du théâtre de langue anglaise, régulièrement représenté sur les scènes du monde entier.

Influences [1]

Les traditions théâtrales auxquelles se réfère la pièce sont multiples : parmi les sources les plus anciennes, on citera avec Karl Beckson [2] le comique grec Ménandre (342-292 av. J.-C.). Celui-ci était bien connu de Wilde qui avait gagné, alors

1. Voir le dossier, p. 269.
2. *The Oscar Wilde Encyclopedia*, p. 155.

qu'il était étudiant à Trinity College à Dublin, une médaille d'or pour son essai sur l'édition qu'August Meineke avait faite des *Fragmenta comicorum græcorum* (1841). Ceux-ci contenaient l'intégralité des fragments des pièces de Ménandre qui nous sont parvenus, comédies dont les intrigues compliquées se terminent sur d'inévitables scènes de reconnaissance. De plus, les comédies de Ménandre, qui écrivait dans une langue raffinée, mettaient en scène des personnages de la vie quotidienne et, à l'inverse de celles de son prédécesseur Aristophane, elles s'intéressaient aux intrigues de la vie privée bien plus qu'aux affaires publiques. Ses pièces, enfin, étaient des comédies de mœurs, avec des personnages très typés, comme, par exemple, le père sévère, le jeune amoureux, la demi-mondaine avide ou encore l'esclave intrigant. D'autres sources, plus proches de Wilde dans le temps, sont également perceptibles : les comédies de Shakespeare, dans lesquelles les couples d'amoureux vont par paires, et où une double intrigue est l'un des fréquents moteurs dramatiques. *Comme il vous plaira* (1599) ou *La Nuit des rois* (1601) en sont les meilleurs exemples, d'autant que déguisements et identités usurpées y occupent une place essentielle. Wilde, on le sait, s'intéressait de très près à Shakespeare ; Sibyl Vane séduit Dorian Gray en interprétant les héroïnes shakespeariennes, et deux textes importants de Wilde sont consacrés au dramaturge : *Le Portrait de Mr. W.H.* (1889), qui s'interroge sur l'identité du mystérieux dédicataire des *Sonnets* [1], et le quatrième essai d'*Intentions*, « La vérité des masques » (1891), qui est une défense surprenante (en raison des positions systématiquement antiréalistes de Wilde) de l'authenticité historique du costume de scène.

---

1. Voir *Le Portrait de Mr. W. H.*, présentation de Pascal Aquien, Paris, GF-Flammarion, 1999.

D'autres traditions sont perceptibles, dont l'une est majeure dans la construction du théâtre occidental : la *commedia dell'arte*, dont les situations sont fondées sur l'inventivité de l'imagination. Des personnages fondamentaux se retrouvent dans tous les scénarios : deux jeunes premiers amoureux rencontrent deux jeunes premières qui répondent à leur amour, alors que divers personnages s'efforcent de contrecarrer leurs projets (les vieillards, c'est-à-dire les parents) et que d'autres, rusés et insolents, les soutiennent : les valets et les servantes. Il incombe à chacun des acteurs de développer son rôle comme il l'entend, le comédien devant être maître de sa voix et de son corps jusqu'à pouvoir les utiliser comme d'authentiques instruments. Quant à l'intrigue, elle est ordinairement simple, et l'on en retrouve les mécanismes dans la comédie de Wilde : elle se fonde toujours sur une double querelle (les deux jeunes gens face à l'objet de leur amour) et, après la séparation des couples dépités, sur les avances faites par les jeunes filles pour reconquérir leurs soupirants. On trouve de telles scènes de dépit dans le théâtre français, en particulier chez Molière (*Tartuffe*, II, 4 ; *Le Dépit amoureux*, I, 4 ; *Le Bourgeois gentilhomme*, III, 9) et, un peu plus tard, chez Marivaux (*Le Jeu de l'amour et du hasard*), chez qui cette influence est encore plus sensible. Un autre aspect de la *commedia dell'arte*, moins raffiné, est bien sûr la farce. Wilde, là encore, s'est souvenu de cette tradition : dans *L'Importance d'être constant*, la consommation effrénée de nourriture (début de l'acte premier – scène des canapés au concombre – et surtout fin de l'acte II – scène des *muffins*) en est l'une des caractéristiques, de même que les changements de costumes, les déguisements (le costume de deuil porté par Jack), les tromperies et autres mystifications.

Si toutes ces traditions sont ici fortement présentes, la source la plus fréquemment citée est toutefois la comédie de mœurs (*comedy of manners*), qui traite sur un mode enjoué et satirique des us et coutumes de la haute société anglaise. Ce terme de

comedy of manners, dû à Charles Lamb (*Essais d'Elia*, 1823), s'applique aux comédies écrites sous la Restauration – c'est-à-dire, à partir de 1659, après la chute du régime mis en place par Oliver Cromwell – par exemple aux pièces de William Congreve (1670-1729), mais aussi à celles de Richard Sheridan (1751-1816), composées lors du renouveau de ce genre au XVIIIe siècle. Ces comédies, dont la construction se fonde sur un schéma récurrent (exposition, péripéties et dénouement) et dont les dialogues, sophistiqués, spirituels et brillants, s'organisent et se déploient à la manière de ballets verbaux, font la satire des fats et des jeunes gens avantageux, ou encore des snobs et des médisants, entraînés dans de complexes intrigues amoureuses où l'argent joue toujours un rôle déterminant. Le jeu du désir, ainsi, est double : le mariage est recherché avec au moins autant d'ardeur que la constitution d'une fortune est convoitée, et le premier (*matrimony*) finit par se confondre avec la seconde (*matri-money*) [1]. Lady Bracknell se souviendra de la leçon lorsqu'elle apprendra, à la fin du quatrième acte, que Cecily est une riche héritière.

Si Wilde est un chorégraphe des mots, il sait aussi les faire chanter. Le poète W.H. Auden (1907-1973) a fait observer que *L'Importance d'être constant* est « le seul véritable opéra verbal écrit en anglais » : selon lui, Wilde subordonne tous les éléments constitutifs de sa comédie au dialogue, ce qui lui permet de créer ainsi un univers langagier au sein duquel les personnages sont déterminés par les paroles qui leur sont prêtées [2]. De plus, ajoutera-t-on, la pièce s'organise en arias, duos et

1. Voir, à propos de ce jeu de mots, Élisabeth Angel-Perez, *Le Théâtre anglais*, Paris, Hachette, 1997, p. 56.
2. W.H. Auden, « An Improbable Life ». Auden y fait le compte rendu de l'édition de *The Letters of Oscar Wilde*, due à Rupert Hart-Davis. « An Improbable Life » a d'abord été publié dans *The New Yorker* le 9 mars 1963, avant d'être repris dans *Forewords and Afterwords*, Londres, Faber, 1973 ; voir en particulier, à propos de *The Importance of Being Earnest*, les pages 322-323.

ensembles, et le modèle mozartien est proche, en particulier *Cosi fan tutte* (1790), pour sa légèreté et son architecture rigoureuse : le livret de Lorenzo Da Ponte enchaîne en effet les figures musicales selon une nécessité interne qui ne se soucie nullement de vérité psychologique ou de conventions formelles. L'œuvre, enfin, met en place deux couples d'amoureux qui contribuent à l'élaboration de structures symétriques omniprésentes dans le livret. On pourrait aller plus loin encore dans le repérage des points communs entre l'opéra de Mozart et la pièce de Wilde : dans les deux cas, les jeunes filles sont de fausses ingénues et les jeunes gens se déguisent et assument une autre identité pour jouer jusqu'au bout, à leurs risques et périls, le jeu de la séduction.

D'autres influences ponctuelles sont à relever : *Il ne faut jurer de rien* (1848), comédie-proverbe de Musset dont les mots d'esprit et l'utilisation du titre dans la dernière phrase ont sans doute retenu l'attention de Wilde. De même, dans *Fantasio* (1834), le personnage de Fantasio non seulement prend la place d'un mort, le bouffon du roi, mais encore il formule un souhait (récurrent en particulier dans les contes et la littérature fantastique) qu'Algernon et Jack vont tenter de réaliser : « Si je pouvais seulement sortir de ma peau une heure ou deux ! » Ce désir entraîne le spectateur bien au-delà de l'expression d'un fantasme courant, en ce qu'il le confronte à la question de l'illusion théâtrale, largement abordée par exemple par Shakespeare dans *Macbeth* (V, 5, 24), *Comme il vous plaira* (II, 7, 139) et *La Tempête* (épilogue de Prospero), par Molière dans *La Critique de l'École des femmes*, mais aussi par Sheridan dans *Le Critique ou Répétition d'une tragédie*. Cette question trouve bien sûr des échos insistants dans l'œuvre de Wilde : je n'est-il pas un autre ? Sommes-nous le personnage dont nous sommes contraints de jouer le rôle ?

On entend également, dans *L'Importance d'être constant*, de nombreux échos du théâtre de boulevard à la française : Victorien Sardou et Eugène Scribe multiplient les scènes fondées sur des dissimulations d'objets soudain retrouvés, ou encore sur des conversations écoutées par des personnages indiscrets [1]. *Le Fils naturel*, d'Alexandre Dumas fils, exploite le thème de l'enfant trouvé, et Lady Bracknell doit beaucoup à la marquise autoritaire de cette pièce [2]. *Fiancés* (*Engaged*, 1877) de W.S. Gilbert est une autre source probable [3]. On y voit deux jeunes filles, d'abord amies, se quereller lorsque l'une d'elle se rend compte que l'autre a épousé son fiancé. De même, un personnage apparaît en grand deuil en anticipant le suicide d'un ami, et, à ce moment précis de l'intrigue, les indications scéniques sont identiques à celles de la pièce de Wilde. Les analogies vont plus loin encore, comme en rend compte une recommandation détaillée de l'auteur :

> Il est absolument essentiel au succès de cette pièce, écrit W. S. Gilbert, qu'elle soit jouée de bout en bout avec le plus grand sérieux (*earnestness*) et la plus parfaite solennité. [...] Il faut que les acteurs, sans exception, donnent l'impression de croire à la totale sincérité de leurs paroles et de leurs actes. À partir du moment où les acteurs montrent qu'ils sont conscients de l'absurdité de ce qu'ils disent, le rythme ralentit.

Le mot *earnest* est là, de même que la tonalité générale de la pièce et le souci du *tempo*. On mentionnera également une pièce à succès donnée au

1. Victorien Sardou (1831-1908) est l'auteur de *La Tosca* (1887), pièce plus connue sous la forme du célèbre opéra vériste qu'en tira Giacomo Puccini en 1900, et de *Madame Sans-Gêne* (1893), dont le succès populaire fut considérable. La thématique d'Eugène Scribe (1791-1861), auteur du *Verre d'eau* (1840), repose essentiellement sur le pouvoir de l'argent et les méfaits de la « réussite » sociale.
2. Voir Robert Merle, *Oscar Wilde*, Paris : Perrin, 1984, chapitre IX. Il montre, citations à l'appui, que Wilde a parfois emprunté mot pour mot des répliques au théâtre français.
3. Karl Beckson, *The Oscar Wilde Encyclopedia*, p. 155.

Comedy Theatre, *Godpapa* (*Parrain*, 1891) de F.C. Philips et Charles Brookfield (le héros, Reggie, invente une maladie imaginaire à l'un de ses amis, nommé Bunbury, afin de pouvoir mener tranquillement une double vie) et *The Foundling* (*L'Enfant trouvé*), farce de William Lestocq Wooldridge et de E.M. Robson donnée à Londres le 30 août 1894, alors que Wilde se trouvait à Worthing ; si l'écrivain n'avait sans doute pas pu voir la pièce, il en avait lu, dans le *Morning Post* du 31 août, la critique qui en décrivait l'intrigue en détails : un jeune homme de vingt-cinq ans, face à l'hostilité de la mère de la jeune fille qu'il désire épouser, songe sérieusement à se faire baptiser pour résoudre le problème de sa naissance.

Publication et réception critique

La pièce fut publiée en février 1899 par Leonard Smithers, mais le nom de l'auteur n'était pas mentionné. À la place, selon le souhait de Wilde, figurait l'indication « par l'auteur de *L'Éventail de Lady Windermere* ». La pièce, dédiée à Robert Ross [1] « Avec estime, avec affection », fut reprise dans le volume six de la première édition des *Œuvres complètes* (*Collected Edition*), publiée en 1908. Quant à la version définitive en quatre actes, éditée par Ruth Berggren, elle parut en 1987. C'est celle-ci qui figure dans cette édition.

La réception critique, à l'issue des premières représentations, fut dans l'ensemble très favorable. La *Pall Mall Gazette* (15 février 1895) et le *World* (20 février de la même année) furent élogieux. Dans son article du *World*, William Archer écrit que la pièce « n'imite rien, ne représente rien, ne signifie rien, n'est rien, si ce n'est un *rondo capriccioso*, où les doigts de l'artiste jouent sur le

1. Robert Ross (1869-1918), grand ami de Wilde qui fit de lui son exécuteur testamentaire pour son œuvre littéraire.

clavier de la vie avec une piquante irresponsabilité ». Archer refuse de parler de farce, expliquant que si les ingrédients du vaudeville français et de ses adaptations anglaises se retrouvent ici, Wilde, en même temps, les transmue pour en faire « quelque chose d'entièrement nouveau et personnel ». Ce que l'on retiendra de son jugement est l'association de la pièce avec la musique (*rondo capriccioso*), c'est-à-dire avec une forme d'art qui dissocie ordinairement l'expression de la représentation : la musique ne signifie pas (ce qui ne veut pas dire qu'elle n'a pas de sens), elle propose l'éclat de sa forme. Le critique anonyme de *Truth* (21 février 1895), en fait son rédacteur en chef Henry Labouchere, observe qu'il y a dans la pièce de Wilde « autant d'échos que dans l'île de Prospero [1] – échos de Marivaux, échos de Meilhac [2], échos de W.S. Gilbert et de George Bernard Shaw... Mais le fait que l'on puisse faire remonter l'inspiration de Mr. Wilde à autant de sources prouve qu'il ne doit pas grand-chose à aucune d'elles en particulier. » Dans le *Speaker* (23 février), A.B. Walkley, l'un des plus ardents défenseurs de Wilde, qui considérait *L'Importance d'être constant* comme le point culminant de son art dramatique, fut l'un des premiers à percevoir l'originalité de la pièce, et sans doute aussi sa modernité qui annonce en partie le théâtre de l'absurde :

> [Wilde], écrit-il, s'est enfin trouvé : il est passé maître dans l'art du *nonsense*. [...] Le comportement des personnages est en soi assez rationnel, mais il est délicieusement irrationnel en situation. De même, leurs motivations sont gouvernées par la raison : si

---

1. Le magicien de *La Tempête*, souvent interprété comme une représentation de l'écrivain (l'artiste en général ou Shakespeare lui-même en particulier).
2. Henri Meilhac (1831-1897). En collaboration avec Ludovic Halévy (1834-1908), il écrivit les livrets des principaux opéras bouffes d'Offenbach (*La Belle Hélène*, 1864 ; *La Vie parisienne*, 1866 ; *La Grande Duchesse de Gérolstein*, 1867 ; *La Périchole*, 1868).

elles sont irrationnelles, c'est qu'elles sont insérées dans un cadre inadéquat. Et le résultat est que l'on a affaire à quelque chose qui, dans le détail, ressemble bien à la vie réelle, mais qui, dans l'ensemble, lui est tout à fait étranger.

Shaw, plus critique, parla de l'inhumanité de la pièce, la jugeant « sans cœur » (*heartless*). Les raisons de cette critique se comprennent aisément : Shaw n'avait pas la même conception du théâtre que Wilde ; là où Shaw croyait à la fonction didactique de la scène, Wilde rejetait toute idée de sérieux en revendiquant une esthétique de l'absurdité. Non pas qu'il fût iconoclaste : les liens de son théâtre avec les formes dramatiques anciennes ou contemporaines attestaient qu'il estimait la tradition, voire qu'il s'en réclamait et, sans doute, qu'il refusait d'être marginalisé au moins sur le plan des références littéraires. Pour autant, bien qu'il s'intéressât aux affaires publiques, il pouvait aussi repousser d'un éclat de rire les valeurs et les préoccupations de la société, comme celles de ses défenseurs et réformateurs, qu'ils fussent conservateurs ou avant-gardistes. Dire, comme le fait Algernon, que l'on ne dit jamais que des sottises, c'est évidemment aller à l'encontre des convictions de dramaturges « sérieux » comme Jones ou Pinero et, bien sûr, de celles de Shaw lui-même.

De son côté, la presse américaine, à l'exception du *Sun* du 23 avril (« une pièce excessivement brillante »), fut plus critique ou indifférente, mais la consécration vint avec une (brève) parodie publiée dans *Punch* (25 mars), dont l'auteur était une amie de Wilde, Ada Leverson [1], qui avait assisté à la première de la pièce. Elle avait pour titre *Mieux vaut ne pas être élevé dans un sac de voyage : tragédie frivole pour gens merveilleux*, et

1. Ada Leverson (1862-1933), grande amie de Wilde qui la surnommait « Sphinx ». Elle resta loyale à l'écrivain jusqu'à sa mort. On rappellera, pour l'anecdote, que son époux avait pour prénom Ernest et que son mariage fut un échec. Wilde a pu y songer et s'en amuser dans sa pièce.

il y est fait référence à un certain Mr. Dorian dont Tante Augusta fait l'éloge auprès d'Algernon :

> Mr. Dorian a un nom superbe. Et c'est une véritable bénédiction de penser qu'il n'a pas été élevé dans un sac de voyage, contrairement à bon nombre de jeunes gens d'aujourd'hui.

Alors que la création de la pièce avait suscité de nombreuses réactions, sa publication en 1899 fut pour ainsi dire ignorée par la presse. Wilde eut même le sentiment d'être « boycotté », comme il le déplora dans une lettre adressée à Robert Ross [1]. Une critique très élogieuse parut cependant dans *Outlook* (18 mars 1899), qui, toutefois, considérait *L'Importance d'être constant* comme une simple farce et non comme une comédie. Elle ne mentionnait pas non plus le nom de Wilde, simplement décrit comme « un homme immensément intelligent ». Le temps des triomphes mondains était révolu, et Wilde, désabusé, ne pouvait plus que compter sur la postérité pour lui rendre hommage.

Le pouvoir de la satire

Si cette comédie a des liens avec ses œuvres précédentes (ainsi, l'esprit, le *wit*, inscrit au plus profond de la tradition littéraire et théâtrale anglaise, se manifeste dans l'unique roman de Wilde, *Le Portrait de Dorian Gray*, dans ses textes en prose – contes, récits et essais critiques – et dans ses comédies brillantes), Wilde les rompt aussi en partie, comme pour prendre ses distances vis-à-vis de lui-même et en particulier de son propre théâtre. C'est ainsi que trois personnages récurrents dans ses pièces précédentes n'apparaissent pas dans *L'Importance d'être constant*, du moins pas sous la même forme. Tout d'abord, l'un des ressorts dra-

1. Lettre à Robert Ross du 25 février 1899, *Lettres*, vol. 2, Paris, Gallimard, 1966, p. 489.

matiques les plus efficaces, « la femme au lourd passé » (Mrs. Erlynne dans *L'Éventail de Lady Windermere* et Mrs. Cheveley dans *Un mari idéal*, toutes deux aventurières à la moralité douteuse, ou, dans un registre pathétique, Mrs. Arbuthnot, personnage féminin principal d'*Une femme sans importance*, torturée par sa « faute » passée, c'est-à-dire la naissance d'un enfant illégitime), n'apparaît que sous une forme parodique. Dans *L'Importance d'être constant*, la femme qui détient un secret est Miss Prism, dont tout laisse supposer que, contrairement aux personnages susnommés, elle n'a jamais eu de vie privée, et *a fortiori* de vie privée scandaleuse ; et si son passé recèle un mystère, celui-ci, extraordinairement improbable, sera exploité à des fins purement comiques. La culpabilité féminine, qui est l'un des ressorts favoris du théâtre bourgeois de l'époque, se limite à une étourderie (un bébé oublié dans un sac de voyage), de plus, peu crédible. L'autre personnage attendu est la femme innocente et idéaliste, tantôt jeune épouse amoureuse, tantôt jeune fille à principes (Lady Windermere, Lady Chiltern dans *Un mari idéal* d'une part, Hester Worsley dans *Une femme sans importance* de l'autre), dont la rhétorique moralisante est totalement étrangère aux convictions de Wilde. *L'Importance d'être constant* transforme ce type de personnage pour en faire, avec Gwendolen et Cecily, le porte-parole parfois cynique d'une éthique personnelle absurde : l'idéal des deux jeunes filles n'est pas de faire un mariage socialement élégant et de connaître un amour pur et éternel ; c'est d'épouser un homme prénommé Constant, c'est-à-dire une forme (ou une construction fantasmatique) et non une substance. Par conséquent, chez Gwendolen ou Cecily, le sentiment d'avoir été bafouée et trompée n'est pas lié à la révélation d'un vice caché (Lady Chiltern, par exemple, est horrifiée d'apprendre la malhonnêteté de son « mari idéal ») mais à celle d'une erreur d'identité, voire d'étiquetage : les deux jeunes

filles déplorent de n'être fiancées à personne, c'est-à-dire à personne du nom de Constant. Le dernier personnage récurrent est le dandy, tantôt charmant et soucieux de voir le bien triompher (Lord Darlington dans *L'Éventail de Lady Windermere*), tantôt séduisant et odieux (Lord Illingworth dans *Une femme sans importance*), ou enfin raisonneur et aimablement narcissique mais, en contradiction avec les stéréotypes associés à ce type de personnage, en fin de compte vertueux (Lord Goring dans *Un mari idéal*). Jack et Algernon sont certes, à l'instar de leurs prédécesseurs, d'élégants jeunes hommes qui mènent une vie oisive, ils ont leur opinion sur tout, ou sur rien, ce qui revient à peu près au même, en particulier Algernon qui tâche toujours de raisonner à contre-courant, mais ils ne ressemblent pas pour autant à leurs aînés. La raison en est que Darlington, Illingworth et Goring avaient pour rôle d'énoncer une morale – vertueuse ou cynique, ou les deux en même temps, selon le cas –, alors que Jack et Algernon laissent simplement les mots d'esprit, et surtout les jeux avec la logique, les traverser.

La structure et l'intrigue sont toutefois classiques : *L'Importance d'être constant* est l'histoire d'un homme qui ne sait rien ou pas grand-chose de son identité, qui finalement apprend ses origines, retrouve son nom, son héritage, et peut dès lors se marier. Ce qui apparaît avec force est la circularité de la pièce ; la fin revient au point de départ ; nul changement n'est intervenu chez les personnages, et ce n'est pas Jack qui s'adapte à la réalité mais c'est l'inverse : il devient ce qu'il prétendait être, le masque étant toujours chez Wilde plus vrai que la réalité. Cette structure – convenue – n'est pas qu'un prétexte, elle offre aussi un espace satirique que le dramaturge va exploiter systématiquement. L'intrigue est banale, mais c'est tant mieux : dans ce cadre creux, Wilde peut insérer ce qu'il veut, que ce soit des traits acérés qui ressortissent à la

critique sociale ou encore un jeu accompli avec les mots.

À l'instar des comédies précédentes de Wilde, *L'Importance d'être constant* a pour cadre le milieu mondain de l'aristocratie et de la riche bourgeoisie londoniennes. Ce n'est pas dans le pays des merveilles de Lewis Carroll que l'action se passe, même si les personnages n'ont pas plus d'épaisseur que des cartes à jouer, mais dans un monde que le public du XIXe siècle reconnaît parfaitement, puisque c'est le sien : les appartements luxueux de Mayfair et les belles demeures campagnardes situées dans une campagne traditionnelle. Même la pirouette finale (Jack-Constant porte le même prénom que son père) ressortit plus à un réalisme rassurant pour tous qu'à la fantaisie, cette pratique (donner à un fils le nom de son père) étant alors courante, en particulier dans les familles aristocratiques ou bourgeoises, qui se considéraient comme des dynasties puissantes et immuables. Les personnages incarnent et ridiculisent en même temps divers stéréotypes associés à ce milieu, que ce soit le jeune premier avantageux, la fausse ingénue, la douairière autoritaire, l'homme d'Église attaché à la famille ou la vieille fille en quête d'un mari, puritaine et, selon le cliché attendu, sexuellement frustrée. La satire sociale n'est donc pas absente de la pièce, tant s'en faut, et cette démarche suivie par Wilde, qui ne se limite pas à son théâtre, s'inscrit dans un cadre de pensée qui a sa cohérence. On rappellera que l'écrivain, qui était loin d'être indifférent à la critique des institutions, publia en février 1891 dans la *Fortnightly Review* un texte intitulé « L'âme de l'homme sous le socialisme ». Celui-ci traite de questions politiques et de soucis esthétiques en les considérant comme des données non pas juxtaposées mais, au contraire, interdépendantes. L'essai commence par la dénonciation de la dépendance économique, celle qui asservit les êtres et met en place les hiérarchies sur lesquelles s'appuie tout pouvoir séculier, puis s'en prend à la

misère et à ses sources. Celles-ci sont bien sûr liées au système économique de l'époque, mais plus spécifiquement encore, et là est l'originalité de Wilde, aux associations caritatives (mentionnées dans *L'Importance d'être constant*), alors très nombreuses en Grande-Bretagne, accusées par lui de « maintenir la pauvreté en vie ». Reconstruire la société n'a de sens aux yeux de l'écrivain que si la pauvreté devient, dit-il, « impossible ». Quant au bonheur de tous, il supposera non pas, et contre toute attente, le règne de l'esprit communautaire, mais celui des intérêts particuliers, ce qui ne veut pas dire, bien au contraire, la défense de la propriété privée : celle-ci, en fin de compte, favorise les inégalités et devrait être abolie. Mis bout à bout, ces intérêts personnels – ou, si l'on préfère, le souci que chacun doit avoir de soi – jetteraient les bases d'une société idéalement heureuse où la coopération entre les individus remplacerait l'esprit de concurrence. Toutefois, s'il paraît être à la recherche d'une morale publique, Wilde n'en repousse pas moins les catégories éthiques et fustige les « horribles discours hypocrites sur l'esprit de sacrifice, lequel n'est que la survivance des mutilations que s'imposaient les primitifs ». Le système défendu par l'écrivain – qui s'en prend, dans une perspective beaucoup plus anarchiste que marxiste, à tout mode de gouvernement – est une nouvelle forme de contrat social. Celui-ci, fondamentalement amoral, défendrait l'être contre l'avoir et ouvrirait la voie au triomphe de l'individualisme. On en arrive ainsi au paradoxe suivant, qui n'est qu'une donnée opaque de plus dans ce système conceptuellement et politiquement peu rigoureux : le socialisme est le nom que donne Wilde au culte de l'individu, et celui-ci pourra trouver le bonheur, au sein de la société, dans le seul épanouissement de sa personnalité propre.

Il n'est guère étonnant, dans ce contexte idéologique dont on retrouve de nombreux éléments dans la pièce, que Wilde s'en prenne aux institutions les

plus intouchables de la société victorienne : la religion et les sacrements, les fiançailles et le mariage (« dans le mariage, si l'on est heureux à trois, on s'ennuie à deux »), la famille, le rôle du père, la propriété privée, considérés par l'écrivain comme autant d'entraves institutionnalisées à la liberté et à l'épanouissement de l'individu. Il n'est pas non plus fortuit que figure dans le titre de la pièce un adjectif (*earnest*, *sérieux* en français) qui, certes, rend possible le jeu de mots avec le prénom homonyme, mais qui, surtout, qualifie ce qui était censé être, aux yeux des victoriens, l'une des plus éminentes qualités humaines et surtout l'un des remparts les plus efficaces contre ce qui, selon elle, la menaçait. L'époque victorienne était en effet traversée d'espoirs et de craintes, espoirs d'assister au triomphe des aspirations d'une bourgeoisie avide de biens matériels, de prospérité ou d'expansion territoriale ; craintes de voir ses espérances anéanties par les ambitions étrangères ou par les maux liés à l'industrialisation – criminalité, immoralité et sexualité, dont l'affaire Jack l'Éventreur offrait une illustration impressionnante et largement diffusée et commentée par la presse [1] – et, fantasme récurrent, retour à l'animalité. En faisant paraître *L'Origine des espèces* en 1859, Darwin avait affolé les esprits et Stevenson ne les avait guère rassurés en publiant son *Dr. Jekyll et Mr. Hyde* en 1886. Quant au roman de H.G. Wells, *L'Île du docteur Moreau* (1896), parabole sur la manipulation biologique, les liens entre l'homme et l'animal et les méfaits de la science, il en disait long sur la foi du romancier en l'avenir de l'homme rationnel et sur sa confiance dans les convictions des piliers de l'Empire britannique, les *gentlemen*, pourtant *a priori* considérés, mais sans doute avant tout par eux-mêmes, comme ce que l'humanité pouvait produire de plus accompli. En dépit de ces graves

1. Voir Roland Marx, *Jack l'Éventreur et les fantasmes victoriens*, Bruxelles, Complexe, 1987.

doutes, beaucoup de Victoriens continuaient à croire à l'efficacité de leur sérieux pour améliorer le monde. Grâce à des manuels comme *Self Help* (*Réussir par soi-même*, 1859), *Lives of the Engineers* (*La Vie des ingénieurs*, 1861-1862), *Thrift* (*L'Épargne*, 1875) et *Duty* (*Le Devoir*, 1880), Samuel Smiles (1812-1904), aujourd'hui oublié, devint l'un des auteurs à succès de l'époque [1]. Il prêchait à la petite bourgeoisie et aux classes laborieuses un évangile, évidemment dénué de tout humour et de toute fantaisie, dont les mots-clés étaient « travail », « réussite commerciale » et, bien sûr, « sérieux » (*earnestness*). La diffusion de ses livres fut considérable et son influence déterminante, y compris à l'étranger : 250 000 exemplaires de *Self Help* furent vendus entre la date de publication et la fin du siècle, et les traductions en furent nombreuses [2]. Mais les victoriens savaient aussi se moquer de leur esprit de sérieux, de leur vénération petite-bourgeoise pour le travail, l'argent, la respectabilité sociale, et les nombreux travers et faiblesses de leur monde complexe et perturbant. Carlyle (1795-1881), Dickens (1812-1870), et bien sûr Gilbert (1836-1911) et Sullivan (1842-1900), pour les plus connus d'entre eux, avaient su développer, sous des formes diverses, ce point de vue critique. L'époque victorienne comprend une grande variété d'auteurs qui montraient à leurs contemporains comment rire d'eux-mêmes, et parmi eux W.M. Thackeray (1811-1863), Edward Lear (1812-1888), George Meredith (1828-1909), Anthony Trollope (1815-1882), Samuel Butler (1835-1902) et George Bernard Shaw (1856-1950). Les *Alice Books* entrent bien sûr dans cette catégorie, et ce n'est pas un hasard si l'œuvre la plus flamboyante

1. Ce sont des ouvrages édifiants de ce type dont Miss Prism recommande la lecture à Cecily.
2. Ainsi, la traduction en japonais (1870) fit de ce livre une véritable bible pour les jeunes Japonais ambitieux, désireux d'imiter les modèles occidentaux.

de la fin du siècle, la pièce de Wilde, contient dans son titre cet adjectif essentiel : *earnest.*

Le milieu social dépeint par la pièce est comme une caricature de l'Angleterre victorienne, avec ses *gentlemen* distingués, ses serviteurs élégants et ses douairières autoritaires. La pièce peut ainsi être lue comme la critique la plus accomplie, menée par Wilde, de la classe dominante de son temps. L'argent est omniprésent, même (surtout) dans les conversations et dans l'éducation des jeunes filles, puisque Cecily, par exemple, est censée étudier l'économie politique et connaître les secrets du bimétallisme [1]. Elle est d'ailleurs une riche héritière, et ce n'est pas la moindre de ses qualités aux yeux de Lady Bracknell qui, pour sa part, ne s'intéresse qu'à l'argent et reconnaît, à la fin de la pièce, avoir fait elle-même un mariage gratifiant [2]. La religion est ridiculisée avec le personnage de Chasuble, sorte de Iokanaan/Jean-Baptiste petit-bourgeois qui passe son temps à administrer le baptême, au grand désespoir de Miss Prism (qui dit baptême, dit enfant, et donc vie sexuelle). L'hypocrisie du personnage transparaît également dans son nom. S'il désigne un vêtement ecclésiastique, ce nom, qui laisse entendre que l'habit fait le moine, peut aussi se décomposer en *chase-able* : le révérend peut être (*able*) poursuivi (*chased*) avec succès par des femmes entreprenantes (Miss Prism, par exemple, qui parviendra effectivement à ses fins). Wilde ne passe pas non plus sous silence les désastres qui s'ensuivent lorsqu'on ne respecte pas le contrat social, en particulier lorsqu'on ne règle pas ses dettes (épisode de l'avoué Gribsby) : le monde de *Constant* n'est pas tout à fait un pays des mer-

1. Voir note 54, p. 246.

2. Cet aveu est toutefois présenté de façon avantageuse par Lady Bracknell dont la rhétorique se fonde sur une inversion des termes : « [...] personnellement, je suis hostile aux mariages intéressés. Lorsque j'ai épousé Lord Bracknell, je n'avais pas la moindre fortune, mais il ne me serait jamais venu à l'instant à l'esprit de me laisser arrêter par cela. »

veilles, et, comme l'écrivain l'apprendra bientôt à ses dépens, la prison attend ses proies. Wilde procède à une critique de l'*establishment*, de l'hypocrisie, du cynisme également. Il joue aussi avec les idées philosophiques, par exemple en s'en prenant au concept de déterminisme. Dans *Le Crime de Lord Arthur Savile* (1891), Arthur est prédestiné par une force supérieure. Ici, quand Algernon demande Cecily en mariage, il apprend qu'ils sont déjà fiancés. L'avenir du jeune homme est dessiné *a priori* : ce n'est pas à lui de le créer, il se met en place sans lui, mais cette absence de libre arbitre ne prête pas sérieusement à conséquence.

Ce monde est aussi une scène insouciante, parfaitement adaptée à l'esthétique du dandysme : rien n'est investi de la moindre « importance » ni du moindre sérieux ; la mode n'est pas épargnée, et changer de mode ou de résidence satisfait la convention, qui est ainsi célébrée, ou dénoncée, pour ce qu'elle est : un artifice. Dans cet univers en deux dimensions, rien ne se passe, et fumer des cigarettes est une activité prenante et recommandable. « Un homme doit toujours s'occuper d'une façon ou d'une autre. Il y a beaucoup trop d'oisifs à Londres », lance Lady Bracknell à Jack. Richard Ellmann a fait observer que la langueur affectée de Jack et d'Algernon était la pose traditionnelle de l'esthète depuis la *Lucinde* (1799), roman autobiographique de Friedrich von Schlegel, où il est dit, avec une touche d'autodérision, annonciatrice de la tonalité de Wilde, que « [l] a paresse est l'unique fragment d'existence divine qui reste à l'homme du Paradis [1] ». Dans ces conditions, l'oisiveté, qui n'est pas qu'esthétique, devient nécessité éthique, et l'insouciance devient règle de vie. En outre, si les personnages ont des travers, ceux-ci sont sans effets : l'un des pires vices de Jack et d'Algernon est d'aimer à l'excès, non point leur personne

---

1. « The Critic as Artist as Wilde », *The Picture of Dorian Gray*, A Norton Critical Edition, New York-Londres, Norton, p. 421.

(comme le fait Dorian), ni le pouvoir politique et social (Lord Chiltern, dans *Un mari idéal*, qui a bâti sa fortune sur une transaction malhonnête) ou encore des satisfactions sensuelles et destructrices (Salomé, nécrophile, qui, dans la pièce éponyme, embrasse la tête coupée de Iokanaan / Jean-Baptiste [1]) mais les canapés au concombre, les petits gâteaux et le champagne Perrier-Jouet millésime 1889. Ici, la malhonnêteté, l'hypocrisie, la corruption et les pulsions meurtrières n'existent que sous des formes très atténuées, et même les dettes de Jack et la menace de la prison contribuent à créer une atmosphère ludique.

Le rapport au temps est également remis en question. Wilde écrit au moment où Bergson, qui s'oppose à une conception scientifique du temps, met en place ses théories sur la durée. Pour Wilde, comme pour Bergson, la durée n'est pas le temps mécanique et quantifiable des horloges, c'est « une succession qui n'est pas une juxtaposition, une croissance par le dedans, le prolongement ininterrompu du passé dans un présent qui empiète sur l'avenir » (*La Pensée et le Mouvant*, 1934). Elle est non pas un « théâtre du changement », mais la « variabilité même » (*Introduction à la métaphysique*, 1903). La durée s'identifie au changement, à chaque fois singulier. Quant au réel, il est constitué par une diversité de durées qui se distinguent les unes des autres par leur degré de tension et par leur rythme. Dans sa pièce, Wilde organise ainsi temps et durée à sa guise afin de les arracher à une linéarité stable. Ce ne sont pas les personnages qui s'adaptent à la durée, c'est elle qui doit se conformer aux personnages. Ce jeu incessant se manifeste de diverses manières : le temps peut s'arrêter (« il est presque toujours sept heures » ; Lady Dumbleton « a trente-cinq ans depuis son quarantième anniversaire, et il y a déjà des années

1. Voir *Salomé*, présentation de Pascal Aquien, Paris, GF-Flammarion, 1993, p. 160 et sq.

de cela » ; « C'est moi le bébé », dit Jack à Miss Prism). Il peut aussi être inventé par la mémoire et l'imagination (« La mémoire [...] tient la chronique d'événements qui ne se sont jamais produits »), se présenter comme une juxtaposition de points parfaitement identiques (Algernon demande au cocher de passer « la semaine prochaine à la même heure »), être le lieu de contradictions inconcevables (Cecily est prête à attendre Algernon une éternité, c'est-à-dire pas plus de cinq minutes), il peut s'étirer (l'enfance de Cecily ne prendra fin que lorsqu'elle aura trente-cinq ans), s'inverser quand les causes précèdent les effets [1] (chez Algernon, le désir de se fiancer est postérieur au fait de l'être : ce n'est pas le désir qui entraîne les fiançailles, mais l'inverse). Il est également étranger à la logique ordinaire puisque tout peut se réparer, surtout le passé. Enfin, la pièce est une machine à remonter le temps : Jack ne s'achemine pas vers sa mort mais vers son baptême, vers ce moment fondateur où il acquiert un nom.

Ce monde est un espace de vie protégé de tout danger mais aussi dénué d'événement réel, d'épaisseur existentielle et de densité psychologique : la mort elle-même est vidée de toute substance. Jack « tue » son frère, Algernon « tue » Bunbury, mais ces meurtres n'ont rien de commun avec celui du chiromancien Podgers, assassiné par Lord Arthur Savile, ou avec celui de Basil, poignardé dans le cou par Dorian Gray, encore moins avec les exécutions barbares de Iokanaan et de Salomé. Ici, les victimes ne sont que des créatures imaginaires réduites à une pure fantaisie, c'est-à-dire à une fiction. Elles sont en ce sens emblématiques de l'arbitraire à l'œuvre dans toute œuvre d'imagination : le dramaturge (par Jack et Algernon interposés, qui, comme lui, créent et anéantissent un produit de leur imagination) affiche sa toute-puissance et met en

1. Tout *De l'autre côté du miroir*, de Lewis Carroll, repose sur cette ruse narrative et logique.

scène, *stricto sensu*, son bon vouloir [1]. De même, le motif de la double vie, *a priori* problématique et inquiétant comme l'a montré Stevenson dans son *Dr. Jekyll et Mr. Hyde*, est ici source de comique et de plaisir pur, c'est aussi un lieu de satisfactions innocentes, qui prend l'exact contre-pied des expériences fatales de Dorian Gray. Si la vérité sur Dorian avait été révélée de son vivant, il aurait été dénoncé, emprisonné pour le meurtre de Basil et peut-être même mis à mort, soit par la justice, soit de la main de James Vane, frère de Sibyl, morte de désespoir. Rien de tel ne menace Jack ; quand Algernon le démasque, ils n'en deviennent que plus amis, et ce n'est pas la ruine sociale et personnelle qu'il connaît mais le bonheur et la fortune ainsi que la satisfaction de retrouver son identité véritable. Comme Dorian, Jack respecte les conventions de la morale victorienne quand il est placé sous le regard de son environnement social ; comme lui, il mène une double vie afin que puissent s'accomplir ses désirs. Mais, dans *L'Importance d'être constant*, l'expérience est inoffensive. Apparence, style, fiction sont traités comme s'ils étaient l'essence des choses. L'amour fictif de Cecily pour le frère de Jack a plus d'épaisseur que la réalité d'Algernon, et ce dernier, dit Lady Bracknell, « n'a rien » mais « a l'air d'avoir tout », ce qui suffit amplement à lui donner de la consistance. La satire sociale s'anéantit ainsi elle-même au fur et à mesure qu'elle se construit, l'occasion de dire et le souci de laisser le texte se déployer pour lui-même l'emportant toujours sur la désignation, même amusée, d'une cible (le monde victorien) que Wilde préfère considérer comme une simple scène ou un terrain de jeu.

1. En 1962, dans *Qui a peur de Virginia Woolf ?*, Edward Albee aura recours au même procédé : le fils de George et Martha est un produit de leur imagination, que George décidera de « tuer » à un moment jugé par lui opportun.

LE FESTIN DES MOTS

Ce souci est bien sûr lié à l'intention comique que l'écrivain exploite dans ses divers registres : comique de mots (les paradoxes et les syllogismes truqués), comique de situation (par exemple, la scène des *muffins*), comique de caractère (ainsi, le personnage de Miss Prism affublée d'un chapeau ridicule). Wilde donne même le sentiment d'avoir recours à toutes les recettes connues en jouant sur les effets de répétition mécanique, la manipulation des personnages, les effets de réversibilité et autres inversions. De plus, non seulement Wilde est un homme de mots mais encore, pour lui, le langage vaut *surtout* pour le bonheur qu'il procure à celui qui le maîtrise et le fait vibrer. Bien des aspects sont remarquables dans ce texte, qu'il s'agisse de sa qualité autoréférentielle, de sa nature poétique, de sa rhétorique et de son rapport au *nonsense*.

L'Importance d'être constant, tout d'abord, est une pièce sur un jeu de mots ; elle affirme par conséquent que son seul objet est le langage, non pas en tant qu'outil, mais comme moteur et comme acteur. De plus, il est fait, dans *L'Importance d'être constant*, de très nombreuses références à la fiction : le journal de Cecily qui invente les événements de sa vie ; celui de Gwendolen que la jeune fille décrit comme un texte dont elle ne serait pas l'auteur (« On devrait toujours avoir quelque chose de passionnant à lire dans le train », ce quelque chose étant son propre journal) ; le roman en trois volumes de Miss Prism, qui désigne un type de littérature sentimentale alors très en vogue ; les commentaires de cette dernière sur les œuvres d'imagination qui, dit-elle, doivent bien se terminer pour les bons et mal pour les méchants ; les appréciations de Chasuble commentant son sermon sur la manne, qui convient, dit-il, à toutes les occasions, ce qui est une manière d'avouer qu'il n'est qu'une

forme sans fond ; enfin, dans la scène finale, l'allusion à *L'Œillet vert*, livre de Robert Hichens qui faisait la satire de la Décadence (1894), et donc de Wilde lui-même. On relèvera de même la qualité fortement autoréférentielle des dialogues, en particulier dans les appréciations d'Algernon sur le discours qu'il est en train de tenir (« C'est parfaitement bien tourné ») ou dans les jugements que porte Jack sur les propos de son ami. Dans certains cas, la logique se dilue, et le texte ne cherche même plus à donner l'illusion de la conversation authentique, quand bien même celle-ci serait particulièrement brillante. Ce n'est pas que le texte soit artificiel ou creux, bien au contraire, c'est que l'essentiel est ailleurs, dans le souci de couper les mots de ce qu'ils désignent. Le réel est ici réduit à néant et il est remplacé par la seule réalité qui intéresse Wilde, celle du verbe vivant : seuls importent la dynamique du langage et le plaisir considérable qu'elle procure au lecteur et au spectateur, et sans doute aussi aux interprètes. Telle est la raison pour laquelle l'œuvre, en son dénouement, revient à son point de départ : *L'Importance d'être constant* se caractérise par sa pure circularité et par le renversement des catégories logiques ordinaires ; aussi longtemps que l'adjectif *earnest* et le prénom *Ernest* ne coïncident pas, c'est-à-dire tant qu'Ernest n'est pas sérieusement *(earnestly)* lui-même, la pièce poursuit sa trajectoire ; quand ils finissent par se superposer, lors de la révélation finale, c'est-à-dire quand la fiction mise en place par les mots devient réalité, alors la pièce peut se clore. Ce n'est alors pas Jack qui s'adapte à la réalité mais c'est l'inverse qui se produit, le personnage devenant ce qu'il prétendait être : les mots parviennent à donner corps au réel, mieux, à le créer. On ajoutera que si le dandy, autarcique et autonome, est omniprésent en tant que caractère chez Wilde, ici, il apparaît à la fois en tant que tel et sous une forme beaucoup plus complexe et intéressante quand la pièce elle-même se trouve investie des qualités thématiques et struc-

turelles de ce personnage. C'est la raison pour laquelle les derniers mots de Jack (« pour la première fois de ma vie, je viens de comprendre l'Importance vitale d'Être Constant ») sont ainsi orthographiés (les mots *Importance*, *Être* et *Constant* prennent des majuscules, comme dans le titre anglais) : le personnage reconnaît qu'il n'a d'autre existence que dans la fiction mise en place par le dramaturge. Ainsi, il boucle la boucle non pas seulement de l'histoire mais du texte et de son titre, dont la pièce et lui-même, qui reconnaît ainsi qu'il est un être d'encre et de papier, ne sont rien d'autre que l'extension.

C'est là sans doute que l'on touche à la qualité poétique de *L'Importance d'être constant* qui se manifeste de diverses façons. Tout d'abord, et de manière très évidemment perceptible, Wilde travaille sur la musicalité des sons et des rythmes [1]. Ensuite les mots sont investis d'une valeur absolue : comme en poésie, les objets réels auxquels ils se réfèrent ou les discours théoriques qu'ils mettent en place importent peu. L'écrivain met surtout l'accent sur leur épaisseur sémantique et phonique, sur la satisfaction éprouvée à les dire et à les écrire. Les vocables, à l'instar des *muffins*, sont des mets qui se savourent, ce sont des bijoux qui se contemplent. Le « plaisir du texte », pour reprendre le titre d'un essai connu de Roland Barthes [2], est permanent, d'autant que s'il est lié à la recherche d'une jouissance verbale, il est également associé à la quête d'une harmonie profonde, de ce « tout indivisible » qui est tout l'objet de la poésie ; c'est ce que souligna Wilde dans *De profundis* :

---

1. « I *h*ear *h*er *h*air *h*as turned quite *g*old from *g*rief », dit Lady Bracknell de Lady Harbury : un réseau d'allitérations en *h* et *g* est mis en place dans cette phrase construite, de plus, comme un pentamètre ïambique – vers de cinq pieds (chacun de ces pieds, ici des ïambes, étant accentué sur sa deuxième syllabe), très courant dans la poésie anglaise.
2. Roland Barthes, *Le Plaisir du texte*, Paris, Seuil, 1973.

> Ce que l'artiste recherche en permanence, c'est ce mode d'existence où l'âme et le corps forment un tout indivisible ; où l'extérieur exprime l'intérieur ; où la forme révèle… La musique, dans laquelle tout le sujet est absorbé dans l'expression sans pouvoir en être dissocié, est un exemple complexe, et une fleur et un enfant un exemple simple, de ce que je veux dire.

Par ailleurs, la pièce est brillante pour son art du dialogue, pas seulement en raison de l'esprit qui s'y manifeste, mais aussi pour la qualité de son architecture. On a souvent fait le reproche à Wilde de ne rechercher que l'éclat d'un bon mot ou l'élégance d'un phrasé aux dépens de la construction ; or, *L'Importance d'être constant*, plus encore que les autres comédies de Wilde, traduit le souci extrême de l'auteur de faire de son texte un tissu serré, et non pas seulement un assemblage chatoyant de fibres et de couleurs. La rhétorique, particulièrement sensible dans les interventions de Lady Bracknell, fait partie intégrante de cette démarche. Le mode de fonctionnement de son discours est toujours à peu près le même, avec l'affirmation péremptoire de certitudes sociales, un sens de l'autorité qui se fonde sur l'énonciation de lois générales et de principes inébranlables, dont la confiance dans le pouvoir de la volonté n'est pas le moindre. Elle est aussi ce qui contribue puissamment à la création de l'effet comique quand le raisonnement est poussé jusqu'à l'absurde : « Je vous serais reconnaissante de demander à Mr. Bunbury d'avoir l'obligeance de ne point faire de rechute d'ici samedi », déclare-t-elle à Algernon à l'acte I.

Max Beerbohm, caricaturiste, écrivain et ami de Wilde, observa ainsi, dans un article sur la reprise de la pièce en 1902, que les personnages « parlent une sorte d'admirable *nonsense* – c'est la langue de la grande comédie, transmuée en pure fantaisie. De bout en bout, le dialogue fait jouer de façon échevelée la distinction de l'intelligence et celle de l'imagination, les mots et les idées, avec élégance

et poésie [1]. » Comment fonctionne le *nonsense* ? Cela peut être par l'inversion de ce qui est attendu : dans ce monde, par exemple, les veuves blondissent de chagrin [2]. Le *nonsense* se fonde également sur l'importance accordée aux détails secondaires alors que l'essentiel est laissé de côté. Ainsi, quand Jack explique à Lady Bracknell qu'il a été trouvé dans un sac, il se concentre sur des détails mineurs (« un sac de voyage en cuir noir de grande taille, avec des poignées ») censés donner de l'importance à l'objet, la question principale n'étant évidemment pas là. De même, lorsqu'il explique l'origine de son patronyme, le *nonsense* intervient à partir du moment où Jack donne divers détails sur la ville de Worthing, « station balnéaire », dont il tient à préciser qu'elle est située « dans le Sussex », complément d'information qui déplace l'attention sur l'anecdotique. Lors de la révélation finale, la réaction de Miss Prism, qui est tout à son plaisir d'avoir retrouvé son sac de voyage, au lieu de se soucier de ce qui est ensuite arrivé au bébé oublié, est du même ordre. Le *nonsense*, enfin, se fonde sur un emploi sans cesse mouvant du lexique. Les mots peuvent être pris à double sens ou dans une acception non pertinente ; c'est le cas du verbe « perdre », dans l'exclamation de Lady Bracknell, qui signifie tantôt « ne plus avoir » (sans que l'on soit

1. *« [They] speak a kind of beautiful nonsense – the language of high comedy, twisted into fantasy. Throughout the dialogue is the horse-play of a distinguished intellect and a distinguished imagination – a horse-play among words and ideas, conducted with poetic dignity »* (*Saturday Review*, 18 janvier 1902).

2. Voir Robert Merle, *Oscar Wilde*, p. 336 : « La pièce nous introduit dans un monde à l'envers, où l'on tombe amoureux d'une personne à cause de son prénom ; où l'on espère qu'une attente va se prolonger, parce qu'elle est insupportable ; ou quitter de vieux amis est indifférent, tandis que se séparer de connaissances d'un jour est une tragédie ; où, lorsqu'on prend une folle décision, c'est après de mûres réflexions ; où perdre père et mère est décrit, non comme un malheur, mais comme une négligence ; où l'hypocrisie consiste à jouer les débauchés quand on est, en réalité, homme de bien ; et où il n'est pire scandale que de voir une femme flirter en public avec son propre mari. »

responsable de la perte de son mari) tantôt « égarer » (par sa faute) : « perdre un parent [est] un malheur, en perdre deux [est] de la négligence ». Dans d'autres cas, une métaphore morte (« s'en tenir à un sujet de conversation ») est réactivée (« Cela me fait mal de tenir quelque chose, et je déteste la douleur physique », dit Algernon), ce qui, en donnant au mot une autre valeur que celle qui est attendue par Jack et par le public, est facteur d'absurdité.

L'organisation du dialogue se fonde sur des principes similaires. Ainsi, non seulement celui-ci se caractérise par de subtiles alternances d'observations spécifiques et de considérations générales qui confèrent au texte un rythme qui l'arrache à la satisfaction statique du bon mot, mais encore le mode de fonctionnement des enchaînements obéit à une logique qui, bien qu'elle soit sans rapport avec celle du discours courant, lui assure néanmoins une dynamique. Les enchaînements se fondent moins sur une logique argumentative que sur de simples associations lexicales. Par exemple, la scène initiale entre Jack et Algernon, où il est pour la première fois question de Cecily (« il se trouve que Cecily est ma tante »), repose sur une agrégation de signifiants, où la logique certes n'est pas absente (« qu'une tante appelle son neveu son oncle, voilà qui m'échappe »), mais où les enchaînements reposent en grande partie sur des reprises de termes dans des acceptions différentes : Jack explique la dédicace de Cecily « de la part de votre petite Cecily » par le fait qu'« il y a des tantes qui sont grandes et d'autres qui ne le sont pas ». Le fait qu'Algernon reprenne le même adjectif dans le second sens que lui donne Jack (pour lui, *petit* veut dire *de petite taille* : « il n'y a rien à redire au fait qu'une tante soit petite ») montre qu'il a « oublié » le point de départ de leur conversation (la dédicace de la « petite » Cecily adressée à « son cher oncle Jack ») pour ne retenir que le mot et non pas ce qu'il est censé désigner. Lorsque le mot et son exploitation comique sont épuisés, les personnages

en choisissent un autre (ici le prénom, qui relance le dialogue : « qui plus est, tu ne t'appelles pas Jack, mais Constant »), qui se prêtera à son tour à de multiples variations et conduira à l'aveu de Jack, déterminant pour l'intrigue : celui de la double vie, pendant thématique du mode d'écriture de Wilde, qui se fonde sur une série de répartitions binaires et d'oppositions.

Pour Wilde, l'homme « sincère » se leurre, parce qu'il ignore que la sincérité est un masque qui se superpose à tous les autres. De plus, toujours soucieux de briser les stéréotypes de l'authenticité liée aux prétendues lois de la nature, l'écrivain s'applique à cultiver l'art du retournement systématique, en particulier dans l'attribution des rôles ordinairement dévolus à l'homme et à la femme. Ce sont les filles qui affichent leur volonté et font des avances aux hommes (Cecily, par exemple, passe sa main dans les cheveux d'Algernon, qui, de plus, avoue avoir recours au fer à friser), les hommes qui sont le jouet d'événements sur lesquels ils n'ont aucune prise, et les mères qui règnent et prennent les décisions. En ce sens, le commentaire de Gwendolen sur son père est significatif :

> En dehors du cercle familial, papa, je suis ravie de le dire, est un parfait inconnu. Et je crois que c'est très bien ainsi. Le foyer me paraît être le cadre idéal pour un homme. Et il ne fait pas de doute que dès qu'un homme se met à négliger ses devoirs domestiques, il devient péniblement efféminé, n'est-ce pas ? Et cela ne me plaît pas. Cela rend les hommes si séduisants.

Non seulement ce jugement est l'inverse du discours attendu sur les hommes (selon lequel, au contraire, ceux-ci doivent se faire connaître dans le monde et avoir la société et ses enjeux comme « cadre idéal » pour leur carrière), mais encore il reprend mot pour mot le discours attendu sur les femmes. Il suffit, dans les troisième et quatrième phrases, de remplacer « homme » par « femme » et

« efféminé » par « masculine » pour lire ici le type de jugement que portaient les conservateurs sur les femmes qui s'intéressaient à la vie sociale de leur époque et désiraient, par exemple, voir leurs droits politiques s'étendre. Mais le jugement de Gwendolen s'opacifie lorsqu'elle ajoute : « Cela rend les hommes si séduisants. » Si, dans son discours, le père gagne à être inconnu, ce qui est un premier paradoxe, il est aussi d'autant plus séduisant qu'il est « efféminé ». Toute la question est de savoir ce que Gwendolen veut dire par « Et cela ne me plaît pas » : est-ce que l'homme soit « efféminé » ou, au contraire, qu'il ne le soit pas, puisque, à l'en croire, son charme vient de son caractère féminin ? Le sentiment d'incertitude que provoque ce raisonnement illogique a son importance : en supposant que le désir est pétri de contradictions, il remet en question les idées reçues sur les rôles symboliques et sociaux conventionnellement liés au sexe.

Par ailleurs, le motif du dédoublement (avec la double vie de Jack et d'Algernon) étant l'un des ressorts principaux de la pièce, Wilde applique le principe des répartitions binaires à l'ensemble de ses personnages, en faisant en sorte, pour des questions de commodité structurelle, qu'ils soient tous associés deux par deux. Gwendolen et Cecily ont des traits de caractère communs et se considèrent en fin de compte comme deux sœurs. Elles sont du moins le décalque l'une de l'autre, comme l'atteste le parallélisme, voire la reprise mot pour mot, de leurs répliques. Jack et Algernon, qui sont comme la copie l'un de l'autre, se révèlent être frères à la fin de la pièce. Lady Bracknell et Miss Prism sont liées par un événement du passé ; Chasuble et Miss Prism, sexuellement inhibés, gardiens de la morale, incarnent le sérieux victorien et finissent par se marier, incarnant ainsi le double grotesque des deux couples d'amoureux ; ils rappellent aussi par là même le couple Bartholo-Marcelline du *Mariage de Figaro*. Entrent dans cette structure les valets, Merriman et Lane, et bien sûr les couples

qui se constituent de façon conventionnelle quand se clôt le dernier acte, Jack et Gwendolen d'une part, Algernon et Cecily de l'autre.

Ce motif du double et celui du renversement des rôles, omniprésents chez Wilde mais ici associés à l'une de ses formes les plus subtiles, la technique du quiproquo, très élaborée dans cette comédie, contribuent à étayer l'intention comique [1], elle donne aussi un rythme au texte et assure des correspondances entre d'une part la répartition des personnages au sein de l'intrigue et d'autre part les grands principes stylistiques à l'œuvre dans le texte : inversions, renversements, oppositions. Wilde, en outre, ne se contente pas de jouer sur le quiproquo, il privilégie également le double sens qui contribue à créer un sous-texte, dont la clé serait la mise en place tacite d'un discours sur l'homosexualité. Ce fait avait déjà été noté par André Gide [2], qui y voyait comme un sombre aveu, mais les allusions de Wilde ne sont pas toujours sérieuses. On peut ainsi voir dans l'épisode de l'étui à cigarettes de Jack une plaisanterie pour initiés (Wilde offrait des étuis aux garçons qu'il fréquentait), dans le prénom de Cecily (alors prononcé Cicily et abrégé en Sissy, mot – « sissy » – qui, en argot homosexuel, désigne un jeune homme efféminé) une allusion à un choix d'objet érotique plus masculin que féminin, et surtout dans le choix de l'adjectif-prénom *Earnest-Ernest* une référence

1. Comme le fait observer Henri Bergson dans *Le Rire* (1899), Paris, PUF, 1975, p. 73-74 : « Une situation est toujours comique quand elle appartient en même temps à deux séries d'événements absolument indépendantes, et qu'elle peut s'interpréter à la fois dans deux sens tout différents. On pensera aussitôt au quiproquo. »
2. André Gide, *Journal* (1er octobre 1927) : « Ici, comme presque toujours, et parfois même à l'insu de l'artiste, c'est le secret du profond de sa chair qui dicte. Éclairées sous ce jour et, pour ainsi dire, par en dessous, les pièces de Wilde laissent apparaître, à côté des mots de parade scintillant comme des bijoux faux, quantité de phrases bizarrement révélatrices et d'un intérêt psychologique puissant. C'est pour ces dernières que Wilde écrivit toute la pièce, n'en doutez point [...] Wilde prit le parti de faire du mensonge une œuvre d'art. »

à *uranist* (uraniste, c'est-à-dire homosexuel). Les mots seraient ainsi cryptés et, si l'on s'en tient à ce point de vue, on est amené à lire la pièce, son titre et la déclaration finale de Jack comme un plaidoyer en faveur d'une sexualité non entravée par les lois sociales et morales, celle dont l'écrivain ne pouvait, en raison des interdits, faire l'aveu de façon explicite.

L'Importance d'être constant est la pièce de Wilde la plus aboutie dans la mesure où elle s'affranchit de la contingence de l'intrigue, ou de l'anecdote, pour se présenter en fin de compte comme une œuvre sans autre objet qu'elle-même. Plus Wilde avançait dans sa maîtrise, et plus il se jouait des conventions pour donner la place d'honneur à ce qui était pour lui le moteur essentiel de la littérature et de la vie : la vibration des mots. C'est ainsi que son théâtre met en place une philosophie du langage conçu comme un espace physique et ludique où « ça » parle. Tout, de plus, est ici déterminé par le langage : si Cecily se fiance avec Algernon trois mois avant qu'ils ne se rencontrent, ce n'est pas le fait d'une décision parentale arbitraire reposant sur des conventions sociales historiquement datées, comme dans d'autres formes de théâtre (chez Molière, par exemple), c'est un pur fait de langue. « Vous pouvez vérifier la page, si vous voulez », dit-elle à Algernon : le mot authentifie la chose et rien n'existe en dehors du fait de nommer. De plus, ce qui est mis en avant est bien plus le plaisir lié à l'occasion de dire, quelle que soit la chose dite, que le souci de transmettre une vérité. Cette pièce est ainsi du style à l'état pur, en quelque sorte une œuvre sur rien, aboutissement inégalé d'une carrière théâtrale brillante et annonce de la modernité. En même temps, le désir de donner du bonheur au lecteur et au public s'affirme sans cesse, et le génie de Wilde est d'écrire une œuvre d'apparence légère, que lui-même considérait comme telle, qui pourtant laisse entrevoir les questionnements philosophiques et littéraires

du monde contemporain : qu'en est-il du sujet (concept que Wilde déconstruit) et de la vérité ? Qu'est-ce qui, en fin de compte, se dit lorsqu'on parle ou qu'on écrit ? Celui qui dit la vérité en croyant mentir ment-il ou dit-il la vérité ? Derrière le masque mondain, Wilde anticipe la littérature du XXe siècle, ce dont Joyce, autre Irlandais, se souviendra.

Pascal AQUIEN.

L'Importance d'être constant [1]

The Importance of Being Earnest

THE PERSONS OF THE PLAY

JOHN WORTHING, J.P.
ALGERNON MONCRIEFF
REV. CANON CHASUBLE, D.D.
MR. GRIBSBY, Solicitor
MERRIMAN, Butler
LANE, Manservant
MOULTON, Gardener
LADY BRACKNELL
HON. GWENDOLEN FAIRFAX
CECILY CARDEW
MISS PRISM, Governess

PERSONNAGES

JOHN WORTHING[2], juge de paix
ALGERNON MONCRIEFF[3]
LE RÉVÉREND CHASUBLE[4], docteur en théologie
MR. GRIBSBY[5], avoué
MERRIMAN, maître d'hôtel
LANE[6], domestique
MOULTON, jardinier
LADY BRACKNELL[7]
L'HONORABLE[8] GWENDOLEN FAIRFAX
CECILY CARDEW[9]
MISS PRISM[10], gouvernante

ACT ONE

SCENE : Morning-room in Algernon's flat in Half-Moon Street, London, W.

TIME : The present. The room is luxuriously and artistically furnished. The sound of a piano is heard in the adjoining room.

LANE is arranging afternoon tea on the table, and after the music has ceased, ALGERNON enters.

ALGERNON : Did you hear what I was playing, Lane ?

LANE : I didn't think it polite to listen, sir.

ALGERNON : I'm sorry for that, for your sake. I don't play accurately – any one can play accurately – but I play with wonderful expression. As far as the piano is concerned, sentiment is my forte. I keep science for Life.

LANE : Yes, sir.

ALGERNON : And, speaking of the science of life, have you got the cucumber sandwiches cut for Lady Bracknell ?

LANE : Yes, sir.

ALGERNON : Ahem ! Where are they ?

LANE : Here, sir. *(Shows plate.)*

ALGERNON *(inspects them, takes two, and sits down on the sofa)* : Oh !... by the way, Lane, I see from your book that on Thursday night, when Lord Shoreman and Mr. Worthing were dining with me, eight bottles of champagne are entered as having been consumed.

LANE : Yes, sir ; eight bottles and a pint.

ALGERNON : Why is it that at a bachelor's establishment the servants invariably drink the champagne ? I ask merely for information.

ACTE I

Décor : le petit salon de l'appartement d'Algernon, Half Moon Street[11] *à Londres.*

Époque : de nos jours. La pièce, luxueuse, est meublée avec le plus grand art. On entend jouer du piano dans la pièce voisine.

Lane dispose le thé sur la table. Une fois que la musique a cessé, Algernon entre.

ALGERNON : Avez-vous entendu ce que je jouais, Lane ?

LANE : Je n'ai pas cru poli d'écouter, monsieur.

ALGERNON : J'en suis navré pour vous. Je ne joue pas très juste – c'est à la portée de tout un chacun –, mais je joue avec une admirable expressivité. Pour ce qui est du piano, le sentiment est mon fort. Je réserve la science pour la Vie.

LANE : Oui, monsieur.

ALGERNON : Puisque nous en sommes à la science de la Vie, avez-vous fait préparer les canapés au concombre pour Lady Bracknell ?

LANE : Oui, monsieur.

ALGERNON : Hum ! Mais où sont-ils donc ?

LANE : Les voici, monsieur. *(Il lui montre l'assiette.)*

ALGERNON *les examine, en prend deux et s'assied sur le sofa* : Au fait Lane, d'après ce que je vois, vous avez noté dans votre livre de comptes que, jeudi soir, lorsque Lord Shoreman et Mr. Worthing sont venus dîner, huit bouteilles de champagne ont été consommées.

LANE : Oui, monsieur, huit bouteilles et demie.

ALGERNON : Pourriez-vous m'expliquer pourquoi, chez les célibataires, les domestiques apprécient toujours autant le champagne ? Ce n'est que simple curiosité de ma part.

LANE : I attribute it to the superior quality of the wine, sir. I have often observed that in married households the champagne is rarely of a first-rate brand.

ALGERNON : Good heavens ! Is marriage so demoralising as that ?

LANE : I believe it *is* a very pleasant state, sir. I have had very little experience of it myself up to the present. I have only been married once. That was in consequence of a misunderstanding between myself and a young person.

ALGERNON *(languidly)* : I don't know that I am much interested in your family life, Lane.

LANE : No, sir ; it is not a very interesting subject. I never think of it myself.

ALGERNON : Very natural, I am sure. That will do, Lane, thank you.

LANE : Thank you, sir. *(LANE moves to go out.)*

ALGERNON : Ah !... just give me another cucumber sandwich.

LANE : Yes, sir. *(Returns and hands plate.)*

LANE goes out.

ALGERNON : Lane's views on marriage seem somewhat lax. Really, if the lower orders don't set us a good example, what on earth is the use of them ? They seem, as a class, to have absolutely no sense of moral responsibility.

Enter LANE.

LANE : Mr. Ernest Worthing.

Enter JACK. LANE goes out.

ALGERNON : How are you, my dear Ernest ? What brings you up to town ?

JACK : Oh, pleasure, pleasure ! What else should bring one anywhere ? Eating as usual, I see, Algy !

LANE : Je l'attribue, monsieur, à la qualité supérieure du vin. J'ai souvent remarqué que, chez les gens mariés, le champagne est rarement de premier ordre.

ALGERNON : Juste ciel ! Le mariage est-il aussi désespérant que cela ?

LANE : Je suis persuadé, monsieur, que c'est, à vrai dire, un état fort agréable. Je n'ai eu, jusqu'à présent, que fort peu d'expérience en ce domaine. Pour ma part, je n'ai été marié qu'une seule fois. C'était à la suite d'un malentendu [12] entre une jeune personne et moi-même.

ALGERNON, *nonchalamment* : Pour autant que je sache, votre vie domestique ne m'intéresse guère, Lane.

LANE : En effet, monsieur, c'est un sujet sans grand intérêt. Je n'y pense jamais moi-même.

ALGERNON : Rien de plus naturel, bien sûr. Vous pouvez disposer, Lane, je vous remercie.

LANE : Merci, monsieur. *(Lane fait quelques pas pour sortir.)*

ALGERNON : Ah ! donnez-moi donc un autre canapé au concombre.

LANE : Bien, monsieur. *(Il revient sur ses pas et lui tend l'assiette.)*

Lane sort.

ALGERNON : Les idées de Lane sur le mariage me paraissent bien laxistes. Franchement, si les couches inférieures de la société ne nous donnent pas le bon exemple, à quoi diable servent-elles ? J'ai le sentiment qu'en tant que classe, elles n'ont pas le moindre sens de leurs responsabilités morales.

Entre Lane.

LANE : Mr. Constant Worthing.

Entre Jack. Lane sort.

ALGERNON : Comment vas-tu, mon cher Constant. Qu'est-ce qui t'amène à Londres ?

JACK : Oh ! le plaisir, rien que le plaisir ! Y a-t-il autre chose qui donne envie de se déplacer ? À ce que je vois, encore en train de manger, Algy !

ALGERNON *(stiffly)* : I believe it is customary in good society to take some slight refreshment at five o'clock. Where have you been since last Thursday ?

JACK *(sitting down on the sofa)* : Oh ! in the country.

ALGERNON : What on earth do you do there ?

JACK *(pulling off his gloves)* : When one is in town one amuses oneself. When one is in the country one amuses other people. It is excessively boring.

ALGERNON : And who are the people you amuse ?

JACK *(airily)* : Oh, neighbours, neighbours.

ALGERNON : Got nice neighbours in your part of Shropshire ?

JACK : Perfectly horrid ! Never speak to one of them.

ALGERNON : How immensely you must amuse them ! *(Goes over and takes a sandwich.)* By the way, Shropshire is your county, is it not ?

JACK : Eh ? Shropshire ? Yes, of course. Hallo ! Why all these cups ? Why cucumber sandwiches ? Why such reckless extravagance in one so young ? Who is coming to tea ?

ALGERNON : Oh ! merely Aunt Augusta and Gwendolen.

JACK : How perfectly delightful !

ALGERNON : Yes, that is all very well ; but I am afraid Aunt Augusta won't quite approve of your being here.

JACK : May I ask why ?

ALGERNON : My dear fellow, the way you flirt with Gwendolen is perfectly disgraceful. It is almost as bad as the way Gwendolen flirts with you.

JACK : I am in love with Gwendolen. I have come up to town expressly to propose to her.

ALGERNON : I thought you had come up for pleasure ?... I call that business.

JACK : How utterly unromantic you are !

ALGERNON : I really don't see anything romantic in proposing. It is very romantic to be in love. But there is nothing romantic about a definite proposal. Why, one may be accepted. One usually is, I believe. Then the excitement is all over. The very essence of romance is

ALGERNON, *guindé* : Il me semble qu'il est d'usage dans la bonne société de prendre à cinq heures une légère collation. Où as-tu passé ton temps depuis jeudi dernier ?

JACK, *en s'asseyant sur le sofa* : Oh, à la campagne.

ALGERNON : Qu'est-ce que tu vas bien faire là-bas ?

JACK, *retirant ses gants* : À Londres, on s'amuse ; à la campagne, ce sont les autres qu'on amuse. C'est à mourir d'ennui.

ALGERNON : Et qui amuses-tu donc ?

JACK, *désinvolte* : Oh, des voisins, seulement des voisins.

ALGERNON : Et tu as des voisins agréables, là-bas, au fin fond de ton Shropshire [13] ?

JACK : Absolument abominables. Je ne leur adresse jamais la parole.

ALGERNON : Comme tu dois les amuser ! *(Il va prendre un canapé.)* À propos, c'est bien dans le Shropshire que tu as ta maison de campagne ?

JACK : Pardon ? Dans le Shropshire ? Oui, bien sûr. Par exemple ! Qu'est-ce que c'est que toutes ces tasses ? Et ces canapés au concombre ! Pourquoi si folle prodigalité chez un si jeune homme ? Qui vient prendre le thé [14] ?

ALGERNON : Oh ! seulement tante Augusta et Gwendolen.

JACK : Ce sera un vrai délice !

ALGERNON : Oui, tout cela est bien beau, mais je crains bien que tante Augusta n'approuve pas tout à fait ta présence ici.

JACK : Puis-je en savoir la raison ?

ALGERNON : Mon cher, la façon dont tu flirtes avec Gwendolen est absolument honteuse. Presque aussi intolérable que la façon dont Gwendolen flirte avec toi.

JACK : J'aime Gwendolen. Je suis venu à Londres expressément pour lui demander sa main.

ALGERNON : Je croyais que tu étais venu pour le plaisir ! Moi, j'appelle ça un voyage d'affaires.

JACK : Tu es totalement dénué de romantisme !

ALGERNON : Je ne vois pas très bien ce qu'il y a de romantique à faire une demande en mariage. C'est très romantique d'être amoureux. Mais il n'y a rien de romantique dans une demande en bonne et due forme. Après tout, on peut toujours vous dire oui ! Et c'est ce qui se produit, je crois, la plupart du temps. Après, la flamme retombe. L'essence même d'une histoire d'amour, c'est

uncertainty. If ever I get married, I'll certainly try to forget the fact.

JACK : I have no doubt about that, dear Algy. The Divorce Court was specially invented for people whose memories are so curiously constituted.

ALGERNON : Oh ! there is no use speculating on that subject. Divorces are made in heaven – *(JACK puts out his hand to take a sandwich. ALGERNON at once interferes.)* Please don't touch the cucumber sandwiches. They are ordered specially for Aunt August. *(Takes one and eats it.)*

JACK : Well, you have been eating them all the time.

ALGERNON : That is quite a different matter. She is my aunt. *(Takes plate from below.)* Have some bread and butter. The bread and butter is for Gwendolen. Gwendolen is devoted to bread and butter.

JACK *(advancing to table and helping himself)* : And very good bread and butter it is too.

ALGERNON : Well, my dear fellow, you need not eat as if you were going to eat it all. You behave as if you were married to her already. You are not married to her already, and I don't think you ever will be.

JACK : Why on earth do you say that ?

ALGERNON : Well, in the first place girls never marry the men they flirt with. Girls don't think it right.

JACK : Oh, that is nonsense !

ALGERNON : It isn't. It is a great truth. It accounts for the extraordinary number of bachelors that one sees all over the place. In the second place, I don't give my consent.

JACK : Your consent ! What utter nonsense you talk !

ALGERNON : My dear fellow, Gwendolen is my first cousin. And before I allow you to marry her, you will have to clear up the whole question of Cecily.

JACK : Cecily. What on earth do you mean ? *(ALGERNON goes to the bell and rings it. Then returns to tea-table and eats another sandwich.)* What do you mean, Algy, by Cecily ! I don't know

l'incertitude. Si jamais je me marie, je suis certain que je ferai tout pour l'oublier.

JACK : J'en suis persuadé, mon cher Algy. Le Tribunal des Divorces a été créé pour des gens à la mémoire aussi étrangement constituée.

ALGERNON : Oh, à quoi bon spéculer sur ce point ! C'est au ciel que se font les divorces. *(Jack avance la main pour prendre un canapé. Algernon l'en empêche immédiatement.)* Ne touche pas aux canapés au concombre, je te prie. Je les ai commandés spécialement pour tante Augusta. *(Il en prend un et le mange.)*

JACK : Mais, toi, tu n'arrêtes pas d'en manger.

ALGERNON : Cela n'a rien à voir. Il s'agit de ma tante. *(Il prend une assiette sur le plateau du dessous.)* Prends plutôt des tartines beurrées. Les tartines beurrées sont destinées à Gwendolen. Gwendolen ne jure que par les tartines beurrées.

JACK, *s'avançant vers la table et se servant* : Elles sont d'ailleurs excellentes.

ALGERNON : Dis donc, mon cher, ce n'est pas une raison pour les manger comme si tu comptais ne pas en laisser une seule. Tu te comportes comme si tu étais déjà son mari. Tu n'es pas encore son mari et je doute que tu le sois jamais.

JACK : Qu'est-ce qui te permet de dire cela ?

ALGERNON : Premièrement, les jeunes filles n'épousent jamais les hommes avec lesquels elles flirtent. Cela ne leur semble pas convenable.

JACK : Quelles sottises !

ALGERNON : Pas du tout. C'est une vérité profonde. Cela explique qu'il y ait partout autant de célibataires. Deuxièmement, je ne donne pas mon consentement.

JACK : Ton consentement ! Tu ne dis vraiment que des sottises !

ALGERNON : Mon cher, Gwendolen est ma cousine germaine. Et avant que je te permette de l'épouser, il faudra que tu éclaircisses toute cette histoire à propos d'une certaine Cecily.

JACK : Cecily ! De quoi diable veux-tu parler ? *(Algernon va vers la sonnette et la fait retentir. Il revient vers la table à thé et mange un autre canapé.)* Que veux-tu dire,

any one of the name of Cecily... as far as I remember.

Enter LANE.

ALGERNON : Bring me that cigarette case Mr. Worthing left in the smoking-room the last time he dined here.

LANE : Yes, sir.

LANE *goes out.*

JACK : Do you mean to say you have had my cigarette case all this time ? I wish to goodness you had let me know. I have been writing frantic letters to Scotland Yard about it. I was very nearly offering a large reward.

ALGERNON : Well, I wish you would offer one. I happen to be more than usually hard up.

JACK : There is no good offering a large reward now that the thing is found.

Enter LANE *with the cigarette case on a salver.*
ALGERNON *takes it at once.* LANE *goes out.*

ALGERNON : I think that is rather mean of you, Ernest, I must say. *(Opens case and examines it.)* However, it makes no matter, for, now that I look at the inscription inside, I find that the thing isn't yours after all.

JACK : Of course it's mine. *(Moving to him.)* You have seen me with it a hundred times, and you have no right whatsoever to read what is written inside. It is a very ungentlemanly thing to read a private cigarette case.

ALGERNON : Oh ! it is absurd to have a hard and fast rule about what one should read and what one shouldn't. One should read everything. More than half of modern culture depends on what one shouldn't read.

JACK : I am quite aware of the fact, and I don't propose to discuss modern culture. It isn't the sort of thing one should talk of in private. I simply want my cigarette case back.

Algy, au sujet de cette Cecily ? Je ne connais personne du nom de Cecily… pour autant que je m'en souvienne.

Entre Lane.

ALGERNON : Apportez-moi l'étui à cigarettes[15] que Mr. Worthing a laissé dans le fumoir la dernière fois qu'il est venu dîner.

LANE : Bien, monsieur.

Lane sort.

JACK : Dois-je entendre que c'est toi qui as mon étui à cigarettes depuis tout ce temps ? J'aurais fort apprécié que tu me tiennes au courant. J'ai écrit lettres sur lettres à Scotland Yard[16]. J'ai même failli offrir une forte récompense.

ALGERNON : Ma foi, je ne serais pas contre. Il se trouve que je suis particulièrement à sec en ce moment.

JACK : Il n'y a plus lieu d'offrir une forte récompense, maintenant que j'ai retrouvé mon étui.

Entre Lane avec l'étui à cigarettes sur un plateau. Algernon s'en empare aussitôt. Lane sort.

ALGERNON : Je dois avouer, Constant, que je trouve cela plutôt mesquin de ta part. *(Il ouvre l'étui et l'observe.)* Cela, toutefois, n'a plus d'importance, car maintenant que je vois ce qui est gravé à l'intérieur, je me rends compte que cet objet, en fin de compte, n'est pas à toi.

JACK : Bien sûr qu'il est à moi ! *(Il s'approche de lui.)* Tu l'as vu entre mes mains une centaine de fois et tu n'as absolument pas le droit de lire ce qui est écrit à l'intérieur. Il est parfaitement indigne d'un gentleman de lire ce qui est écrit dans l'étui à cigarettes de quelqu'un d'autre.

ALGERNON : Vraiment, il est surtout absurde d'avoir des idées aussi arrêtées sur ce que l'on doit lire ou non. On devrait tout lire. Plus de la moitié de la culture moderne repose sur ce qu'on ne devrait pas lire.

JACK : J'en ai parfaitement conscience, et je n'ai pas du tout l'intention de discuter avec toi de la culture moderne. Ce n'est pas le genre de sujet dont on devrait parler en privé. Ce que je veux, c'est seulement récupérer mon étui à cigarettes.

ALGERNON : Yes ; but this isn't your cigarette case. This cigarette case is a present from someone of the name of Cecily, and you said you didn't know anyone of that name.

JACK : Well, if you want to know, Cecily happens to be my aunt.

ALGERNON : Your aunt !

JACK : Yes. Charming old lady she is, too. Lives at Tunbridge Wells. Just give it back to me, Algy.

ALGERNON *(retreating to back of sofa)* : But why does she call herself little Cecily if she is your aunt and lives at Tunbridge Wells ? *(Reading.)* « From little Cecily with her fondest love. »

JACK *(moving to sofa and kneeling upon it)* : My dear fellow, what on earth is there in that ? Some aunts are tall, some aunts are not tall. That is a matter that surely an aunt may be allowed to decide for herself. You seem to think that every aunt should be exactly like your aunt ! That is absurd ! For Heaven's sake give me back my cigarette case. *(Follows ALGERNON round the room.)*

ALGERNON : Yes. But why does your aunt call you her uncle ? « From little Cecily, with her fondest love to her dear Uncle Jack. » There is no objection, I admit, to an aunt being a small aunt, but why an aunt, no matter what her size may be, should call her own nephew her uncle, I can't quite make out. Besides, your name isn't Jack at all ; it is Ernest.

JACK : It isn't Ernest ; it's Jack.

ALGERNON : You have always told me it was Ernest. I have introduced you to every one as Ernest. You answer to the name of Ernest. You look as if your name was Ernest. You are the most earnest-looking person I ever saw in my life. It is perfectly absurd your saying that your name isn't Ernest. It's on your cards. Here is one of them. *(Taking it from case.)* « Mr. Ernest Worthing, B. 4, The Albany, W. » I'll keep this as a proof that your name is Ernest if ever you attempt to deny it to me, or to Gwendolen, or to anyone else. *(Puts the card in his pocket.)*

ALGERNON : Bien sûr, mais ce n'est pas ton étui à cigarettes. Celui-ci est un cadeau offert par une certaine Cecily et tu m'as dit que tu ne connaissais personne de ce nom.

JACK : Eh bien, puisque tu insistes, il se trouve que Cecily est ma tante.

ALGERNON : Ta tante !

JACK : Oui. Et, de plus, c'est une vieille dame charmante. Elle habite Tunbridge Wells [17]. Allez, rends-le-moi, Algy.

ALGERNON, *se retranchant derrière le sofa* : Mais pourquoi se donner le nom de « petite Cecily » si elle est ta tante et qu'elle habite Tunbridge Wells ? *(Il lit.)* « De la part de votre petite Cecily, avec toute son affection. »

JACK, *se dirigeant vers le sofa et s'y agenouillant* : Mon cher, qu'y a-t-il là de mystérieux ? Il y a des tantes qui sont grandes et d'autres qui ne le sont pas. C'est là un point sur lequel une tante est certainement autorisée à se prononcer elle-même. Tu as l'air de penser que toutes les tantes devraient être semblables à la tienne ! C'est absurde. Je t'en supplie, rends-moi mon étui à cigarettes. *(Il poursuit Algernon dans toute la pièce.)*

ALGERNON : Très bien. Mais pourquoi ta tante t'appelle-t-elle son oncle ? « De la part de votre petite Cecily, avec toute son affection, pour son cher oncle Jack. » Je reconnais qu'il n'y a effectivement rien à redire au fait qu'une tante soit petite, mais qu'une tante, quelle que soit sa taille, appelle son neveu son oncle, voilà qui m'échappe. Qui plus est, tu ne t'appelles pas Jack mais Constant.

JACK : Je ne m'appelle pas Constant, je m'appelle Jack.

ALGERNON : Tu m'as toujours dit que tu t'appelais Constant. Je t'ai présenté à tout le monde sous le nom de Constant. Tu réponds au nom de Constant. Tu as une tête à t'appeler Constant. Tu es l'homme à l'air le plus constant que j'aie jamais rencontré. Il est tout à fait absurde de prétendre que tu ne t'appelles pas Constant. C'est même écrit sur tes cartes de visite. En voici justement une. *(Il la sort de l'étui.)* « Mr. Constant Worthing, Résidence "L'Albany", appartement B 4 [18]. » Je la conserve pour preuve que tu t'appelles bien Constant au cas où tu essaierais de dire le contraire, que ce soit à moi ou à Gwendolen, ou à toute autre personne. *(Il met la carte dans sa poche.)*

JACK : Well, my name is Ernest in town and Jack in the country, and the cigarette case was given to me in the country.

ALGERNON : Yes, but that does not account for the fact that your small Aunt Cecily, who lives at Tunbridge Wells, calls you her dear Uncle. Come, old boy, you had much better have the thing out at once.

JACK : My dear Algy, you talk exactly as if you were a dentist. It is very vulgar to talk like a dentist when one isn't a dentist. It produces a false impression.

ALGERNON : Well, that is exactly what dentists always do. Now, go on ! Tell me the whole thing. I may mention that I have always suspected you of being a confirmed and secret Bunburyist ; and I am quite sure of it now.

JACK : Bunburyist ? What on earth do you mean by a Bunburyist ?

ALGERNON : I'll reveal to you the meaning of that incomparable expression as soon as you are kind enough to inform me why you are Ernest in town and Jack in the country.

JACK : Well, produce my cigarette case first.

ALGERNON : Here it is. *(Hands cigarette case.)* Now produce your explanation, and pray make it improbable. *(Sits on sofa.)*

JACK : My dear fellow, there is nothing improbable about my explanation at all. In fact, it's perfectly ordinary. Old Mr. Thomas Cardew, who adopted me when I was a little boy, under rather peculiar circumstances, and left me all the money I possess, made me in his will guardian to his grand-daughter, Miss Cecily Cardew. Cecily, who addresses me as her uncle from motives of respect that you could not possibly appreciate, lives at my place in the country under the charge of her admirable governess, Miss Prism.

ALGERNON : Where is that place in the country, by the way ?

JACK : That is nothing to you, dear boy. You are not going to be invited... I may tell you candidly that the place is not in Shropshire.

JACK : Eh bien, je m'appelle Constant à la ville et Jack à la campagne, et cet étui à cigarettes m'a été offert à la campagne.

ALGERNON : Très bien, mais cela n'explique pas que ta petite tante Cecily, qui habite Tunbridge Wells, t'appelle son cher oncle. Allez, mon vieux, tu ferais mieux de cracher le morceau tout de suite.

JACK : Mon cher Algy, à t'écouter, on te prendrait pour un dentiste. C'est très vulgaire de parler comme un dentiste quand on n'en est pas un. Cela produit une fausse impression.

ALGERNON : Eh bien, c'est précisément ce que font les dentistes. Allez, raconte-moi toute l'histoire. Permets-moi de te dire que je t'ai toujours soupçonné d'être en secret un bunburyste [19] patenté. Maintenant, je n'ai plus aucun doute là-dessus.

JACK : Un bunburyste ? Que diable veux-tu dire par bunburyste ?

ALGERNON : Je te révélerai la signification de ce mot incomparable quand tu auras la bonté de m'expliquer pourquoi tu es Constant à la ville et Jack à la campagne.

JACK : Entendu, mais rends-moi d'abord mon étui à cigarettes.

ALGERNON : Tiens. *(Il lui tend l'étui.)* Maintenant, donne-moi ton explication et, de grâce, veille à ce qu'elle soit peu crédible. *(Il s'assied sur le sofa.)*

JACK : Mon cher, il n'y a absolument rien dans mon explication qui ne soit tout à fait crédible. Elle est, à vrai dire, on ne peut plus banale. Le vieux Mr. Thomas Cardew, qui m'a adopté lorsque j'étais tout petit, dans des circonstances assez particulières, et qui m'a légué tout l'argent que je possède, m'a, par testament, institué tuteur de sa petite-fille, Miss Cecily Cardew. Cecily, qui m'appelle son oncle en vertu d'un respect pour ma personne que tu n'es pas en mesure d'apprécier, habite chez moi, à la campagne, où elle est confiée aux soins de Miss Prism, son admirable gouvernante.

ALGERNON : À propos, où se trouve donc cette maison ?

JACK : Cela ne te regarde pas, mon vieux. Tu n'y seras pas invité. Je peux te dire en toute franchise qu'elle ne se trouve pas dans le Shropshire.

ALGERNON : I suspected that, my dear fellow ! I have Bunburyed all over Shropshire on two separate occasions. Now, go on. Why are you Ernest in town and Jack in the country ?

JACK : My dear Algy, I don't know whether you will be able to understand my real motives. You are hardly serious enough. When one is placed in the position of guardian, one has to adopt a very high moral tone on all subjects. It's one's duty to do so. And as a high moral tone can hardly be said to conduce very much to either one's health or one's happiness if carried to excess, in order to get up to town I have always pretended to have a younger brother of the name of Ernest, who lives in the Albany, and gets into the most dreadful scrapes. That, my dear Algy, is the whole truth pure and simple.

ALGERNON : The truth is rarely pure and never simple. Modern life would be very tedious if it were either, and modern literature a complete impossibility !

JACK : That wouldn't be at all a bad thing.

ALGERNON : Literary criticism is not your forte, my dear fellow. Don't try it. You should leave that to people who haven't been at a University. They do it so well in the daily papers. What you really are is a Bunburyist. I was quite right in saying you were a Bunburyist. You are one of the most advanced Bunburyists I know.

JACK : What on earth do you mean ?

ALGERNON : You have invented a very useful younger brother called Ernest, in order that you may be able to come up to town as often as you like. I have invented an invaluable permanent invalid called Bunbury, in order that I may be able to go down into the country whenever I choose.

JACK : What nonsense.

ALGERNON : It isn't nonsense. Bunbury is perfectly invaluable. If it wasn't for Bunbury's extraordinary bad health, for instance, I wouldn't be able to dine with you at the Savoy tonight, for I have been really engaged to Aunt Augusta for more than a week.

JACK : I haven't asked you to dine with me anywhere tonight.

ALGERNON : Je m'en doutais, mon cher ! J'ai bunburysé dans le Shropshire à deux reprises. Mais continue donc. Pourquoi es-tu Constant à la ville et Jack à la campagne ?

JACK : Mon cher Algy, je ne sais pas si tu seras capable de comprendre mes motivations profondes. Tu manques par trop de sérieux. Lorsqu'on se retrouve tuteur, on doit tout considérer avec une très grande élévation morale. C'est un devoir. Et comme on ne peut guère dire d'une grande élévation morale qu'elle mène à la santé ou au bonheur quand on la pousse à l'excès, afin de me rendre à Londres, j'ai toujours prétendu avoir un frère cadet prénommé Constant, qui habite l'Albany et se retrouve impliqué dans les histoires les plus épouvantables. Voilà, mon cher Algy, la vérité, toute la vérité, pure et simple.

ALGERNON : La vérité est rarement pure et elle n'est jamais simple. La vie moderne serait fort ennuyeuse, si tel était le cas, et la littérature moderne tout à fait impossible !

JACK : Pour le coup, cela ne serait pas un mal.

ALGERNON : Mon cher, la critique littéraire n'est pas ton fort. Ne t'y essaie pas. Laisse-la plutôt à ceux qui n'ont pas fait d'études. Ils s'en chargent très bien dans les quotidiens. Ce que tu es en réalité, c'est un bunburyste. J'avais tout à fait raison de dire que tu es un bunburyste. Tu es l'un des bunburystes les plus accomplis que je connaisse.

JACK : Que diable veux-tu dire ?

ALGERNON : Tu t'es inventé un frère cadet très utile du nom de Constant, afin de pouvoir te rendre à Londres aussi souvent que tu en as envie. Je me suis inventé un inappréciable malade chronique du nom de Bunbury, afin de pouvoir me rendre à la campagne à chaque fois que je le désire.

JACK : Sottises.

ALGERNON : Pas du tout. Bunbury est tout à fait inappréciable. Pour te donner un exemple, sans l'état de santé extraordinairement déplorable de Bunbury, je n'aurais pas été en mesure de dîner ce soir au Savoy en ta compagnie, puisque cela fait plus d'une semaine que tante Augusta m'a invité à dîner.

JACK : Je ne t'ai invité à dîner nulle part ce soir.

ALGERNON : I know. You are absurdly careless about sending out invitations. It is very foolish of you. Nothing annoys people so much as not receiving invitations.

JACK : Well, I can't dine at the Savoy. I owe them about £700. They are always getting judgements and things against me. They bother my life out.

ALGERNON : Why on earth don't you pay them ? You have got heaps of money.

JACK : Yes, but Ernest hasn't, and I must keep up Ernest's reputation. Ernest is one of those chaps who never pays a bill. He gets writted about once a week.

ALGERNON : Well, let us dine at Willis's.

JACK : You had much better dine with your Aunt Augusta.

ALGERNON : I haven't the smallest intention of doing anything of the kind. To begin with, I dined there on Monday, and once a week is quite enough to dine with one's own relations. In the second place, whenever I do dine there I am always treated as a member of the family, and sent down with either no woman at all, or two. In the third place, I know perfectly well whom she will place me next to, tonight. She will place me next Mary Farquhar, who always flirts with her own husband across the dinner-table. That is not very pleasant. Indeed, it is not even decent... and that sort of thing is enormously on the increase. The amount of women in London who flirt with their own husbands is perfectly scandalous. It looks so bad. It is simply washing one's clean linen in public. Besides, now that I know you to be a confirmed Bunburyist I naturally want to talk to you about Bunburying. I want to tell you the rules.

JACK : I'm not a Bunburyist at all. If Gwendolen accepts me, I am going to kill my brother, indeed I think I'll kill him in any case. Cecily is a little too much interested in him. She is always asking me to forgive him, and that sort of thing. It is rather a bore. So I am going to get rid of Ernest. And I strongly advise you to do the same with Mr... with your invalid friend who has the absurd name.

ALGERNON : Je le sais bien. Tu es d'une négligence inimaginable quand il s'agit d'envoyer des invitations. Tu es d'une légèreté inouïe. Il n'y a rien de plus déplaisant que de ne pas recevoir d'invitation.

JACK : Écoute, il m'est absolument impossible de dîner au Savoy. Je leur dois environ sept cents livres. Ils ne cessent de lancer toutes sortes de procédures contre moi. Ils me rendent la vie impossible.

ALGERNON : Pourquoi diable ne les paies-tu pas ? Tu roules sur l'or.

JACK : Moi, oui, mais pas Constant, et je dois veiller à sa réputation. Constant fait partie de ces gens qui ne règlent jamais la moindre facture. Il reçoit une assignation en justice environ une fois par semaine.

ALGERNON : Dans ce cas, allons dîner chez Willis[20].

JACK : Tu ferais mieux de dîner chez ta tante Augusta.

ALGERNON : Je n'en ai pas la moindre intention. Premièrement, j'ai dîné chez elle lundi, et dîner avec sa famille une fois par semaine suffit amplement. Deuxièmement, à chaque fois que je dîne chez elle, on me traite toujours comme quelqu'un de la famille, et je me retrouve soit sans cavalière soit avec deux à la fois. Troisièmement, je sais exactement près de qui elle va me placer ce soir : à côté de Mary Farquhar, qui flirte toujours avec son mari assis en face d'elle. Ce n'est pas très agréable. À vrai dire, ce n'est même pas convenable, et cela se fait pourtant de plus en plus. Le nombre de femmes à Londres qui flirtent avec leur mari est véritablement scandaleux. Cela ne fait pas bon effet. C'est comme si on lavait son linge propre en public. De plus, maintenant que je sais que tu es un bunburyste accompli, il est normal que j'aie envie de t'en dire plus sur le bunburysme. Je tiens à t'en apprendre les règles.

JACK : Je n'ai rien d'un bunburyste. Si Gwendolen veut bien m'épouser, je tue mon frère. Pour être franc, j'ai de toute façon l'intention de le tuer. Cecily s'intéresse un peu trop à lui. Elle me demande sans cesse de lui pardonner et je ne sais quoi encore. Cela devient lassant. Je vais donc me débarrasser de Constant et je te conseille vivement d'en faire autant avec Mr...., avec ton ami toujours malade affublé de ce nom ridicule.

ALGERNON : Nothing will induce me to part with Bunbury, and if you ever get married, which seems to me extremely problematic, you will be very glad to know Bunbury. A man who marries without knowing Bunbury has a very tedious time of it.

JACK : That is nonsense. If I marry a charming girl like Gwendolen, and she is the only girl I ever saw in my life that I would marry, I certainly won't want to know Bunbury.

ALGERNON : Then your wife will. You don't seem to realise, that in married life three is company and two is none.

JACK *(sententiously)* : That, my dear young friend, is the theory that the corrupt French Drama has been propounding for the last fifty years.

ALGERNON : Yes ; and that the happy English home has proved in half the time.

JACK : For heaven's sake, don't try to be cynical. It's perfectly easy to be cynical.

ALGERNON : My dear fellow, it isn't easy to be anything nowadays. There's such a lot of beastly competition about. *(The sound of an electric bell is heard.)* Ah ! that must be Aunt Augusta. Only relatives, or creditors, ever ring in that Wagnerian manner. Now, if I get her out of the way for ten minutes, so that you can have an opportunity for proposing to Gwendolen, may I dine with you tonight at Willis's ?

JACK : I suppose so, if you want to.

ALGERNON : Yes, but you must be serious about it. I hate people who are not serious about meals. It is so shallow of them.

Enter LANE.

LANE : Lady Bracknell and Miss Fairfax.

ALGERNON goes forward to meet them.
Enter LADY BRACKNELL and GWENDOLEN.

LADY BRACKNELL : Good afternoon, dear Algernon, I hope you are behaving very well.

ALGERNON : I'm feeling very well, Aunt Augusta.

ALGERNON : Rien ne saurait me convaincre de me séparer de Bunbury, et si jamais tu te maries, ce dont je doute fort, tu seras ravi de faire sa connaissance. Quiconque se marie sans connaître Bunbury se prépare une existence bien morne.

JACK : Sottises que tout cela. Si j'épouse une jeune fille aussi charmante que Gwendolen, et, de toutes celles que j'ai rencontrées, elle est la seule que je désire épouser, je n'aurais, j'en suis sûr, pas la moindre envie de connaître Bunbury.

ALGERNON : Alors, c'est ta femme qui en aura envie. Tu ne te rends pas compte, semble-t-il, que, dans le mariage, si l'on est heureux à trois, on s'ennuie à deux[21].

JACK, *d'un ton sentencieux* : Mon jeune ami, ce sont là les idées que, depuis cinquante ans, le théâtre décadent des Français n'a cessé de mettre en avant[22].

ALGERNON : Oui, et que la félicité domestique des Anglais a illustrées en moitié moins de temps.

JACK : Pour l'amour du ciel, ne joue pas au cynique. Il n'y a rien de plus facile que d'être cynique.

ALGERNON : Mon cher, ce n'est pas facile d'être quoi que ce soit de nos jours. La concurrence est tellement acharnée dans tous les domaines. *(La sonnette électrique retentit.)* Ah ! ce doit être tante Augusta. Il n'y a que la famille, ou les créanciers, pour sonner de si wagnérienne façon[23]. Écoute, si je parviens à l'éloigner une dizaine de minutes pour que tu puisses demander Gwendolen en mariage, est-ce que nous pourrons dîner ensemble ce soir chez Willis ?

JACK : Pourquoi pas, si cela te dit.

ALGERNON : Oui, mais il ne faut pas prendre les choses à la légère. Je ne supporte pas qu'on prenne son repas à la légère. C'est faire preuve d'une telle inconsistance.

Entre Lane.

LANE : Lady Bracknell et Miss Fairfax.

Algernon s'avance à leur rencontre.
Entrent Lady Bracknell et Gwendolen.

LADY BRACKNELL : Bonjour, cher Algernon, j'espère qu'aujourd'hui vous vous êtes bien conduit.

ALGERNON : Je me porte très bien, tante Augusta.

LADY BRACKNELL : That's not quite the same thing. In fact the two things rarely go together. *(Sees JACK and bows to him with icy coldness.)*

ALGERNON (*to GWENDOLEN*) : Dear me, you are smart !

GWENDOLEN : I am always smart ! Am I not, Mr. Worthing ?

JACK : You're quite perfect, Miss Fairfax.

GWENDOLEN : Oh ! I hope I am not that. It would leave no room for developments, and I intend to develop in many directions. *(GWENDOLEN and JACK sit down together in the corner.)*

LADY BRACKNELL : I'm sorry if we are a little late, Algernon, but I was obliged to call on dear Lady Harbury. I hadn't been there since her poor husband's death. I never saw a woman so altered ; she looks quite twenty years younger. And now I'll have a cup of tea, and one of those nice cucumber sandwiches you promised me.

ALGERNON : Certainly, Aunt Augusta. *(Goes over to tea-table.)*

LADY BRACKNELL : Won't you come and sit here, Gwendolen ?

GWENDOLEN : Thanks, mamma, I'm quite comfortable where I am.

ALGERNON *(picking up empty plate in horror)* : Good heavens ! Lane ! Why are there no cucumber sandwiches ? I ordered them specially.

LANE *(gravely)* : There were no cucumbers in the market this morning, sir. I went down twice.

ALGERNON : No cucumbers !

LANE : No, sir. Not even for ready money.

ALGERNON : That will do, Lane, thank you.

LANE : Thank you, sir. *(Goes out.)*

ALGERNON : I am greatly distressed, Aunt Augusta, about there being no cucumbers, not even for ready money.

LADY BRACKNELL : It really makes no matter, Algernon. I had some crumpets with Lady Harbury, who seems to me to be living entirely for pleasure now.

Lady Bracknell : Ce n'est pas tout à fait la même chose. À vrai dire, les deux faits sont la plupart du temps incompatibles. *(Elle aperçoit Jack et lui adresse un petit salut glacial.)*

Algernon, *à Gwendolen* : Mon Dieu, quelle élégance !

Gwendolen : Je suis toujours élégante ! N'est-ce pas, Mr. Worthing ?

Jack : Vous êtes la perfection même, Miss Fairfax.

Gwendolen : Oh, j'espère que non ! Je ne pourrais plus faire de progrès et j'ai bien l'intention d'en faire dans de nombreux domaines. *(Gwendolen et Jack s'asseyent l'un à côté de l'autre dans un coin du sofa.)*

Lady Bracknell : Nous sommes un peu en retard, j'en suis navrée, Algernon, mais j'ai dû rendre visite à cette chère Lady Harbury. Je n'étais pas allée chez elle depuis la mort de son pauvre mari. Je n'ai jamais vu une femme à ce point changée. Elle a rajeuni de vingt ans. Je prendrais bien maintenant une tasse de thé et l'un de ces délicieux canapés au concombre que vous m'avez promis.

Algernon : Mais certainement, tante Augusta. *(Il s'approche de la table à thé.)*

Lady Bracknell : Ne voulez-vous pas vous asseoir ici, Gwendolen ?

Gwendolen : Merci, maman, je suis très bien là.

Algernon, *prenant l'assiette vide d'un air horrifié* : Juste ciel ! Lane ! Pourquoi n'y a-t-il pas de canapés au concombre ? Je les avais commandés tout spécialement.

Lane, *l'air grave* : Il n'y avait pas de concombres au marché ce matin, monsieur. J'y suis allé à deux reprises.

Algernon : Pas de concombres !

Lane : Non, monsieur, pas même contre argent comptant.

Algernon : Vous pouvez disposer, Lane, merci.

Lane : Merci, monsieur.

Il sort.

Algernon : Qu'il n'y ait pas de concombres, même contre argent comptant, me désole infiniment, tante Augusta.

Lady Bracknell : Cela n'a aucune importance, Algernon. J'ai pris quelques galettes beurrées chez Lady Harbury, qui me paraît ne vivre maintenant que pour le plaisir.

ALGERNON : I hear her hair has turned quite gold from grief.

LADY BRACKNELL : It certainly has changed its colour. From what cause I, of course, cannot say. *(ALGERNON crosses and hands tea.)* Thank you. I've quite a treat for you tonight, Algernon. I am going to send you down with Mary Farquhar. She is such a nice woman, and so attentive to her husband. It's delightful to watch them.

ALGERNON : I am afraid, Aunt Augusta, I shall have to give up the pleasure of dining with you tonight after all.

LADY BRACKNELL *(frowning)* : I hope not, Algernon. It would put my table completely out. Your uncle would have to dine upstairs. Fortunately he is accustomed to that.

ALGERNON : It is a great bore, and, I need hardly say, a terrible disappointment to me, but the fact is I have just had a telegram to say that my poor friend Bunbury is very ill again. *(Exchanges glances with JACK.)* They seem to think I should be with him.

LADY BRACKNELL : It is very strange. This Mr. Bunbury seems to suffer from curiously bad health.

ALGERNON : Yes ; poor Bunbury is a dreadful invalid.

LADY BRACKNELL : Well, I must say, Algernon, that I think it is high time that Mr. Bunbury made up his mind whether he was going to live or to die. This shilly-shallying with the question is absurd. Nor do I in any way approve of the modern sympathy with invalids. I consider it morbid. Illness of any kind is hardly a thing to be encouraged in others. Health is the primary duty of life. I am always telling that to your poor uncle, but he never seems to take much notice… as far as any improvement in his ailment goes. Well, Algernon, of course if you are obliged to be beside the bedside of Mr. Bunbury, I have nothing more to say. But I would be much obliged if you would ask Mr. Bunbury, from me, to be kind enough not to have a relapse on Saturday, for I rely on you to arrange my music for me. It is my last reception, and one wants something that

ALGERNON : J'ai entendu dire que, de chagrin, elle avait blondi [24].

LADY BRACKNELL : Il ne fait pas de doute que ses cheveux ont changé de couleur. Pour quelle raison, je ne puis bien sûr le dire. *(Algernon traverse le salon et lui tend sa tasse de thé.)* Merci. Algernon, je vais vous gâter ce soir. Je vais vous donner Mary Farquhar pour cavalière. Elle est si charmante, et si pleine d'attentions pour son mari. Ils font plaisir à voir.

ALGERNON : Je crains, tante Augusta, de devoir renoncer au plaisir de dîner ce soir en votre compagnie.

LADY BRACKNELL, *l'air sévère* : J'espère bien que non, Algernon. Ma table en serait toute désorganisée et votre oncle serait contraint de dîner au salon. Par bonheur, il en a l'habitude.

ALGERNON : Cela m'ennuie beaucoup et, inutile de le dire, c'est pour moi une énorme déception, mais, à vrai dire, je viens de recevoir un télégramme ; il m'informe que mon pauvre ami Bunbury a fait une grave rechute. *(Il échange des regards avec Jack.)* On pense apparemment que je devrais me rendre à son chevet.

LADY BRACKNELL : Comme c'est étrange. À ce qu'il semble, ce Mr. Bunbury est affligé d'une santé étonnamment défaillante.

ALGERNON : C'est vrai, ce pauvre Bunbury est un grand malade.

LADY BRACKNELL : Ma foi, je dois dire, Algernon, qu'il est selon moi grand temps que Mr. Bunbury se décide à vivre ou à mourir. Ces atermoiements incessants sont ridicules. Je n'approuve d'ailleurs nullement cette compassion que l'on a de nos jours pour les malades. C'est tout à fait malsain. La maladie, quelle qu'elle soit, n'est guère à encourager. La santé est le premier devoir de la vie. Je me tue à le dire à votre pauvre oncle, mais il n'a pas l'air d'en tenir grand compte… à en juger par l'évolution de son état de santé. Bien entendu, Algernon, si vous êtes obligé de vous rendre au chevet de Mr. Bunbury, je n'ai rien de plus à ajouter. Mais je vous serais extrêmement reconnaissante de demander de ma part à Mr. Bunbury d'avoir l'obligeance de ne point faire de rechute d'ici samedi, car je compte sur vous pour organiser le concert. Ce sera ma dernière réception, et j'ai besoin

will encourage conversation, particularly at the end of the season when every one has practically said whatever they had to say, which, in most cases, was probably not much.

ALGERNON : I'll speak to Bunbury, Aunt Augusta, if he is still conscious, and I think I can promise you he'll be all right by Saturday. Of course the music is a great difficulty. You see, if one plays good music, people don't listen, and if one plays bad music people don't talk. But I'll run over the programme I've drawn out, if you will kindly come into the next room for a moment.

LADY BRACKNELL : Thank you, Algernon. It is very thoughtful of you. *(Rising and following ALGERNON.)* I'm sure the programme will be delightful, after a few expurgations. French songs I cannot possibly allow. People always seem to think that they are improper, and either look shocked, which is vulgar, or laugh, which is worse. But German sounds a thoroughly respectable language, and indeed, I believe is so. Gwendolen, you will accompany me.

GWENDOLEN : Certainly, mamma.

LADY BRACKNELL and ALGERNON go into the music-room, GWENDOLEN remains behind.

JACK : Charming day it has been, Miss Fairfax.

GWENDOLEN : Pray don't talk to me about the weather, Mr. Worthing. Whenever people talk to me about the weather, I always feel quite certain that they mean something else. And that makes me so nervous.

JACK : I do mean something else.

GWENDOLEN : I thought so. In fact, I am never wrong.

JACK : And I would like to be allowed to take advantage of Lady Bracknell's temporary absence…

GWENDOLEN : I would certainly advise you to do so. Mamma has a way of coming back suddenly into a room that I have often had to speak to her about.

de quelque chose qui aide à la conversation ; c'est particulièrement vrai à la fin de la saison : tout le monde a alors dit presque tout ce qu'il y avait à dire, en fait, la plupart du temps, sans doute pas grand-chose.

ALGERNON : Je vais en parler à Bunbury, tante Augusta, s'il est encore conscient, et je pense pouvoir vous promettre qu'il sera rétabli d'ici samedi. Naturellement, il est très délicat de mettre au point un concert. Vous savez, si l'on joue de la bonne musique, les gens n'écoutent pas, et si l'on en joue de la mauvaise, les gens ne se parlent pas. Mais je vais reprendre le programme que j'ai préparé, si vous avez la bonté de m'accompagner un instant dans la pièce d'à côté.

LADY BRACKNELL : Merci, Algernon. C'est très délicat de votre part. *(Elle se lève et suit Algernon.)* Je suis persuadée que le programme, une fois légèrement expurgé, fera merveille. Je ne puis tolérer les chansons françaises. Les gens ont toujours l'air de croire qu'elles sont inconvenantes : soit ils ont l'air scandalisés, ce qui est vulgaire, soit ils rient, ce qui est pire. Mais, à l'oreille, l'allemand paraît éminemment respectable, et je crois, à vrai dire, que cela correspond à la réalité[25]. Gwendolen, venez avec moi.

GWENDOLEN : Bien sûr, maman.

Lady Bracknell et Algernon passent dans le salon de musique. Gwendolen reste en arrière.

JACK : Quelle belle journée, Miss Fairfax.

GWENDOLEN : De grâce, Mr. Worthing, ne me parlez pas du temps. À chaque fois que l'on me parle du temps, je suis presque toujours persuadée que l'on veut me parler d'autre chose. Et cela me met terriblement mal à l'aise.

JACK : Je veux effectivement vous parler d'autre chose.

GWENDOLEN : J'en étais sûre. À vrai dire, je ne me trompe jamais.

JACK : Et j'aimerais que vous me permettiez de profiter de l'absence momentanée de Lady Bracknell…

GWENDOLEN : Je ne puis certainement que vous le conseiller. Maman a l'art de faire irruption sans crier gare, tant et si bien que j'ai souvent dû le lui faire observer.

JACK *(nervously)* : Miss Fairfax, ever since I met you I have admired you more than any girl… I have ever met since… I met you.

GWENDOLEN : Yes, I am quite well aware of the fact. And I often wish that in public, at any rate, you had been more demonstrative. For me you have always had an irresistible fascination. Even before I met you I was far from indifferent to you. *(JACK looks at her in amazement.)* We live, as I hope you know, Mr. Worthing, in an age of ideals. The fact is constantly mentioned in the more expensive monthly magazines, and has now reached the provincial pulpits, I am told ; and my ideal has always been to love someone of the name of Ernest. There is something in that name that inspires absolute confidence. The moment Algernon first mentioned to me that he had a friend called Ernest, I knew I was destined to love you. The name, fortunately for my peace of mind, is, as far as my own experience goes, extremely rare.

JACK : You really love me, Gwendolen ?

GWENDOLEN : Passionately !

JACK : Darling ! You don't know how happy you've made me.

GWENDOLEN : My own Ernest ! *(They embrace.)*

JACK : But you don't really mean to say that you couldn't love me if my name wasn't Ernest ?

GWENDOLEN : But your name is Ernest.

JACK : Yes, I know it is. But supposing it was something else ? Do you mean to say you couldn't love me then ?

GWENDOLEN *(glibly)* : Ah ! that is clearly a metaphysical speculation, and like most metaphysical speculations has very little reference at all to the actual facts of real life, as we know them.

JACK : Personally, darling, to speak quite candidly, I don't much care about the name of Ernest… I don't think the name suits me at all.

GWENDOLEN : It suits you perfectly. It is a divine name. It has a music of its own. It produces vibrations.

JACK, *mal à l'aise* : Miss Fairfax, depuis que je vous ai rencontrée, j'ai pour vous infiniment plus d'admiration que pour toute autre jeune fille… que j'ai rencontrée… depuis que je vous ai rencontrée.

GWENDOLEN : Oui, j'en suis parfaitement consciente. Et il m'est arrivé plus d'une fois de souhaiter qu'en public, du moins, vous fussiez plus démonstratif. Vous avez toujours exercé sur moi une irrésistible fascination. Avant même de vous rencontrer, j'étais loin de vous être indifférente. *(Jack la regarde avec stupéfaction.)* Nous vivons, Mr. Worthing, j'espère que vous en êtes conscient, à une époque d'idéaux. Il en est sans cesse question dans les magazines mensuels les plus coûteux, et il en est fait état, paraît-il, jusque dans les chaires de nos pasteurs de province ; et mon idéal à moi a toujours été d'aimer quelqu'un qui s'appelât Constant. Il y a dans ce nom quelque chose qui inspire une confiance absolue. Dès qu'Algernon m'a dit que l'un de ses amis s'appelait Constant, j'ai su que mon destin était de vous aimer. Heureusement pour ma tranquillité d'esprit, ce prénom, si je m'en remets à mon expérience propre, est extrêmement rare.

JACK : M'aimez-vous vraiment, Gwendolen ?

GWENDOLEN : Passionnément !

JACK : Ma chérie, vous ne pouvez savoir comme vous me rendez heureux !

GWENDOLEN : Mon Constant ! *(Ils s'enlacent.)*

JACK : Mais vous ne voulez tout de même pas dire que vous ne pourriez pas m'aimer si je ne m'appelais pas Constant ?

GWENDOLEN : Mais vous vous appelez Constant.

JACK : Oui, bien sûr. Mais si ce n'était pas le cas, voulez-vous dire que vous ne pourriez m'aimer ?

GWENDOLEN, *volubile* : Ah ! Voilà de toute évidence une spéculation métaphysique, et comme la plupart des spéculations métaphysiques, elle n'a que des rapports lointains avec les réalités de la vraie vie telles que nous les connaissons.

JACK : En ce qui me concerne, ma chérie, pour être très franc avec vous, je n'aime pas beaucoup ce prénom de Constant… Je ne pense pas qu'il m'aille très bien.

GWENDOLEN : Il vous va à ravir. C'est un prénom divin. Il a une musicalité bien à lui. Il crée des vibrations.

JACK : Well, really, Gwendolen, I must say that I think there are lots of other much nicer names. I think Jack, for instance, a charming name.

GWENDOLEN : Jack ?… No, there is very little music in the name Jack, if any at all, indeed. It does not thrill. It produces absolutely no vibrations… I have known several Jacks, and they all, without exception, were more than usually plain. Besides, Jack is a notorious domesticity for John ! And I pity any woman who is married to a man called John. She would have a very tedious life with him. She would probably never be allowed to know the entrancing pleasure of a single moment's solitude. The only really safe name is Ernest.

JACK : Gwendolen, I must get christened at once – I mean we must get married at once. There is no time to be lost.

GWENDOLEN : Married, Mr. Worthing ?

JACK *(astounded)* : Well… surely. You know that I love you, and you led me to believe, Miss Fairfax, that you were not absolutely indifferent to me.

GWENDOLEN : I adore you. But you haven't proposed to me yet. Nothing has been said at all about marriage. The subject has not even been touched on.

JACK : Well… may I propose to you now ?

GWENDOLEN : I think it would be an admirable opportunity. And to spare you any possible disappointment, Mr. Worthing, I think it only fair to tell you quite frankly beforehand that I am fully determined to accept you.

JACK : Gwendolen !

GWENDOLEN : Yes, Mr. Worthing, what have you got to say to me ?

JACK : You know what I have got to say to you.

GWENDOLEN : Yes, but you don't say it.

JACK : Gwendolen, will you marry me ? *(Goes on his knees.)*

GWENDOLEN : Of course I will, darling. How long you have been about it ! I am afraid you have had very little experience in how to propose.

JACK : Franchement, Gwendolen, selon moi il existe bien d'autres prénoms beaucoup plus jolis. Jack, par exemple, est un nom charmant.

GWENDOLEN : Jack ?... Non, il y a très peu de musicalité dans le prénom de Jack, si tant est qu'il y en ait du tout. Il ne donne aucune sensation et ne crée aucune vibration. J'ai connu plusieurs Jack et tous, sans exception, étaient d'une banalité plus qu'ordinaire. Il est de plus notoire que Jack est la forme familière de John ! Je plains la femme qui serait mariée à un homme prénommé John. À coup sûr, elle s'ennuirait à périr avec lui sans jamais pouvoir connaître le plaisir envoûtant d'un seul moment de solitude. Le seul nom qui offre toutes les garanties est Constant.

JACK : Gwendolen, il faut que je me fasse baptiser sur-le-champ – enfin, il faut que nous nous mariions sur-le-champ. Il n'y a pas de temps à perdre.

GWENDOLEN : Que nous nous mariions, Mr. Worthing ?

JACK, *abasourdi* : Oui... sans doute. Vous savez que je vous aime et vous m'avez conduit à croire, Miss Fairfax, que vous ne m'étiez pas tout à fait indifférente.

GWENDOLEN : Je vous adore. Mais vous ne m'avez pas encore fait de déclaration officielle. Il n'a pas du tout été question de mariage. Le sujet n'a même pas été abordé.

JACK : Eh bien... puis-je vous demander votre main maintenant ?

GWENDOLEN : Je crois que le moment est admirablement choisi. Et pour vous épargner toute déception, je crois juste de vous dire dès maintenant en toute franchise que je suis tout à fait décidée à vous dire oui.

JACK : Gwendolen !

GWENDOLEN : Oui, Mr. Worthing, qu'avez-vous à me dire ?

JACK : Vous savez parfaitement ce que j'ai à vous dire.

GWENDOLEN : Oui, mais vous ne le dites pas.

JACK : Gwendolen, voulez-vous m'épouser ? *(Il se met à genoux.)*

GWENDOLEN : Bien sûr, mon chéri. Vous en avez mis du temps ! Je crains bien que vous ayez bien peu d'expérience dans l'art des demandes en mariage.

JACK : My own one, I have never loved anyone in the world but you.

GWENDOLEN : Yes, but men often propose for practice. I know my brother Gerald does. All my girl-friends tell me so. What wonderfully blue eyes you have, Ernest ! They are quite, quite blue. I hope you will always look at me just like that, especially when there are other people present.

Enter LADY BRACKNELL.

LADY BRACKNELL : Mr. Worthing ! Rise, sir, from this semi-recumbent posture. It is most indecorous.

GWENDOLEN : Mamma ! *(He tries to rise ; she restrains him.)* I must beg you to retire. This is no place for you. Besides, Mr. Worthing has not quite finished yet.

LADY BRACKNELL : Finished what, may I ask ?

GWENDOLEN : I am engaged to Mr. Worthing, mamma. *(They rise together.)*

LADY BRACKNELL : Pardon me, you are not engaged to anyone. When you do become engaged to someone, I, or your father, should his health permit him, will inform you of the fact. An engagement should come on a young girl as a surprise, pleasant or unpleasant, as the case may be. It is hardly a matter that she could be allowed to arrange for herself… And now I have a few questions to put to you, Mr. Worthing !

JACK : I shall be charmed to reply to any questions, Lady Bracknell.

GWENDOLEN : You mean if you know the answers to them. Mamma's questions are sometimes peculiarly inquisitorial.

LADY BRACKNELL : I intend to make them very inquisitorial. And while, I am making these inquiries, you, Gwendolen, will wait for me below in the carriage.

GWENDOLEN *(reproachfully)* : Mamma !

LADY BRACKNELL : In the carriage, Gwendolen ! *(GWENDOLEN goes to the door. She and JACK blow kisses to each other behind LADY BRACKNELL'S back.*

Jack : Mon amour, je n'ai jamais aimé personne d'autre que vous.

Gwendolen : Bien sûr, mais les hommes font souvent des demandes en mariage pour s'entraîner. Je sais que c'est le cas de mon frère Gerald. Et toutes mes amies m'en parlent. Quels merveilleux yeux bleus sont les vôtres, Constant ! Ils sont d'un bleu tellement bleu ! J'espère que vous me regarderez toujours ainsi, surtout lorsqu'il y aura du monde.

Entre Lady Bracknell.

Lady Bracknell : Mr. Worthing ! Debout, monsieur, et abandonnez cette posture de semi-gisant. Elle est tout à fait inconvenante.

Gwendolen : Maman ! *(Il essaie de se relever ; elle l'en empêche.)* Je dois vous prier de vous retirer. Vous n'avez rien à faire en ces lieux. En outre, Mr. Worthing n'a pas encore tout à fait terminé.

Lady Bracknell : Terminé quoi, s'il vous plaît ?

Gwendolen : Je suis fiancée à Mr. Worthing, maman. *(Ils se relèvent ensemble.)*

Lady Bracknell : Je vous demande pardon, vous n'êtes fiancée à personne. Quand vous vous fiancerez, c'est moi-même qui vous le ferai savoir, ou votre père, si sa santé le lui permet. Les fiançailles doivent toujours, pour une jeune fille, faire l'effet d'une surprise, bonne ou mauvaise, selon le cas. Ce n'est guère une affaire dont elle puisse être autorisée à s'occuper elle-même… Et maintenant, j'ai quelques questions à vous poser, Mr. Worthing !

Jack : Je serai enchanté de répondre à toutes vos questions, Lady Bracknell.

Gwendolen : Si vous en connaissez les réponses, voulez-vous dire. Les questions de maman sont parfois singulièrement inquisitoriales.

Lady Bracknell : J'entends bien les rendre fort inquisitoriales. Gwendolen, pendant que je conduis cette enquête, vous allez m'attendre en bas dans la voiture.

Gwendolen, *d'un ton de reproche* : Maman !

Lady Bracknell : Dans la voiture, Gwendolen ! *(Gwendolen se dirige vers la porte. Jack et elle s'envoient des baisers, dans le dos de Lady Bracknell. Lady Brack-*

LADY BRACKNELL looks vaguely about as if she could not understand what the noise was. Finally turns round.) Gwendolen, the carriage !

GWENDOLEN : Yes, mamma.

Goes out, looking back at JACK.

LADY BRACKNELL *(sitting down)* : You can take a seat, Mr. Worthing. *(Looks in her pocket for note-book and pencil.)*

JACK : Thank you, Lady Bracknell, I prefer standing.

LADY BRACKNELL *(pencil and note-book in hand)* : I feel bound to tell you that you are not down on my list of eligible young men, although I have the same list as the dear Duchess of Bolton has. We work together, in fact. However, I am quite ready to enter your name, should your answers be what a really affectionate mother requires. Do you smoke ?

JACK : Well, yes, I must admit I smoke.

LADY BRACKNELL : I am glad to hear it. A man should always have an occupation of some kind. There are far too many idle men in London as it is. How old are you ?

JACK : Twenty-nine.

LADY BRACKNELL : A very good age to be married at. I have always been of opinion that a man who desires to get married should know either everything or nothing. Which do you know ?

JACK *(after some hesitation)* : I know nothing, Lady Bracknell.

LADY BRACKNELL : I am pleased to hear it. I do not approve of anything that tampers with natural ignorance. Ignorance is like a delicate exotic fruit ; touch it and the bloom is gone. The whole theory of modern education is radically unsound. Fortunately in England, at any rate, education produces no effect whatsoever. If it did, it would prove a serious danger to the upper classes, and probably lead to acts of violence in Grosvenor Square. What is your income ?

JACK : Between seven and eight thousand a year.

nell regarde vaguement tout autour d'elle, comme si elle ne comprenait pas la signification de ces bruits. Enfin, elle se retourne.) Gwendolen, dans la voiture !

GWENDOLEN : Oui, maman.

Elle sort, les yeux tournés vers Jack.

LADY BRACKNELL, *s'asseyant* : Vous pouvez vous asseoir, Mr. Worthing. *(Elle cherche un carnet et un crayon dans son réticule.)*

JACK : Merci, Lady Bracknell, j'aime autant rester debout.

LADY BRACKNELL, *crayon et carnet à la main* : Je suis bien obligée de vous dire que vous ne figurez pas sur ma liste des partis envisageables, bien que ce soit la même que celle de cette chère duchesse de Bolton. À vrai dire, nous travaillons de conserve. Cependant, je suis tout à fait disposée à y inclure votre nom, si vos réponses sont celles qu'exige une mère véritablement aimante. Fumez-vous ?

JACK : Eh bien, oui, je dois avouer que je fume.

LADY BRACKNELL : Je suis ravie de l'apprendre. Un homme doit toujours s'occuper d'une façon ou d'une autre. Il y a beaucoup trop d'oisifs à Londres. Quel âge avez-vous ?

JACK : Vingt-neuf ans.

LADY BRACKNELL : Un très bel âge pour se marier. Je pense depuis toujours qu'un homme désireux de se marier devrait soit tout savoir soit ne rien savoir du tout. Que savez-vous donc ?

JACK, *après une légère hésitation* : Je ne sais rien, Lady Bracknell.

LADY BRACKNELL : Je suis heureuse de l'entendre. Je n'approuve point ce qui dégrade l'ignorance naturelle. L'ignorance est telle un délicat fruit exotique ; touchez-y, et c'en est fait de son éclat. Toute cette théorie actuelle sur l'éducation est profondément malsaine. Par bonheur, en Angleterre du moins, l'éducation n'est suivie d'aucun effet. Dans le cas contraire, elle mettrait gravement en danger les classes supérieures et provoquerait sans doute de violentes manifestations dans Grosvenor Square. Quels sont vos revenus ?

JACK : Entre sept et huit mille livres par an.

LADY BRACKNELL *(makes a note in her book)* : In land, or in investments ?

JACK : In investments, chiefly.

LADY BRACKNELL : That is satisfactory. What between the duties expected of one during one's lifetime, and the duties exacted from one after one's death, land has ceased to be either a profit or a pleasure. It gives one position, and prevents one from keeping it up. That's all that can be said about land.

JACK : I have a country house with some land, of course, attached to it, about fifteen hundred acres, I believe ; but I don't depend on that for my real income. In fact, as far as I can make out, the poachers are the only people who make anything out of it.

LADY BRACKNELL : A country house ! How many bedrooms ? Well, that point can be cleared up afterwards. You have a town house, I hope ? A girl with a simple, unspoiled nature, like Gwendolen, could hardly be expected to reside in the country.

JACK : Well, I own a house in Belgrave Square, but it is let by the year to Lady Bloxham. Of course, I can get it back whenever I like, at six months'notice.

LADY BRACKNELL : Lady Bloxham ? I don't know her.

JACK : Oh, she goes about very little. She is a lady considerably advanced in years.

LADY BRACKNELL : Ah, nowadays that is no guarantee of respectability of character. What number in Belgrave Square ?

JACK : 149.

LADY BRACKNELL *(shaking her head)* : The unfashionable side. I thought there was something. However, that could easily be altered.

JACK : Do you mean the fashion, or the side ?

LADY BRACKNELL *(sternly)* : Both, if necessary, I presume. What are your politics ?

JACK : Well, I am afraid I really have none. I am a Liberal Unionist.

LADY BRACKNELL : Oh, they count as Tories. They dine with us. Or come in the evening at any rate. You

LADY BRACKNELL, *notant sur son carnet* : En terres ou en placements ?

JACK : Surtout en placements.

LADY BRACKNELL : Parfait. Entre les droits que vous êtes tenu de payer de votre vivant et ceux que l'on exige de vous après votre mort, la terre a cessé d'apporter rentes ou plaisirs [26]. Elle vous donne un rang dans le monde et vous empêche de le tenir. Voilà tout ce que l'on peut dire de la terre.

JACK : Je possède une maison de campagne avec, bien sûr, un peu de terre autour, environ six cents hectares. Mais ce n'est pas cela qui m'assure mes revenus. À vrai dire, pour autant que je sache, il n'y a guère que les braconniers à en tirer quelque chose.

LADY BRACKNELL : Une maison de campagne ! Combien de chambres ? Bon, c'est un point que l'on élucidera plus tard. Vous êtes propriétaire d'une résidence à Londres, j'espère ? On ne peut guère demander à une jeune fille douée d'une nature aussi simple et authentique que Gwendolen de résider à la campagne.

JACK : Eh bien, je possède une maison dans Belgrave Square [27], mais elle est louée à l'année à Lady Bloxham. Je puis bien sûr la reprendre quand je le souhaite, avec un préavis de six mois.

LADY BRACKNELL : Lady Bloxham ? Je ne la connais pas.

JACK : Oh, elle sort très peu. C'est une dame d'un très grand âge.

LADY BRACKNELL : Oh, de nos jours, cela n'est nullement une garantie de respectabilité. À quel numéro dans Belgrave Square ?

JACK : Au 149.

LADY BRACKNELL, *hochant la tête* : Ce n'est pas le côté à la mode. Je me doutais bien qu'il y avait quelque chose. Toutefois, on pourrait aisément changer cela.

JACK : Que voulez-vous dire, la mode ou le côté ?

LADY BRACKNELL, *l'air sévère* : Les deux si nécessaire, j'imagine. Quelles sont vos opinions politiques ?

JACK : Je crains bien de n'en avoir aucune. Je suis un libéral unioniste [28].

LADY BRACKNELL : Oh, ce sont pour ainsi dire des *tories*. Nous les recevons à dîner. En tout cas, ils viennent

have, of course, no sympathy of any kind with the Radical Party ?

JACK : Oh ! I don't want to put the masses against the classes, if that is what you mean, Lady Bracknell.

LADY BRACKNELL : That is exactly what I do mean… ahem !… Are your parents living ?

JACK : I have lost both my parents.

LADY BRACKNELL : Both ?… To lose one parent may be regarded as a misfortune… to lose both seems like carelessness. Who was your father ? He was evidently a man of some wealth. Was he born in what the Radical papers call the purple of commerce, or did he rise from the ranks of the aristocracy ?

JACK : I am afraid I really don't know. The fact is, Lady Bracknell, I said I had lost my parents. It would be nearer the truth to say that my parents seemed to have lost me… I don't actually know who I am by birth. I was… well, I was found.

LADY BRACKNELL : Found !

JACK : The late Mr. Thomas Cardew, an old gentleman of a very charitable and kindly disposition, found me, and gave me the name of Worthing, because he happened to have a first-class ticket for Worthing in his pocket at the time. Worthing is a place in Sussex. It is a seaside resort.

LADY BRACKNELL : Where did the charitable gentleman who had a first-class ticket for this seaside resort find you ?

JACK *(gravely)* : In a hand-bag.

LADY BRACKNELL : A hand-bag ?

JACK *(very seriously)* : Yes, Lady Bracknell. I was in a hand-bag – a somewhat large, black leather hand-bag, with handles to it – an ordinary hand-bag in fact.

LADY BRACKNELL : In what locality did this Mr. James, or Thomas, Cardew come across this ordinary hand-bag ?

JACK : In the cloak-room at Victoria Station. It was given to him in mistake for his own.

LADY BRACKNELL : The cloak-room at Victoria Station ?

JACK : Yes. The Brighton line.

nous rendre visite en soirée. Vous n'avez, bien entendu, nulle sympathie d'aucune sorte pour les socialistes ?

JACK : Oh ! Il n'est pas dans mon intention de dresser les masses populaires contre les classes supérieures, si c'est ce à quoi vous faites allusion, Lady Bracknell.

LADY BRACKNELL : C'est tout à fait cela… Hum. Vos parents sont-ils toujours en vie ?

JACK : J'ai perdu mes deux parents.

LADY BRACKNELL : Tous les deux ?… Perdre un parent peut être considéré comme un malheur… en perdre deux s'apparente à de la négligence. Qui était votre père ? Il avait de toute évidence de la fortune. Est-il né dans ce que les gazettes socialistes appellent la pourpre du commerce ou est-il issu des rangs de l'aristocratie ?

JACK : J'ai bien peur de n'en rien savoir. Je vous ai dit, il est vrai, Lady Bracknell, que j'ai perdu mes parents. Il serait plus juste de dire que, selon toute apparence, ce sont mes parents qui m'ont perdu… Je ne sais pas vraiment qui je suis par ma naissance. J'ai été, eh bien, j'ai été… trouvé.

LADY BRACKNELL : Trouvé !

JACK : Feu Mr. Thomas Cardew, un vieux gentleman d'un naturel très bon et charitable, m'a trouvé et m'a donné le nom de Worthing, parce que le hasard a voulu qu'il eût alors dans sa poche un billet de première classe pour Worthing. Worthing se situe dans le Sussex. C'est une station balnéaire.

LADY BRACKNELL : Et où ce gentleman d'un naturel charitable qui avait un billet de première classe pour cette station balnéaire vous a-t-il trouvé ?

JACK, *gravement* : Dans un sac de voyage.

LADY BRACKNELL : Un sac de voyage ?

JACK, *très sérieusement* : Oui, Lady Bracknell. J'étais dans un sac de voyage – un sac de voyage en cuir noir de grande taille, avec des poignées –, à vrai dire, un sac de voyage ordinaire.

LADY BRACKNELL : Et en quel endroit ce Mr. James, ou Thomas, Cardew a-t-il trouvé ce sac de voyage ordinaire ?

JACK : À la consigne de la gare Victoria. On le lui avait donné par erreur à la place du sien.

LADY BRACKNELL : La consigne de la gare Victoria ?

JACK : Oui, près de la ligne de Brighton.

Lady Bracknell : The line is immaterial. Mr. Worthing, I confess I feel somewhat bewildered by what you have just told me. To be born, or at any rate bred, in a hand-bag, whether it had handles or not, seems to me to display a contempt for the ordinary decencies of family life that reminds one of the worst excesses of the French Revolution. And I presume you know what that unfortunate movement led to ? As for the particular locality in which the hand-bag was found, a cloak-room at a railway station might serve to conceal a social indiscretion – has probably, indeed, been used for that purpose before now – but it could hardly be regarded as an assured basis for a recognised position in good society.

Jack : May I ask you then what you would advise me to do ? I need hardly say I would do anything in the world to ensure Gwendolen's happiness.

Lady Bracknell : I would strongly advise you, Mr. Worthing, to try and acquire some relations as soon as possible, and to make a definite effort to produce at any rate one parent, of either sex, before the season is quite over.

Jack : Well, I don't see how I could possibly manage to do that. I can produce the hand-bag at any moment. It is in my dressing-room at home. I really think that should satisfy you, Lady Bracknell.

Lady Bracknell : Me, sir ! What has it do to with me ? You can hardly imagine that I and Lord Bracknell would dream of allowing our only daughter – a girl brought up with the utmost care – to marry into a cloak-room, and form an alliance with a parcel. *(Jack starts indignantly.)* Kindly open the door for me sir. You will of course understand that for the future there is to be no communication of any kind between you and Miss Fairfax.

Lady Bracknell sweeps out in majestic indignation. Algernon, from the other room, strikes up the Wedding March. Jack looks perfectly furious, and goes to the door.

LADY BRACKNELL : Peu me chaut la ligne. Mr. Worthing, je vous avoue que ce que vous venez de me dire me laisse quelque peu stupéfaite. Être né, ou du moins élevé, dans un sac de voyage, qu'il ait ou non des poignées, me paraît témoigner d'un mépris pour les convenances coutumières de la vie de famille qui me rappelle l'un des pires excès de la Révolution française. Et j'imagine que vous savez à quoi ont conduit ces infortunés événements ? Quant au lieu exact où fut trouvé ce sac de voyage, une consigne de gare, il pourrait fort bien dissimuler une faute de jeunesse – et ce n'est sans doute pas la première fois que cela se produit[29] – mais il pourrait être difficilement considéré comme une base solide pour se voir reconnaître une situation honorable dans la bonne société.

JACK : Puis-je alors vous demander ce que vous me conseillez de faire ? Il est inutile de vous dire que je ferais tout mon possible pour assurer le bonheur de Gwendolen.

LADY BRACKNELL : Je vous conseillerais vivement, Mr. Worthing, d'essayer de vous trouver une famille dès que possible et de faire de sérieux efforts pour présenter au moins l'un de vos parents, père ou mère, avant la fin de la saison[30].

JACK : Ma foi, je ne vois pas comment je pourrais y parvenir. Je peux vous présenter le sac de voyage quand vous le souhaitez. Il se trouve chez moi dans mon cabinet de toilette. Je pense sincèrement que cela devrait vous satisfaire, Lady Bracknell.

LADY BRACKNELL : Me satisfaire, monsieur ! Qu'ai-je à voir avec cela ? Vous n'allez tout de même pas imaginer que Lord Bracknell et moi-même songerions à autoriser notre fille unique – élevée avec un soin extrême – à épouser une consigne et à former une alliance avec un colis. *(Jack a un sursaut d'indignation.)* Ayez la bonté de m'ouvrir la porte, monsieur. Vous comprenez bien sûr qu'il ne saurait y avoir à l'avenir le moindre échange d'aucune sorte entre Miss Fairfax et vous-même.

Lady Bracknell, indignée et royale, sort majestueusement. Algernon, depuis la pièce voisine, attaque la « Marche nuptiale[31] ». *Jack, l'air absolument furieux, se dirige vers la porte.*

JACK : For goodness' sake don't play that ghastly tune, Algy ! How idiotic you are !

The music stops and ALGERNON *enters cheerily.*

ALGERNON : Didn't it go off all right, old boy ? You don't mean to say Gwendolen refused you ? I know it is a way she has. She is always refusing people. I think it is most ill-natured of her.

JACK : Oh, Gwendolen is as right as a trivet. As far as she is concerned, we are engaged. Her mother is perfectly unbearable. Never met such a Gorgon… I don't really know what a Gorgon is like, but I am quite sure that Lady Bracknell is one. In any case, she is a monster, without being a myth, which is rather unfair… I beg your pardon, Algy, I suppose I shouldn't talk about your own aunt in that way before you.

ALGERNON : My dear boy, I love hearing my relations abused. It is the only thing that makes me put up with them at all. Relations are simply a tedious pack of people, who haven't got the remotest knowledge of how to live, nor the smallest instinct about when to die.

JACK : Ah ! I haven't got any relations. Don't know anything about relations.

ALGERNON : You are a lucky fellow. Relations never lend one any money, and won't give one credit, even for genius. They are a sort of aggravated form of the public.

JACK : And after all, what does it matter whether a man ever had a father and mother or not ? Mothers, of course, are all right. They pay a chap's bills and don't bother him. But fathers bother a chap and never pay his bills. I don't know a single chap at the club who speaks to his father.

ALGERNON : Yes ! Fathers are certainly not popular just at present. *(Takes up the evening newspaper.)*

JACK : Popular ! I bet you anything you like that there is not a single chap, of all the chaps that you and I know, who would be seen walking down

JACK : Pour l'amour du ciel, Algy, arrête de jouer cet air sinistre ! Ce que tu peux être stupide !

La musique s'arrête et Algernon entre, la mine réjouie.

ALGERNON : Alors, mon vieux, ça ne s'est pas bien passé ? Tu ne vas quand même pas me dire que Gwendolen n'a pas voulu de toi ? Je sais qu'elle en est capable. Elle passe son temps à dire non à tout le monde. À mon sens, cela ne part pas d'un très bon naturel.

JACK : Oh, Gwendolen est irréprochable. Elle considère pour sa part que nous sommes fiancés, mais sa mère est tout à fait insupportable. Je n'ai jamais rencontré pareille Gorgone[32]. Je ne sais pas exactement à quoi ressemble une Gorgone, mais je suis tout à fait certain que Lady Bracknell en est une. Quoi qu'il en soit, c'est un monstre, sans pour autant être un mythe, ce qui est déloyal. Excuse-moi, Algy, je ne devrais sans doute pas parler en ces termes de ta tante en ta présence.

ALGERNON : Mon cher, j'adore entendre dire du mal des membres de ma famille. C'est la seule chose qui me permette de les supporter. La famille, ce n'est qu'une foule de gens assommants, rigoureusement incapables de vivre convenablement et de pressentir le moins du monde quand il est temps de mourir.

JACK : Ah ! Je n'ai pas de famille. J'ignore tout de la famille.

ALGERNON : Tu as bien de la chance. La famille ne prête jamais d'argent et ne fait jamais crédit, même quand on a du génie. Elle fait penser au public, mais en pire.

JACK : Et après tout, quelle importance qu'un homme ait ou non un père et une mère ? Il n'y a bien sûr rien à redire sur les mères. Elles paient les factures sans faire d'histoires. Mais les pères font des histoires et ne paient jamais les factures. Je ne connais personne au club qui adresse la parole à son père[33].

ALGERNON : C'est vrai. Les pères n'ont pas très bonne presse en ce moment. *(Il prend le journal du soir.)*

JACK : Pas très bonne presse ! Je te parie tout ce que tu veux que personne, parmi ceux que toi et moi connaissons,

St. James' Street with his own father. *(A pause.)* Anything in the papers ?

ALGERNON *(still reading.)* Nothing.

JACK : What a comfort.

ALGERNON : There is never anything in the papers, as far as I can see.

JACK : I think there is usually a great deal too much in them. They are always bothering one about people one doesn't know, one has never met, and one doesn't care twopence about. Brutes !

ALGERNON : I think people one hasn't met are charming. I'm very much interested at present in a girl I have never met ; very much interested indeed.

JACK : Oh, that is nonsense !

ALGERNON : It isn't !

JACK : Well, I won't argue about the matter. You always want to argue about things.

ALGERNON : That is exactly what things were originally made for.

JACK : Upon my word, if I thought that, I'd shoot myself... *(A pause.)* You don't think there is any chance of Gwendolen becoming like her mother in about a hundred and fifty years, do you, Algy ?

ALGERNON : All women become like their mothers. That is their tragedy. No man does. That's his.

JACK : Is that clever ?

ALGERNON : It is perfectly phrased ! And quite as true as any observation in civilised life should be.

JACK : I am sick to death of cleverness. Everybody is clever nowadays. You can't go anywhere without meeting clever people. The thing has become an absolute public nuisance. I wish to goodness we had a few fools left.

ALGERNON : We have.

JACK : I should extremely like to meet them. What do they talk about ?

ALGERNON : The fools ? Oh ! about the clever people of course.

ne voudrait être vu dans St. James's Street en compagnie de son père. *(Silence.)* Quelles nouvelles ?

ALGERNON, *poursuivant sa lecture* : Aucune.

JACK : Tant mieux.

ALGERNON : Autant que je sache, il n'y a jamais rien dans les journaux.

JACK : Moi, je pense qu'on y trouve toujours beaucoup trop de choses. Ils vous assomment à vous parler de gens que vous ne connaissez pas, que vous n'avez jamais rencontrés et dont vous vous souciez comme d'une guigne. Quels mal élevés !

ALGERNON : À mon sens, les gens que l'on n'a jamais rencontrés ont beaucoup de charme. Je m'intéresse ainsi en ce moment à une jeune fille que je n'ai jamais rencontrée. Pour tout dire, je m'intéresse à elle de très près.

JACK : Quelles sottises !

ALGERNON : Pas du tout !

JACK : Ma foi, je n'ai pas l'intention de discuter de cela avec toi. Il faut toujours que tu discutes d'une chose ou d'une autre.

ALGERNON : C'est bien pour cela que le monde a été créé.

JACK : Ma parole, si j'étais de cet avis, je me tirerais une balle dans la tête... *(Silence.)* Dis-moi, Algy, crois-tu que Gwendolen risque de ressembler peu ou prou à sa mère dans environ cent cinquante ans ?

ALGERNON : Toutes les femmes finissent par ressembler à leur mère : voilà leur drame. Mais cela n'arrive jamais aux hommes : voilà le leur.

JACK : Tu trouves cela intelligent ?

ALGERNON : C'est parfaitement bien tourné ! Et cela vaut bien les remarques ordinaires sur les mœurs du temps.

JACK : L'intelligence m'écœure au dernier degré. De nos jours, tout le monde est intelligent. On ne peut pas faire un pas sans rencontrer quelqu'un d'intelligent. C'est devenu une vraie calamité publique. Plût au ciel qu'il nous reste quelques imbéciles.

ALGERNON : Il nous en reste.

JACK : Je serais absolument enchanté de les connaître. De quoi parlent-ils ?

ALGERNON : Les imbéciles ? Oh, des gens intelligents, bien entendu !

JACK : What fools.

ALGERNON : By the way, did you tell Gwendolen the truth about your being Ernest in town, and Jack in the country ?

JACK *(in a very patronising manner)* : My dear fellow, the truth isn't quite the sort of thing one tells to a nice, sweet, refined girl. What extraordinary ideas you have about the way to behave to a woman !

ALGERNON : The only way to behave to a woman is to make love to her, if she is pretty, and to someone else, if she is plain.

JACK : Oh, that is nonsense.

ALGERNON : What about the young lady whose guardian you are ! Miss Cardew ? What about your brother ? What about the profligate Ernest ?

JACK : Oh ! Cecily is all right. Before the end of the week I shall have got rid of my brother… I think I'll probably kill him in Paris.

ALGERNON : Why Paris ?

JACK : Oh ! Less trouble : no nonsense about a funeral and that sort of thing – yes, I'll kill him in Paris… Apoplexy will do perfectly well. Lots of people die of apoplexy, quite suddenly, don't they ?

ALGERNON : Yes, but it's hereditary, my dear fellow. It's a sort of thing that runs in families.

JACK : Good heavens ! Then I certainly won't choose that. What can I say ?

ALGERNON : Oh ! Say influenza.

JACK : Oh, not ! that wouldn't sound probable at all. Far too many people have had it.

ALGERNON : Oh well ! Say anything you choose. Say a severe chill. That's all right.

JACK : You are sure a severe chill isn't hereditary, or anything dreadful of that kind ?

ALGERNON : Of course it isn't.

JACK : Very well then. That is settled.

ALGERNON : But I thought you said that… Miss Cardew was a little too much interested in your poor brother Ernest ? Won't she feel his loss a good deal ?

JACK : Quels imbéciles !

ALGERNON : Au fait, est-ce que tu as avoué à Gwendolen que tu es Constant à la ville et Jack à la campagne ?

JACK, *sur un ton très condescendant* : Mon cher, la vérité n'est pas toujours le genre de choses dont on parle à une jeune fille douce, charmante et raffinée. Tu as vraiment des idées extravagantes sur la façon de se conduire avec une femme !

ALGERNON : La seule façon de se conduire avec une femme est de lui faire la cour, si elle est jolie, et de la faire à une autre, si elle ne l'est pas.

JACK : Oh, quelles sottises !

ALGERNON : Et cette jeune demoiselle dont tu es le tuteur ! Miss Cardew ? Et ton frère, ce débauché de Constant ?

JACK : Oh, Cecily va fort bien. Avant la fin de la semaine, je me serai débarrassé de mon frère… Je pense que je vais sans doute le tuer à Paris.

ALGERNON : Pourquoi donc à Paris ?

JACK : Oh ! C'est plus simple : je n'aurai pas à me compliquer sottement la vie avec des obsèques et autres tracas du même ordre – oui, je vais le tuer à Paris. Une apoplexie fera parfaitement l'affaire. Il y a des tas de gens qui meurent d'apoplexie sans crier gare, pas vrai ?

ALGERNON : Oui, mais c'est héréditaire, mon cher. C'est le genre de choses qui se transmet d'une génération à l'autre.

JACK : Grands dieux ! Alors, je vais certainement choisir autre chose. Que puis-je dire ?

ALGERNON : Oh, dis qu'il est mort de la grippe !

JACK : Non, cela semblera tout à fait invraisemblable. Beaucoup trop de gens l'ont attrapée.

ALGERNON : Oh, après tout, dis ce que tu veux ! Dis qu'il est mort d'un gros refroidissement ; ça ira très bien.

JACK : Tu es vraiment sûr que les gros refroidissements ne sont pas héréditaires, ou je ne sais quoi d'épouvantable du même ordre ?

ALGERNON : Tout à fait sûr.

JACK : Alors, c'est parfait. La cause est entendue.

ALGERNON : Mais je croyais que tu avais dit que… Miss Cardew s'intéressait un peu trop à ton pauvre frère Constant. Tu ne crois pas qu'elle sera très éprouvée par cette perte ?

JACK : Oh ! that is all right. Cecily is not a silly romantic girl, I am glad to say. She has got a capital appetite, goes long walks, and pays no attention at all to her lessons.

ALGERNON : I would rather like to see Cecily.

JACK : I will take very good care you never do. And you are not to speak of her as Cecily.

ALGERNON : Ah ! I believe she is plain. Yes : I know perfectly well what she is like. She is one of those dull, intellectual girls one meets all over the place. Girls who have got large minds and large feet. I am sure she is more than usually plain, and I expect she is about thirty-nine, and looks it.

JACK : She happens to be excessively pretty, and she is only just eighteen.

ALGERNON : Have you told Gwendolen yet that you have an excessively pretty ward who is only just eighteen ?

JACK : Oh ! one doesn't blurt these things out to people. Life is a question of tact. One leads up to the thing gradually. Cecily and Gwendolen are perfectly certain to be extremely great friends. I'll bet you anything you like that half an hour after they have met, they will be calling each other sister.

ALGERNON : Women only do that when they have called each other a lot of other things first. Now, my dear boy, if we want to get a good table at Willis's, we really must go and dress. Do you know it is nearly seven ?

JACK *(irritably)* : Oh ! it always is nearly seven.

ALGERNON : Well, I'm hungry.

JACK : I never knew you when you weren't… However, all right. I'll go round to the Albany and meet you at Willis's at eight. You can call for me on your way, if you like.

ALGERNON : What shall we do after dinner ? Go to a theatre ?

JACK : Oh, no ! I loathe listening.

ALGERNON : Well, let us go to the Club ?

JACK : Oh, no ! I hate talking.

JACK : Oh, il n'y a rien à craindre. Cecily n'est pas une de ces petites sottes aux idées fleur bleue, je suis ravi de le dire. Elle a très bon appétit, fait de longues promenades et ne s'intéresse pas du tout à ses leçons.

ALGERNON : J'aimerais bien rencontrer Cecily.

JACK : Je vais faire de mon mieux pour qu'il n'en soit rien. Et je ne veux pas que tu parles d'elle en l'appelant par son prénom.

ALGERNON : Dans ce cas, c'est qu'elle est bien laide. Oui, je vois tout à fait à quoi elle ressemble. L'un de ces bas-bleus à périr d'ennui qu'on rencontre à tous les coins de rue. Des filles dont l'intelligence est immense, et les pieds aussi [34]. Je suis sûr qu'elle est extraordinairement laide et je parie qu'elle a trente-neuf ans, et qu'elle les fait bien.

JACK : Il se trouve qu'elle est exceptionnellement jolie et qu'elle n'a que dix-huit ans.

ALGERNON : As-tu déjà dit à Gwendolen que tu as une pupille exceptionnellement jolie qui n'a que dix-huit ans ?

JACK : Oh, ce n'est pas le genre de choses que l'on jette tout de go à la figure des gens. La vie est une question de tact. On ne dit les choses que petit à petit. Je suis certain que Cecily et Gwendolen vont être de très grandes amies. Je te parie ce que tu veux qu'une demi-heure après s'être rencontrées, elles s'appelleront l'une l'autre du nom de sœur.

ALGERNON : Les femmes n'en viennent là qu'après s'être d'abord donné bien d'autres noms. Maintenant, mon cher, si nous voulons avoir une bonne table chez Willis, il faut absolument que nous allions nous habiller. Sais-tu qu'il est bientôt sept heures ?

JACK, *irrité* : Avec toi, il est toujours bientôt sept heures.

ALGERNON : Eh bien, moi, j'ai faim.

JACK : Je ne t'ai jamais connu autrement qu'affamé. Enfin, c'est entendu : je passe à l'Albany et te retrouve chez Willis à huit heures. Tu peux aussi passer me prendre en passant, si cela te dit.

ALGERNON : Où irons-nous après dîner ? Au théâtre ?

JACK : Oh, non, j'ai horreur d'écouter.

ALGERNON : Alors, nous pourrions aller au club [35] ?

JACK : Oh, non, je déteste parler.

ALGERON : Well, we might trot round to the Empire at ten.

JACK : Oh, no ! I can't bear looking at things. It is so silly.

ALGERNON : Well, what shall we do ?

JACK : Nothing !

ALGERNON : It is awfully hard work doing nothing. However, I don't mind hard work where there is no definite object of any kind…

Enter LANE.

LANE : Miss Fairfax.

Enter GWENDOLEN. LANE goes out.

ALGERNON : Gwendolen, upon my word !

GWENDOLEN : Algy, kindly turn your back. I have something very particular to say to Mr. Worthing. As it is somewhat of a private matter, you will of course listen.

ALGERNON : Really, Gwendolen, I don't think I can allow this at all.

GWENDOLEN : Algy, you always adopt a strictly immoral attitude towards life. You are not quite old enough to do that. *(ALGERNON retires to the fireplace.)*

JACK : My own darling.

GWENDOLEN : Ernest, we may never be married. From the expression on mamma's face I fear we never shall. Few parents nowadays pay any regard to what their children say to them. The old-fashioned respect for the young is fast dying out. Whatever influence I ever had over mamma, I lost at the age of three. But although she may prevent us from becoming man and wife, and I may marry someone else, and marry often, nothing that she can possibly do can alter my eternal devotion to you.

JACK : Dear Gwendolen !

GWENDOLEN : The story of your romantic origin, as related to me by mamma, with unpleasing comments, has naturally stirred the deeper fibres of my nature.

ALGERNON : Dans ce cas, nous pourrions faire un tour à l'Empire[36] à dix heures.

JACK : Oh, non, regarder me fatigue. C'est tellement idiot.

ALGERNON : Alors, qu'allons-nous faire ?

JACK : Rien !

ALGERNON : C'est une rude tâche que de ne rien faire. Toutefois, je n'ai rien contre les rudes tâches quand elles n'ont pas d'objectif précis.

Entre Lane.

LANE : Miss Fairfax.

Entre Gwendolen. Lane sort.

ALGERNON : Gwendolen, ma parole !

GWENDOLEN : Algy, ayez la bonté de vous retourner. J'ai quelque chose de très particulier à dire à Mr. Worthing. Et comme il s'agit dans une certaine mesure d'une affaire privée, vous pouvez évidemment écouter.

ALGERNON : Vraiment, Gwendolen, je ne pense pas pouvoir consentir à cela.

GWENDOLEN : Algy, vous avez toujours eu sur la vie un point de vue parfaitement immoral. Vous n'en avez pas encore tout à fait l'âge.

Algernon se retire près de la cheminée.

JACK : Ma très chère.

GWENDOLEN : Constant, il se peut que nous ne puissions jamais nous marier. C'est ce que je crains à en juger d'après l'expression de maman. De nos jours, rares sont les parents qui tiennent compte de ce que leurs enfants leur disent. Le respect que l'on avait jadis pour les jeunes gens se meurt rapidement. Quelque influence que j'aie jamais eue sur maman, je l'ai perdue à l'âge de trois ans. Cependant, même si elle nous empêche de devenir mari et femme, même si j'épouse quelqu'un d'autre et même si je me marie maintes fois, rien de ce qu'elle pourra faire n'entamera mon éternelle adoration pour vous[37].

JACK : Gwendolen chérie !

GWENDOLEN : L'histoire romanesque de vos origines, que vient de me narrer maman, assortie de commentaires disgracieux, a bien entendu fait vibrer les fibres les plus

Your Christian name has an irresistible fascination. The simplicity of your character makes you exquisitely incomprehensible to me. Your town address at the Albany I have. What is your address in the country ?

JACK : The Manor House, Woolton, Hertfordshire.

ALGERNON, who has been carefully listening, smiles to himself, and writes the address on his shirt-cuff. Then picks up the Railway Guide.

GWENDOLEN : There is a good postal service, I suppose ? It may be necessary to do something desperate. That, of course, will require serious consideration. I will communicate with you daily.

JACK : My own one !

GWENDOLEN : How long do you remain in town ?

JACK : Till Monday.

GWENDOLEN : Good ! Algy, you may turn round now.

ALGERNON : Thanks, I've turned round already.

GWENDOLEN : You may also ring the bell.

JACK : You will let me see you to your carriage, my own darling ?

GWENDOLEN : Certainly.

JACK *(to LANE, who now enters)* : I will see Miss Fairfax out.

LANE : Yes, sir.

JACK and GWENDOLEN go off.

(LANE presents several letters on a salver to ALGERNON. It is to be surmised that they are bills, as ALGERNON, after looking at the envelopes, tears them up.)

ALGERNON : A glass of sherry, Lane.

LANE : Yes, sir.

ALGERNON : Tomorrow, Lane, I'm going Bunburying.

LANE : Yes, sir.

ALGERNON : I shall probably not be back till Monday. You can put up my dress clothes, my smoking jacket, and all the Bunbury suits…

intimes de mon être. Votre prénom exerce sur moi une irrésistible fascination. La simplicité de votre personnalité vous rend à mes yeux délicieusement incompréhensible. Je sais qu'à Londres vous habitez l'Albany. Quelle est votre adresse à la campagne ?

JACK : Le Manoir, à Woolton dans le Hertfordshire. *(Algernon, qui écoute attentivement, sourit et note l'adresse sur sa manchette. Puis il prend l'Indicateur des chemins de fer.)*

GWENDOLEN : Les services postaux pour Woolton fonctionnent bien, j'imagine ? Peut-être allons-nous être contraints d'en venir à une solution extrême. Cela, bien sûr, exigera mûre réflexion. Je resterai tous les jours en contact avec vous.

JACK : Ma chérie !

GWENDOLEN : Jusqu'à quand séjournez-vous en ville ?

JACK : Jusqu'à lundi.

GWENDOLEN : Parfait ! Algy, vous pouvez maintenant vous retourner.

ALGERNON : Merci, c'était déjà fait.

GWENDOLEN : Vous pouvez également sonner.

JACK : Me permettrez-vous de vous accompagner jusqu'à votre voiture, ma très chère ?

GWENDOLEN : Bien entendu.

JACK, *à Lane, qui entre à ce moment-là* : Je vais raccompagner Miss Fairfax.

LANE : Bien, monsieur.

Jack et Gwendolen sortent.

(Lane présente à Algernon quelques lettres sur un plateau. On peut penser qu'il s'agit de factures car Algernon, après avoir jeté un coup d'œil sur les enveloppes, les déchire.)

ALGERNON : Lane, un sherry.

LANE : Bien, monsieur.

ALGERNON : Demain, Lane, je vais bunburyser.

LANE : Bien, monsieur.

ALGERNON : Je ne serai sans doute pas de retour avant lundi. Vous pouvez me préparer mes habits de soirée, ma veste d'intérieur et toutes les tenues dont j'ai besoin pour bunburyser.

LANE : Yes, sir. *(Handing sherry.)*

ALGERNON : I hope tomorrow will be a fine day, Lane.

LANE : It never is, sir.

ALGERNON : Lane, you're a perfect pessimist.

LANE : I do my best to give satisfaction, sir.

Enter JACK. LANE goes off.

JACK : There's a sensible, intellectual girl ! the only girl I ever cared for in my life. *(ALGERNON is laughing immoderately.)* What on earth are you so amused at ?

ALGERNON : Oh, I'm a little anxious about poor Bunbury, that is all.

JACK : If you don't take care, your friend Bunbury will get you into a serious scrape some day.

ALGERNON : I love scrapes. They are the only things that are never serious.

JACK : Oh, that's nonsense, Algy. You never talk anything but nonsense.

ALGERNON : Nobody ever does.

JACK looks indignantly at him and leaves the room. ALGERNON lights a cigarette, reads his shirt-cuff, and smiles.

LANE : Bien, monsieur. *(Il lui présente le verre de sherry.)*

ALGERNON : J'espère qu'il fera beau demain, Lane.

LANE : Il ne fait jamais beau demain, monsieur.

ALGERNON : Lane, vous êtes un parfait pessimiste.

LANE : Je fais de mon mieux pour donner satisfaction à monsieur.

Entre Jack. Lane sort.

JACK : Quelle jeune fille raisonnable et intelligente ! La seule que j'aie jamais aimée. *(Algernon rit à gorge déployée.)* Qu'est-ce qui peut bien t'amuser à ce point ?

ALGERNON : Oh, c'est seulement ce pauvre Bunbury qui me donne un peu de souci.

JACK : Si tu n'y prends garde, ton ami Bunbury va t'attirer un de ces jours de sérieux ennuis.

ALGERNON : J'adore les ennuis. Il n'y a que cela de sérieux.

JACK : Tu dis des sottises, Algy. Tu ne dis jamais que des sottises.

ALGERNON : Comme tout un chacun.

Jack lui lance un regard scandalisé et sort de la pièce.
Algernon allume une cigarette,
lit ce qui est écrit sur sa manchette et sourit.

ACT TWO

Scene : Garden at the Manor House, Woolton. A flight of grey stone steps leads up to the house. The garden, an old-fashioned one, full of roses. Time of year, July. Basket chairs, and a table covered with books, are set under a large yew-tree.

Miss Prism discovered seated at the table. Cecily is at the back watering flowers.

Miss Prism *(calling)* : Cecily, Cecily ! Surely such a utilitarian occupation as the watering of flowers is rather Moulton's duty than yours. Especially at a moment when intellectual pleasures await you. Your German grammar is on the table. Pray open it at page fifteen. We will repeat yesterday's lesson.

Cecily : Oh ! I wish you would give Moulton the German lesson instead of me. Moulton !

Moulton *(looking out from behind a hedge, with a broad grin on his face)* : Eh, Miss Cecily ?

Cecily : Wouldn't you like to know German, Moulton ? German is the language talked by the people who live in Germany.

Moulton *(shaking his head)* : I don't hold with them furrin tongues, miss. *(Bowing to Miss Prism.)* No offence to you, ma'am. *(Disappears behind hedge)*

Miss Prism : Cecily, this will never do. Pray open your Schiller at once.

Cecily *(coming over very slowly)* : But I don't like German. It isn't at all a becoming language. I know perfectly well that I look quite plain after my German lesson.

ACTE II

Décor : le jardin du Manoir à Woolton. Un escalier en pierre grise conduit à la maison. Le jardin, désuet, est rempli de roses. Nous sommes en juillet. Des chaises en osier et une table couverte de livres sont disposées sous un grand if. On voit Miss Prism assise à la table. Cecily, à l'arrière-plan, arrose les fleurs.

MISS PRISM, *l'appelant* : Cecily, Cecily ! Ne croyez-vous pas qu'une activité aussi terre à terre que l'arrosage des fleurs incombe à Moulton plus qu'à vous ? En particulier à un moment où vous attendent les plaisirs de l'esprit. Votre grammaire allemande se trouve sur la table. Ouvrez-la, je vous prie, à la page quinze. Nous allons revoir la leçon d'hier.

CECILY : Ah, je préférerais que vous donniez cette leçon d'allemand à Moulton plutôt qu'à moi !

MOULTON, *apparaissant derrière une haie, souriant de toutes ses dents* : Vous dites, Miss Cecily ?

CECILY : N'aimeriez-vous pas connaître l'allemand, Moulton. L'allemand est la langue que parlent les gens qui habitent l'Allemagne.

MOULTON, *secouant la tête* : J'aime pas beaucoup toutes ces langues étrangères, mademoiselle. *(Il s'incline devant Miss Prism.)* Sauf votre respect, madame.

Il disparaît derrière la haie.

MISS PRISM : Cecily, il n'est pas question que vous vous esquiviez de la sorte. Ouvrez, je vous prie, votre Schiller [38] sur-le-champ.

CECILY, *s'approchant très lentement* : Mais je n'aime pas l'allemand. Ce n'est pas une langue seyante. Je sais très bien que je suis très laide après ma leçon d'allemand.

Miss Prism : Child, you know how anxious your guardian is that you should improve yourself in every way. He laid particular stress on your German, as he was leaving for town yesterday. Indeed, he always lays stress on your German when he is leaving for town.

Cecily : Dear Uncle Jack is so very serious ! Sometimes he is so serious that I think he cannot be quite well.

Miss Prism *(drawing herself up)* : Your guardian enjoys the best of health, and his gravity of demeanour is especially to be commended in one so comparatively young as he is. I know no one who has a higher sense of duty and responsibility.

Cecily : I suppose that is why he often looks a little bored when we three are together.

Miss Prism : Cecily ! I am surprised at you. Mr. Worthing has many troubles in his life. Idle merriment and triviality would be out of place in his conversation. You must remember his constant anxiety about that unfortunate young man his brother.

Cecily : I wish Uncle Jack would allow that unfortunate young man, his brother, to come down here sometimes. We might have a good influence over him, Miss Prism. I am sure you certainly would. You know German, and geology, and things of that kind influence a man very much. *(Cecily begins to write in her diary.)*

Miss Prism *(shaking her head)* : I do not think that even I could produce any effect on a character that according to his own brother's admission is irretrievably weak and vacillating. Indeed I am not sure that I would desire to reclaim him. I am not in favour of this modern mania for turning bad people into good people at a moment's notice. As a man sows so let him reap.

Cecily : But men don't sow, Miss Prism… And if they did, I don't see why they should be punished for it. There is a great deal too much punishment in the world. German is a punishment, certainly, and there is far too

MISS PRISM : Mon enfant, vous savez à quel point votre tuteur tient à ce que vous fassiez des progrès en tout. Il a particulièrement insisté sur l'allemand hier à son départ pour Londres. À vrai dire, il insiste toujours sur votre leçon d'allemand quand il part pour Londres.

CECILY : Ce cher oncle Jack est tellement sérieux ! Il est parfois tellement sérieux que j'ai l'impression qu'il ne va pas très bien.

MISS PRISM, *se redressant* : La santé de votre tuteur est excellente, et la gravité de ses manières est particulièrement admirable chez quelqu'un d'aussi jeune. Je ne connais personne qui ait un sens plus élevé de son devoir et de ses responsabilités.

CECILY : C'est sans doute la raison pour laquelle il a souvent l'air de s'ennuyer lorsque nous nous trouvons tous les trois ensemble.

MISS PRISM : Cecily ! Vous me surprenez. Mr. Worthing a de très gros soucis. Une joyeuse frivolité et des propos légers seraient déplacés dans sa conversation. N'oubliez pas l'inquiétude permanente que lui cause ce malheureux jeune homme qu'est son frère.

CECILY : J'aimerais bien qu'oncle Jack permette à ce malheureux jeune homme qu'est son frère de venir ici quelquefois. Nous pourrions peut-être, Miss Prism, exercer sur lui une influence bénéfique. J'en suis sûre et certaine. Vous connaissez l'allemand et la géologie, et des choses de ce genre ont toujours sur un homme une très grande influence. *(Cecily se met à rédiger son journal.)*

MISS PRISM, *secouant la tête* : Je ne crois pas que, même moi, je serais capable de produire quelque effet sur une personnalité qui, de l'aveu même de son frère, est irrémédiablement faible et chancelante. Je ne suis même pas certaine que je souhaiterais le remettre dans le droit chemin. Je ne suis pas favorable à cette manie qu'ont certains, à l'heure actuelle, de vouloir transformer, en un clin d'œil, la dépravation en vertu. On récolte ce que l'on a semé[39].

CECILY : Mais les hommes ne sèment rien, Miss Prism, et quand bien même ils le feraient, je ne vois pas pourquoi ils devraient en être punis. Il y a beaucoup trop de punitions de par le monde. L'allemand est évidemment une

much German. You told me yourself yesterday that Germany was over-populated.

MISS PRISM : That is no reason why you should be writing your diary instead of translating *William Tell*. You must put away your diary, Cecily. I really don't see why you should keep a diary at all.

CECILY : I keep a diary in order to enter the wonderful secrets of my life. If I didn't write them down, I should probably forget all about them.

MISS PRISM : Memory, my dear Cecily, is the diary that we all carry about with us.

CECILY : Yes, but it usually chronicles the things that have never happened, and couldn't possibly have happened. I believe that Memory is responsible for nearly all the three-volume novels that Mudie sends us.

MISS PRISM : Do not speak slightingly of the three-volume novel, Cecily. I wrote one myself in earlier days.

CECILY : Did you really, Miss Prism ? How wonderfully clever you are ! I hope it did not end happily ? I don't like novels that end happily. They depress me so much.

MISS PRISM : The good ended happily, and the bad unhappily. That is what Fiction means.

CECILY : I suppose so. But it seems very unfair. And was your novel ever published ?

MISS PRISM : Alas ! no. The manuscript unfortunately was abandoned. *(CECILY starts.)* I use the word in the sense of lost or mislaid. To your work, child, these speculations are profitless.

CECILY *(smiling)* : But I see Dr. Chasuble coming up through the garden.

MISS PRISM *(rising and advancing)* : Dr. Chasuble ! This is indeed a pleasure.

Enter CANON CHASUBLE.

CHASUBLE : And how are we this morning ? Miss Prism, you are, I trust, well ?

CECILY : Miss Prism has just been complaining of a slight headache. I think it would do her so much

punition, et il y a beaucoup trop d'allemand. Vous m'avez dit vous-même hier que l'Allemagne est surpeuplée.

MISS PRISM : Cela n'est pas une raison pour tenir votre journal au lieu de traduire *Guillaume Tell.* Il faut ranger votre journal, Cecily. Je ne vois vraiment pas au nom de quoi vous tenez un journal intime.

CECILY : Je tiens un journal intime afin d'y consigner les merveilleux secrets de ma vie. Si je n'en prenais pas note, je les oublierais très certainement.

MISS PRISM : La mémoire, ma chère Cecily, est le journal dont nous ne nous séparons jamais.

CECILY : C'est vrai, mais il tient ordinairement la chronique d'événements qui ne se sont jamais produits et qui, de toute façon, n'auraient pas pu se produire. Je suis persuadée que c'est à la mémoire que l'on doit presque tous les romans en trois volumes que nous fait parvenir la bibliothèque de prêt[40].

MISS PRISM : Ne parlez pas à la légère des romans en trois volumes, Cecily. J'en ai moi-même jadis écrit un.

CECILY : Vraiment, Miss Prism ? Vous êtes merveilleusement intelligente ! Il ne se termine pas bien, au moins ? Je n'aime pas les romans qui se terminent bien. Ils m'accablent terriblement.

MISS PRISM : Il se termine bien pour les bons et mal pour les méchants. Il en est ainsi dans les romans.

CECILY : Sans doute. Mais cela ne me semble pas juste. Votre roman a-t-il jamais été publié ?

MISS PRISM : Hélas, non. Le manuscrit a malheureusement été abandonné. *(Cecily sursaute.)* J'emploie ce terme dans le sens de perdu ou égaré[41]. Allez, au travail, mon enfant, ce ne sont là que vaines spéculations.

CECILY, *souriant* : Mais je vois ce cher révérend Chasuble qui vient vers nous en traversant le jardin.

MISS PRISM, *se levant et s'avançant* : Le révérend Chasuble ! Mais quel plaisir.

Entre le révérend Chasuble.

CHASUBLE : Alors comment allons-nous donc ce matin. Vous allez bien, j'espère, Miss Prism ?

CECILY : Miss Prism vient de se plaindre d'une légère migraine. Je crois que cela lui ferait le plus grand bien de

good to have a short stroll with you in the Park, Dr. Chasuble.

MISS PRISM : Cecily, I have not mentioned anything about a headache.

CECILY : No, dear Miss Prism, I know that, but I felt instinctively that you had a headache. Indeed I was thinking about that, and not about my German lesson, when the Rector came in.

CHASUBLE : I hope, Cecily, you are not inattentive.

CECILY : Oh, I am afraid I am.

CHASUBLE : That is strange. Were I fortunate enough to be Miss Prism's pupil, I would hang upon her lips. *(MISS PRISM glares.)* I spoke metaphorically. My metaphor was drawn from bees. Ahem ! Mr. Worthing, I suppose, has not returned from town yet ?

MISS PRISM : We do not expect him till Monday afternoon.

CHASUBLE : Ah yes, he usually likes to spend his Sunday in London. He is not one of those whose sole aim is enjoyment, as, by all accounts, that unfortunate young man his brother seems to be. But I must not disturb Egeria and her pupil any longer.

MISS PRISM : Egeria ? My name is Lætitia, Doctor.

CHASUBLE *(bowing)* : A classical allusion merely, drawn from the Pagan authors. I shall see you both no doubt at Evensong ?

MISS PRISM : I think, dear Doctor, I will have a stroll with you. I find I have a headache after all, and a walk might do it good.

CHASUBLE : With pleasure, Miss Prism, with pleasure. We might go as far as the schools and back.

MISS PRISM : That would be delightful. Cecily, you will read your Political Economy in my absence. The chapter on the Fall of the Rupee you may omit. It is somewhat too sensational for a young girl. Even these metallic problems have their melodramatic side.

faire une petite promenade avec vous dans le parc, mon révérend.

MISS PRISM : Cecily, je n'ai jamais parlé de la moindre migraine.

CECILY : Non, je le sais bien, chère Miss Prism, mais mon instinct m'a dit que vous souffriez d'une migraine. C'est même à cela que je pensais, et non à ma leçon d'allemand, lorsque mon révérend est arrivé.

CHASUBLE : J'espère, Cecily, que vous êtes bien attentive.

CECILY : Oh, j'ai bien peur que non.

CHASUBLE : Comme c'est étrange. Si j'avais l'heur d'être l'élève de Miss Prism, je serais suspendu à ses lèvres. *(Miss Prism lui lance un regard indigné.)* Je parlais métaphoriquement. Ma métaphore est empruntée à l'apiculture. Hum ! J'imagine que Mr. Worthing n'est pas encore rentré de Londres ?

MISS PRISM : Nous ne l'attendons pas avant lundi après-midi.

CHASUBLE : Ah oui, il aime en général passer le dimanche à Londres. Il n'est pas de ceux qui ne songent qu'au plaisir, comme c'est le cas, semble-t-il, et au dire de tous, de ce malheureux jeune homme qu'est son frère. Mais il ne faut pas que je dérange Égérie et son élève plus longtemps.

MISS PRISM : Égérie ? Je m'appelle Lætitia[42], mon révérend.

CHASUBLE, *s'inclinant* : Une simple allusion classique empruntée aux auteurs païens. Je vous verrai sans aucun doute toutes les deux à l'office du soir ?

MISS PRISM : Je crois, mon révérend, que je vais faire une promenade en votre compagnie. Je m'aperçois, en fin de compte, que j'ai la migraine et que marcher un peu pourrait me faire du bien.

CHASUBLE : Avec plaisir, Miss Prism, avec plaisir. Nous pourrions aller jusqu'à l'école et revenir.

MISS PRISM : J'en serais enchantée. Cecily, pendant mon absence vous allez étudier votre économie politique. Vous pouvez vous dispenser du chapitre sur la chute de la roupie[43]. Ce serait de trop fortes émotions pour une jeune fille. Même ces questions monétaires ont quelque chose de mélodramatique.

CHASUBLE : Reading Political Economy, Cecily ? It is wonderful how girls are educated nowadays. I suppose you know all about relations between Capital and Labour ?

CECILY : I am afraid I am not learned at all. All I know is about the relations between Capital and Idleness – and that is merely from observation. So I don't suppose it is true.

MISS PRISM : Cecily, that sounds like Socialism ! And I suppose you know where Socialism leads to ?

CECILY : Oh, yes ! That leads to Rational Dress, Miss Prism. And I suppose that when a woman is dressed rationally, she is treated rationally. She certainly deserves to be.

CHASUBLE : A wilful lamb ! Dear child !

MISS PRISM *(smiling)* : A sad trouble sometimes.

CHASUBLE : I envy you such tribulation.

Goes down the garden with MISS PRISM.

CECILY *(picks up books and throws them back on table)* : Horrid Political Economy ! Horrid Geography ! Horrid, horrid German !

Enter MERRIMAN with a card on a salver.

MERRIMAN : Mr. Ernest Worthing has just driven over from the station. He has brought his luggage with him.

CECILY *(takes the card and reads it)* : « Mr. Ernest Worthing, B. 4, The Albany, W. » Uncle Jack's brother ! Did you tell him Mr. Worthing was in town ?

MERRIMAN : Yes, Miss. He seemed very much disappointed. I mentioned that you and Miss Prism were in the garden. He said he was anxious to speak to you privately for a moment.

CECILY *(to herself)* : I don't think Miss Prism would like my being alone with him. So I had better send for him at once, before she comes in. *(To MERRIMAN.)* Ask Mr. Ernest Worthing to come here. I suppose you had better talk to the housekeeper about a room for him.

CHASUBLE : Vous étudiez l'économie politique, Cecily ? De nos jours, l'éducation des jeunes filles est une chose extraordinaire. J'imagine que vous n'ignorez rien des relations entre le capital et le travail ?

CECILY : J'ai bien peur de ne rien savoir du tout. Tout ce que je connais a trait aux relations entre le capital et l'oisiveté… et ce ne sont que mes observations personnelles. Je crois donc qu'elles sont fausses.

MISS PRISM : Cecily, on croirait entendre parler les socialistes ! Et vous savez, j'imagine, à quoi mène le socialisme[44] ?

CECILY : Oh, oui, Miss Prism, il mène à une conception rationnelle du vêtement. Et je pense que si une femme s'habille rationnellement, alors on la traite rationnellement. Et elle le mérite bien[45].

CHASUBLE : Quel agneau entêté ! Chère enfant !

MISS PRISM, *souriant* : Qui donne parfois bien du souci.

CHASUBLE : Je vous envie de tels tourments.

Il s'éloigne dans le jardin en compagnie de Miss Prism.

CECILY, *ramasse les livres et les jette sur la table* : Abominable économie politique ! Abominable géographie ! Abominable, abominable allemand !

Entre Merriman, une carte sur un plateau.

MERRIMAN : Mr. Constant Worthing vient d'arriver de la gare. Il a ses bagages avec lui.

CECILY *prend la carte et la lit* : « Mr. Constant Worthing, Résidence "L'Albany", appartement B. 4. » Le frère d'oncle Jack ! Lui avez-vous dit que Mr. Worthing se trouve à Londres ?

MERRIMAN : Oui, mademoiselle. Il a eu l'air très déçu. Je lui ai indiqué que Miss Prism et vous-même vous trouviez dans le jardin. Il a répondu qu'il désirait vivement vous parler quelques instants en privé.

CECILY, *en aparté* : Je ne crois pas que Miss Prism apprécierait de me savoir seule en sa compagnie. J'ai donc peut-être intérêt à le recevoir tout de suite avant qu'elle ne revienne. *(À Merriman.)* Priez Mr. Constant Worthing de venir ici. À mon avis, vous feriez bien de dire à l'intendant de lui faire préparer une chambre.

MERRIMAN : I have already sent his luggage up to the Blue Room, Miss : next to Mr. Worthing's own room.

CECILY : Oh ! That is all right.

MERRIMAN goes off.

I have never met any really wicked person before. I feel rather frightened. I am so afraid he will look just like everyone else.

Enter ALGERNON, very gay and debonair.

He does !

ALGERNON *(raising his hat)* : You are my little cousin Cecily, I'm sure.

CECILY : You are under some strange mistake. I am not little. In fact, I believe I am more than usually tall for my age. *(ALGERNON is rather taken aback.)* But I am your cousin Cecily. You, I see from your card, are Uncle Jack's brother, my cousin Ernest, my wicked cousin Ernest.

ALGERNON : Oh ! I am not really wicked at all, cousin Cecily. You musn't think that I am wicked.

CECILY : If you are not, then you have certainly been deceiving us all in a very inexcusable manner. You have made Uncle Jack believe that you are very bad. I hope you have not been leading a double life, pretending to be wicked and being really good all the time. That would be hypocrisy.

ALGERNON *(looks at her in amazement)* : Oh ! Of course I have been rather reckless.

CECILY : I am glad to hear it.

ALGERNON : In fact, now you mention the subject, I have been very bad in my own small way.

CECILY : I don't think you should be so proud of that, though I am sure it must have been very pleasant.

ALGERNON : It is much pleasanter being here with you.

CECILY : I can't understand how you are here at all. Uncle Jack telegraphed to you yesterday at the Albany that he would see you for the last time at six o'clock. He

MERRIMAN : J'ai déjà fait monter ses bagages dans la chambre bleue, mademoiselle. La chambre voisine de celle de Mr. Worthing.

CECILY : Oh, c'est parfait.

Merriman se retire.

Je n'ai encore jamais vraiment rencontré quelqu'un de débauché. Cela me fait un peu peur. Je redoute tellement qu'il ressemble à tout le monde.

Entre Algernon, l'air très enjoué et affable.

C'est le cas !

ALGERNON, *soulevant son chapeau* : Vous êtes ma petite cousine Cecily, j'en suis sûr.

CECILY : Vous commettez une étrange erreur. Je ne suis pas petite. À vrai dire, je suis même assez grande pour mon âge. *(Algernon est assez décontenancé).* Mais je suis bien votre cousine Cecily. Et vous, d'après votre carte, vous êtes le frère d'oncle Jack, mon cousin Constant, ce débauché de cousin Constant.

ALGERNON : Oh, je ne suis pas du tout débauché, cousine Cecily. Il ne faut pas que vous croyiez que je suis débauché.

CECILY : Dans ce cas, vous nous avez trompés d'une façon vraiment inexcusable. Vous avez laissé accroire à oncle Jack que vous êtes un très mauvais sujet. J'espère que vous ne menez pas une double vie, en faisant semblant d'être débauché alors qu'en fait vous êtes vertueux. Ce serait pure hypocrisie.

ALGERNON, *la regardant, l'air stupéfait* : Oh, bien sûr, il m'est parfois arrivé d'agir à la légère.

CECILY : Je suis ravie de l'apprendre.

ALGERNON : En fait, puisque vous abordez le sujet, j'ai mené une vie très dissolue, dans la mesure de mes modestes moyens.

CECILY : Je ne pense pas que vous devriez vous en vanter, même si, j'en suis certaine, cela a dû être fort agréable.

ALGERNON : Il est bien plus agréable d'être ici en votre compagnie.

CECILY : Je n'arrive pas à comprendre comment vous vous trouvez ici. Oncle Jack vous a télégraphié hier à l'Albany pour dire qu'il vous verrait une dernière fois à six

lets me read all the telegrams he sends you. I know some of them by heart.

ALGERNON : The fact is I didn't get the telegram till it was too late. Then I missed him at the Club, and the Hall Porter said he thought he had come down here. So, of course, I followed as I knew he wanted to see me.

CECILY : He won't be back till Monday afternoon.

ALGERNON : That is a great disappointment. I am obliged to go up by the first train on Monday morning. I have a business appointment that I am anxious… to miss !

CECILY : Couldn't you miss it anywhere but in London ?

ALGERNON : No : the appointment is in London.

CECILY : Well, I know, of course, how important it is not to keep a business engagement, if one wants to retain any sense of the beauty of life, but still I think you had better wait till Uncle Jack arrives. I know he wants to speak to you about your emigrating.

ALGERNON : About my what ?

CECILY : Your emigrating. He has gone up to buy your outfit.

ALGERNON : I certainly wouldn't let Jack buy my outfit. He has no taste in neckties at all.

CECILY : I don't think you will require neckties. Uncle Jack is sending you to Australia.

ALGERNON : Australia ! I'd sooner die.

CECILY : Well, he said at dinner on Wednesday night, that you would have to choose between this world, the next world, and Australia.

ALGERNON : Oh, well ! The accounts I have received of Australia and the next world are not particularly encouraging. This world is good enough for me, cousin Cecily.

CECILY : Yes, but are you good enough for it ?

ALGERNON : I'm afraid I'm not that. That is why I want you to reform me. You might make that your mission, if you don't mind, cousin Cecily.

CECILY : How dare you suggest that I have a mission ?

heures. Il me fait lire tous les télégrammes qu'il vous envoie. J'en connais quelques-uns par cœur.

ALGERNON : En fait, j'ai reçu son télégramme trop tard. Puis, je l'ai manqué au club et le portier m'a dit que, selon lui, il s'était rendu ici même. Bien entendu, je l'ai suivi puisque je savais qu'il voulait me voir.

CECILY : Il ne sera pas de retour avant lundi après-midi.

ALGERNON : Quelle déception ! Je suis obligé de repartir lundi matin par le premier train. J'ai un rendez-vous d'affaires que j'ai très envie de… manquer !

CECILY : Et ne pourriez-vous pas le manquer en étant ailleurs qu'à Londres ?

ALGERNON : Non, puisque le rendez-vous est à Londres.

CECILY : Ma foi, je sais, bien entendu, combien il est important de ne pas honorer un rendez-vous d'affaires si l'on désire conserver un certain sens de la beauté de la vie, mais je persiste à penser que vous feriez mieux d'attendre le retour d'oncle Jack. Je sais qu'il veut vous parler de votre émigration.

ALGERNON : De ma quoi ?

CECILY : De votre émigration. Il est parti vous acheter les vêtements dont vous aurez besoin.

ALGERNON : Il n'est pas question que je laisse Jack m'acheter mes vêtements. Il n'a aucun goût en matière de cravates.

CECILY : Je ne crois pas que vous aurez besoin de cravates. Oncle Jack vous envoie en Australie [46].

ALGERNON : En Australie ! Plutôt mourir !

CECILY : Écoutez, il a dit mercredi soir pendant le dîner que vous allez devoir choisir entre ce monde-ci, l'autre monde et l'Australie.

ALGERNON : Diable ! Ce que j'ai entendu dire de l'Australie et de l'autre monde n'est pas particulièrement encourageant. Ce monde-ci est assez bon pour moi, cousine Cecily.

CECILY : Certes, mais vous, êtes-vous assez bon pour lui ?

ALGERNON : Je crains bien que non. C'est pourquoi je désire que vous me réformiez. Vous pourriez faire de cela votre mission, si vous le voulez bien, cousine Cecily.

CECILY : Comment osez-vous suggérer que je puisse avoir une mission ?

ALGERNON : I beg your pardon : but I thought that every woman had a mission of some kind, nowadays.

CECILY : Every female has ! No woman. Besides, I have no time to reform you this afternoon.

ALGERNON : Well, would you mind my reforming myself this afternoon ?

CECILY : It is rather Quixotic of you. But I think you should try.

ALGERNON : I will. I feel better already.

CECILY : You are looking a little worse.

ALGERNON : That is because I am hungry.

CECILY : How thoughtless of me. I should have remembered that when one is going to lead an entirely new life, one requires regular and wholesome meals. Miss Prism and I lunch at two, off some roast mutton.

ALGERNON : I fear that would be too rich for me.

CECILY : Uncle Jack, whose health has been sadly undermined by the late hours you keep in town, has been ordered by his London doctor to have pâté de foie gras sandwiches and 1889 champagne at twelve. I don't know if such invalid fare would suit you.

ALGERNON : Oh ! I will be quite content with '89 champagne.

CECILY : I am glad to see you have such simple tastes. This is the dining-room.

ALGERNON : Thank you. Might I have a buttonhole first ? I never have any appetite unless I have a buttonhole first.

CECILY : A Maréchal Niel ? *(Picks up scissors.)*

ALGERNON : No, I'd sooner have a pink rose.

CECILY : Why ? *(Cuts a flower.)*

ALGERNON : Because you are like a pink rose, Cousin Cecily.

CECILY : I don't think it can be right for you to talk to me like that. Miss Prism never says such things to me.

ALGERNON : Then Miss Prism is a short-sighted old lady. *(CECILY puts the rose in his buttonhole.)* You are the prettiest girl I ever saw.

ALGERNON : Je vous demande pardon, mais je pensais que, de nos jours, toutes les femmes avaient une mission à remplir.

CECILY : Les femmes de peu, pas les dames ! De plus, je n'ai pas le temps de vous réformer cet après-midi.

ALGERNON : Dans ce cas, cela vous dérangerait-il que je me réforme tout seul cet après-midi ?

CECILY : Vous ne manquez pas de donquichottisme [47]. Je crois cependant que vous devriez essayer.

ALGERNON : C'est ce que je vais faire. Je me sens déjà mieux.

CECILY : Vous avez l'air d'aller moins bien.

ALGERNON : C'est parce que j'ai faim.

CECILY : Où donc ai-je la tête. J'aurais dû me rappeler que, lorsqu'on va mener une vie entièrement nouvelle, on a besoin d'une nourriture saine et régulière. Miss Prism et moi déjeunons à deux heures d'un rôti d'agneau.

ALGERNON : Je crains que cela ne soit trop riche pour moi.

CECILY : Oncle Jack, dont la santé a excessivement souffert des nuits blanches que vous lui avez fait passer à Londres, s'est vu prescrire par son médecin, pour ses repas de midi, des canapés au foie gras arrosés de champagne 1889. J'ignore si un tel régime médical vous conviendrait.

ALGERNON : Oh, je saurai me contenter du champagne 1889.

CECILY : Je suis ravie de constater que vous avez des goûts aussi simples. Voici la salle à manger.

ALGERNON : Merci. Puis-je d'abord me mettre une fleur à la boutonnière ? Je n'ai jamais d'appétit si je n'ai pas de fleur à la boutonnière.

CECILY : Une Maréchal Niel [48] ? *(Elle prend les ciseaux.)*

ALGERNON : Non, j'aime autant une rose rose.

CECILY : Pourquoi donc ? *(Elle coupe une fleur.)*

ALGERNON : Parce que vous êtes une rose rose, cousine Cecily.

CECILY : Je ne crois pas qu'il soit bien convenable que vous me parliez ainsi. Miss Prism ne me dit jamais rien de tel.

ALGERNON : Dans ce cas, Miss Prism est une vieille dame à la vue basse. *(Cecily lui met la rose à la boutonnière.)* Vous êtes la plus jolie jeune fille que j'aie jamais vue.

CECILY : Miss Prism says that all good looks are a snare.

ALGERNON : They are a snare that every sensible man would like to be caught in.

CECILY : Oh, I don't think I would care to catch a sensible man. I shouldn't know what to talk to him about.

They pass into the house.
MISS PRISM and DR. CHASUBLE return.

MISS PRISM : You are too much alone, dear Dr. Chasuble. You should get married. A misanthrope I can understand – a womanthrope, never !

CHASUBLE *(with a scholar's shudder)* : Believe me, I do not deserve so neologistic a phrase. The precept as well as the practice of the Primitive Church was distinctly against matrimony.

MISS PRISM *(sententiously)* : That is obviously the reason why the Primitive Church has not lasted up to the present day. And you do not seem to realise, dear Doctor, that by persistently remaining single, a man converts himself into a permanent public temptation. Men should be more careful ; this very celibacy leads weaker vessels astray.

CHASUBLE : But is a man not equally attractive when married ?

MISS PRISM : No married man is ever attractive except to his wife.

CHASUBLE : And often, I've been told, not even to her.

MISS PRISM : That depends on the intellectual sympathies of the woman. Maturity can always be depended on. Ripeness can be trusted. Young women are green. *(DR. CHASUBLE starts.)* I spoke horticulturally. My metaphor was drawn from fruit. But where is Cecily ?

CHASUBLE : Perhaps she followed us to the schools.

Enter JACK slowly from the back of the garden.
He is dressed in the deepest mourning,
with crêpe hatband and black gloves.

CECILY : Miss Prism dit que la beauté est un piège.

ALGERNON : C'est un piège dans lequel tout homme de bon sens aimerait se laisser prendre.

CECILY : Oh, je ne crois pas que j'aimerais prendre au piège un homme de bon sens. Je ne saurais pas quoi lui dire.

Ils entrent dans la maison.
Miss Prism et le révérend Chasuble reviennent.

MISS PRISM : Vous vivez bien trop seul, mon cher révérend. Vous devriez vous marier. Je suis capable de comprendre la misanthropie, mais la femmanthropie, jamais !

CHASUBLE, *avec un frisson de puriste* : Croyez bien que je ne mérite nullement un tel néologisme. Les préceptes et la pratique de l'Église primitive étaient très clairement hostiles au mariage.

MISS PRISM, *d'un ton sententieux* : Telle est manifestement la raison pour laquelle l'Église primitive n'a pas survécu jusqu'à notre époque. De plus, vous ne vous rendez pas compte, semble-t-il, qu'en s'obstinant à rester célibataire, un homme devient une tentation permanente. Les hommes devraient faire plus attention : c'est ce même célibat qui conduit les faibles femmes à leur perte.

CHASUBLE : Mais un homme marié n'exerce-t-il pas autant d'attrait ?

MISS PRISM : Un homme marié n'exerce d'attrait que sur sa femme.

CHASUBLE : Et souvent, m'a-t-on dit, pas même sur elle.

MISS PRISM : Cela dépend des affinités intellectuelles que sa femme a avec lui. On peut toujours se fier à la maturité. On peut faire confiance à l'âge mûr. Les jeunes femmes sont un peu vertes *(Le révérend Chasuble sursaute.)* Je parlais en termes d'horticulture. Je tire ma métaphore des fruits. Mais où donc est Cecily ?

CHASUBLE : Peut-être nous a-t-elle suivis jusqu'à l'école.

Jack entre lentement par le fond du jardin.
Il est en grand deuil, avec un crêpe au chapeau
et des gants noirs.

MISS PRISM : Mr. Worthing !

CHASUBLE : Mr. Worthing ?

MISS PRISM : This is indeed a surprise. We did not look for you till Monday afternoon.

JACK *(shakes MISS PRISM'S hand in a tragic manner)* : I have returned sooner than I expected. Dr. Chasuble, I hope you are well ?

CHASUBLE : Dear Mr. Worthing, I trust this garb of woe does not betoken some terrible calamity ?

JACK : My brother.

MISS PRISM : More shameful debts and extravagance ?

CHASUBLE : Still leading his life of pleasure ?

JACK *(shaking his head)* : Dead !

CHASUBLE : Your brother Ernest dead ?

JACK : Quite dead.

MISS PRISM : What a lesson for him ! I trust he will profit by it.

CHASUBLE : Death is the inheritance of us all, Miss Prism. Nor should we look on it as a special judgement, but rather as a general providence. Life were incomplete without it… Mr. Worthing, I offer you my sincere condolence. You have at least the consolation of knowing that you were always the most generous and forgiving of brothers.

JACK : Poor Ernest ! He had many faults, but it is a sad, sad blow.

CHASUBLE : Very sad indeed. Were you with him at the end ?

JACK : No. He died abroad ; in Paris, in fact. I had a telegram last night from the manager of the Grand Hotel.

CHASUBLE : Was the cause of death mentioned ?

JACK : A severe chill, it seems.

MISS PRISM : As a man sows, so shall he reap.

CHASUBLE *(raising his hand)* : Charity, dear Miss Prism, charity ! None of us are perfect. I myself am peculiarly susceptible to draughts. Will the interment take place here ?

MISS PRISM : Mr. Worthing !

CHASUBLE : Mr. Worthing ?

MISS PRISM : En voilà une surprise. Nous ne vous attendions pas avant lundi après-midi.

JACK, *serrant la main de Miss Prism d'une façon tragique* : Je suis de retour plus tôt que je ne pensais. Mon révérend, vous allez bien, j'espère ?

CHASUBLE : Mon cher Mr. Worthing, je veux croire que ce funeste équipage ne présage pas quelque épouvantable désastre ?

JACK : Mon frère.

MISS PRISM : De nouvelles dettes déshonorantes dues à sa prodigalité ?

CHASUBLE : Toujours adonné à une vie de plaisir ?

JACK, *secouant la tête* : Mort !

CHASUBLE : Votre frère Constant est mort ?

JACK : On ne peut plus mort.

MISS PRISM : Quelle leçon pour lui ! Je veux croire qu'il saura en tirer profit.

CHASUBLE : La mort est notre lot à tous, Miss Prism. Et ce n'est pas comme un châtiment individuel que nous devons la considérer mais plutôt comme une providence universelle. La vie sans elle serait incomplète… Mr. Worthing, je vous présente mes sincères condoléances. Vous avez au moins la consolation de savoir que vous avez toujours été le plus généreux et le plus indulgent des frères.

JACK : Pauvre Constant ! Il avait de nombreux défauts, mais c'est un rude coup du sort, un coup bien rude.

CHASUBLE : Bien rude en vérité. L'avez-vous accompagné dans ses derniers moments ?

JACK : Non. Il est mort à l'étranger. Pour être précis, il est mort à Paris. J'ai reçu hier soir un télégramme du directeur du Grand Hôtel[49].

CHASUBLE : Mentionnait-il la cause du décès ?

JACK : Un gros refroidissement, semble-t-il.

MISS PRISM : On récolte ce que l'on a semé.

CHASUBLE, *levant la main* : Un peu de charité, Miss Prism, un peu de charité ! Nul d'entre nous n'est parfait. Je suis moi-même très sensible aux courants d'air. L'inhumation va-t-elle avoir lieu ici ?

JACK : No. He seems to have expressed a desire to be buried in Paris.

CHASUBLE : In Paris ! *(Shakes his head.)* I fear that hardly points to any very serious state of mind at the last. You would no doubt wish me to make some slight allusion to this tragic domestic affliction next Sunday. *(JACK presses his hand convulsively.)* My sermon on the meaning of the manna in the wilderness can be adapted to almost any occasion, joyful, or, as in the present case, distressing. *(All sigh.)* I have preached it at harvest celebrations, christenings, confirmations, on days of humiliation and festal days. The last time I delivered it was in the Cathedral, as a charity sermon on behalf of the Society for the Prevention of Discontent among the Upper Orders. The Bishop, who was present, was much struck by some of the analogies I drew.

JACK : Ah ! that reminds me, you mentioned christenings, I think, Dr. Chasuble ? I suppose you know how to christen all right ? *(DR. CHASUBLE looks astounded.)* I mean, of course, you are continually christening, aren't you ?

MISS PRISM : It is, I regret to say, one of the Rector's most constant duties in this parish. I have often spoken to the poorer classes on the subject. But they don't seem to know what thrift is.

CHASUBLE : The Church rejects no babe, Miss Prism. In every child, there is the making of a saint. But is there any particular infant in whom you are interested, Mr. Worthing ? Your brother was, I believe, unmarried, was he not ?

JACK : Oh yes.

MISS PRISM *(bitterly)* : People who live entirely for pleasure usually are.

JACK : But it is not for any child, dear Doctor. I am very fond of children. No ! the fact is, I would like to be christened myself, this afternoon, if you have nothing better to do.

JACK : Non. Il a, semble-t-il, exprimé le désir d'être inhumé à Paris.

CHASUBLE : À Paris ! *(Il secoue la tête.)* Je crains bien que cela n'en dise long sur sa frivolité jusque dans ses derniers moments. Vous souhaiteriez, j'imagine, que je fasse quelque discrète allusion à cette affligeante tragédie familiale dimanche prochain. *(Jack lui serre convulsivement la main.)* Mon sermon sur la signification de la manne dans le désert peut s'adapter peu ou prou à n'importe quelle circonstance, qu'elle soit heureuse ou, comme dans le cas présent, malheureuse[50]. *(Tous soupirent.)* Je l'ai prêché pour fêter moissons, baptêmes et confirmations, je l'ai prêché en temps de contrition comme en temps de réjouissances. La dernière fois que je l'ai prononcé, c'était à la cathédrale, sous la forme d'un sermon sur la charité au profit de la Société pour la prévention du mécontentement dans les classes supérieures. L'évêque, qui était présent, a été vivement frappé par quelques-unes de mes analogies.

JACK : Ah, au fait, vous avez parlé de baptême, il me semble, mon révérend ? J'imagine que vous savez administrer le baptême ? *(Le révérend Chasuble a l'air abasourdi.)* Je veux dire, bien sûr, que vous baptisez à tour de bras, je ne me trompe pas ?

MISS PRISM : C'est, je suis navrée de le dire, l'un des devoirs les plus constants du révérend Chasuble dans cette paroisse. J'en ai souvent parlé aux gens des classes inférieures, mais ils semblent ignorer jusqu'à l'idée même de parcimonie.

CHASUBLE : L'Église ne rejette aucun de ses chers petits, Miss Prism. En chaque enfant, il y a un saint en puissance. Mais vous intéressez-vous à un petit enfant en particulier, Mr. Worthing ? Votre frère, je crois, n'était pas marié, n'est-ce pas ?

JACK : Non.

MISS PRISM, *avec amertume* : C'est en général le cas de ceux qui ne vivent que pour le plaisir.

JACK : Mais ce n'est pas à un enfant que je pense, mon cher révérend. J'aime beaucoup les enfants. Non, à vrai dire, j'aimerais être moi-même baptisé cet après-midi, si vous n'avez rien de mieux à faire.

CHASUBLE : But surely, Mr. Worthing, you have been christened already ?

JACK : I don't remember anything about it.

CHASUBLE : But have you any grave doubts on the subject ?

JACK : I have the very gravest doubts. There are circumstances, unnecessary to mention at present, connected with my birth and early life that make me think I was a good deal neglected. I certainly wasn't properly looked after, at any rate. Of course I don't know if the thing would bother you in any way, or if you think I am a little too old now.

CHASUBLE : Oh ! I am not by any means a bigoted Paedobaptist. The sprinkling and, indeed, the immersion of adults was a common practice of the Primitive Church.

JACK : Immersion ! You don't mean to say that…

CHASUBLE : You need have no apprehensions. Sprinkling is all that is necessary, or indeed I think advisable. Our weather is so changeable. At what hour would you wish the ceremony performed ?

JACK : Oh, I might trot round about five if that would suit you.

CHASUBLE : Perfectly, perfectly ! In fact, I have two similar ceremonies to perform at that time. A case of twins that occurred recently in one of the outlying cottages on your own estate. Poor Jenkins the carter, a most hard-working man.

JACK : Oh ! I don't see much fun in being christened along with other babies. It would be childish. Would half-past five do ?

CHASUBLE : Admirably ! Admirably ! *(Takes out watch.)* And now, dear Mr. Worthing, I will not intrude any longer into a house of sorrow. I would merely beg you not to be too much bowed down by grief. What seem to us bitter trials are often blessings in disguise.

CHASUBLE : Mais, Mr. Worthing, vous avez certainement été déjà baptisé ?

JACK : Je n'en ai aucun souvenir.

CHASUBLE : Mais avez-vous de sérieux doutes à ce sujet ?

JACK : Les plus sérieux du monde. Certaines circonstances, que je n'ai pas besoin de mentionner ici, et qui sont associées à ma naissance, me laissent penser que l'on m'a gravement négligé. Quoi qu'il en soit, on ne s'est pas convenablement occupé de moi. J'ignore bien sûr si cela vous dérangerait de me baptiser ou si vous considérez que je suis maintenant un peu trop vieux.

CHASUBLE : Oh, je ne suis pas le moins du monde l'un de ces pédobaptistes[51] fanatiques. L'aspersion et même l'immersion des adultes étaient pratique courante dans l'Église primitive.

JACK : L'immersion ! Vous ne voulez tout de même pas dire que…

CHASUBLE : N'ayez nulle crainte. L'aspersion suffit amplement, elle est même, je crois, préférable. Il fait un temps tellement capricieux. À quelle heure voulez-vous que la cérémonie ait lieu ?

JACK : Oh, je pourrais faire un saut vers cinq heures, si cela vous convient.

CHASUBLE : Parfait, parfait ! J'ai justement deux cérémonies semblables à célébrer à cette heure-là. Des jumeaux récemment venus au monde dans l'une des chaumières situées en bordure de votre domaine. Chez ce pauvre Jenkins, le charretier, un homme qui ne ménage pas sa peine.

JACK : Oh, cela ne m'amuse pas beaucoup de me faire baptiser en compagnie d'autres bébés. Ce serait puéril. Est-ce que cinq heures et demie vous conviendrait ?

CHASUBLE : Admirablement, admirablement ! *(Il sort sa montre.)* Et maintenant, mon cher Mr. Worthing, je ne vais pas m'imposer plus longtemps dans une maison plongée dans le deuil. Je vous supplie simplement de ne pas vous laisser écraser par le poids du chagrin. Ce que nous prenons pour une cruelle épreuve se révèle être souvent un bienfait déguisé.

MISS PRISM : This seems to me a blessing of an extremely obvious kind.

Enter CECILY from the house.

CECILY : Uncle Jack ! Oh, I am pleased to see you back. But what horrid clothes you have got on ! Do go and change them.

MISS PRISM : Cecily !

CHASUBLE : My child ! my child !

CECILY goes towards JACK ;
he kisses her brow in a melancholy manner.

CECILY : What is the matter, Uncle Jack ? Do look happy ! You look as if you had toothache, and I have got such a surprise for you. Who do you think is in the dining-room ? Your brother !

JACK : Who ?

CECILY : Your brother Ernest. He arrived about half an hour ago.

JACK : What nonsense ! I haven't got a brother.

CECILY : Oh, don't say that. However badly he may have behaved to you in the past he is still your brother. You couldn't be so heartless as to disown him. I'll tell him to come out. And you will shake hands with him, won't you, Uncle Jack ? *(Runs back into the house.)*

CHASUBLE : These are very joyful tidings. That telegram from Paris seems to have been a somewhat heartless jest by one who wished to play upon your feelings.

MISS PRISM : After we had all been resigned to his loss, his sudden return seems to me peculiarly distressing.

JACK : My brother is in the dining-room ? I don't know what it all means. I think it is perfectly absurd.

Enter ALGERNON and CECILY hand in hand.
They come slowly up to JACK.

JACK : Good heavens ! *(Motions ALGERNON away.)*

MISS PRISM : Et celui-ci est, selon moi, un bienfait dont l'évidence saute aux yeux.

Entre Cecily, qui vient de la maison.

CECILY : Oncle Jack ! Je suis si contente de vous voir de retour. Mais quels abominables vêtements ! Allez vite vous changer.

MISS PRISM : Cecily !

CHASUBLE : Mon enfant ! Mon enfant ! *(Cecily s'avance vers Jack ; il lui embrasse le front, l'air mélancolique.)*

CECILY : Que se passe-t-il donc, oncle Jack ? N'ayez pas cet air sinistre ! On dirait que vous avez une rage de dents alors que j'ai une surprise pour vous. Devinez qui se trouve en ce moment dans la salle à manger ? Votre frère !

JACK : Qui ?

CECILY : Votre frère Constant. Il est arrivé il y a environ une heure.

JACK : Sottises ! Je n'ai pas de frère !

CECILY : Oh, il ne faut pas dire une chose pareille. Même s'il s'est mal conduit envers vous par le passé, il n'en est pas moins votre frère. Vous ne pouvez pas avoir la cruauté de le renier. Je vais lui dire de venir et vous allez lui serrer la main, vous voulez bien, oncle Jack ?

Elle rentre en courant dans la maison.

CHASUBLE : Voilà de fort réjouissantes nouvelles. Ce télégramme de Paris est à mon sens une plaisanterie quelque peu cruelle de la part d'une personne qui avait envie de jouer avec vos sentiments.

MISS PRISM : Alors que nous nous étions tous résignés à sa perte, son retour soudain est, selon moi, une épreuve particulièrement douloureuse.

JACK : Mon frère se trouve dans la salle à manger ? J'ignore ce que tout cela signifie. C'est parfaitement absurde.

Entrent Algernon et Cecily main dans la main.
Ils s'avancent lentement vers Jack.

JACK : Grands dieux ! *(D'un geste, il signifie à Algernon de s'en aller.)*

ALGERNON : Brother John, I have come down from town to tell you that I am very sorry for all the trouble I have given you, and that I intend to lead a better life in the future. *(JACK glares at him and does not take his hand.)*

CHASUBLE *(to MISS PRISM)* : There is good in that young man. He seems to be sincerely repentant.

MISS PRISM : These sudden conversions do not please me. They belong to Dissent. They savour of the laxity of the Nonconformist.

CECILY : Uncle Jack, you are not going to refuse your own brother's hand ?

JACK : Nothing will induce me to take his hand. I think his coming down here disgraceful. He knows perfectly well why.

CHASUBLE : Young man, you have had a very narrow escape of your life. I hope it will be a warning to you. We were mourning your demise when you entered.

ALGERNON : Yes, I see Jack has got a new suit of clothes. They don't fit him properly. His necktie is wrong.

CECILY : Uncle Jack, do be nice. There is some good in everyone. Ernest has just been telling me about his poor invalid friend Mr. Bunbury whom he goes to visit so often. And surely there must be some good in one who is kind to an invalid, and leaves the pleasures of London to sit by a bed of pain.

JACK : Oh ! he has been talking about Bunbury, has he ?

CECILY : Yes, he has told me all about poor Mr. Bunbury, and his terrible state of health.

JACK : Bunbury ! Well, I won't have him talk to you about Bunbury or about anything else. It is enough to drive one perfectly frantic.

CHASUBLE : Mr. Worthing, your brother has been unexpectedly restored to you by the mysterious dispensations of providence, who seems to desire your reconciliation. And indeed it is good for brothers to dwell together in amity.

ALGERNON : Mon cher frère John, je suis venu de Londres pour te dire que je regrette profondément de t'avoir causé tant d'ennuis et que je compte mener à l'avenir une vie plus vertueuse. *(Jack le foudroie du regard et refuse de lui serrer la main.)*

CHASUBLE, *à MISS PRISM* : Il y a du bon chez ce jeune homme. Il semble sincèrement repentant.

MISS PRISM : Je n'aime guère ces conversions soudaines. Elles sont le fait des hérétiques. Elles sentent le relâchement moral des non-conformistes [52].

CECILY : Oncle Jack, vous n'allez tout de même pas refuser de serrer la main de votre frère ?

JACK : Rien ne pourra me convaincre de lui prendre la main. J'estime que sa venue ici est parfaitement déplacée. Et il sait très bien pourquoi.

CHASUBLE : Jeune homme, vous l'avez véritablement échappé belle. J'espère que cela vous servira de leçon. Nous étions en train de pleurer votre trépas lorsque vous êtes entré.

ALGERNON : Oui, je vois bien que Jack porte un nouveau costume. Il ne lui va pas très bien. De plus, il a mal choisi sa cravate.

CECILY : Oncle Jack, soyez gentil. Chacun d'entre nous a quelque chose de bon en lui. Constant vient de me parler de Mr. Bunbury, son malheureux ami toujours malade, à qui il rend si souvent visite. Il y a à coup sûr quelque chose de bon chez un homme qui a tant d'attentions pour un malade et qui néglige les plaisirs de Londres pour veiller auprès d'un lit de douleur.

JACK : Quoi ! Il ne vous a quand même pas parlé de Bunbury ?

CECILY : Si, il m'a tout dit sur ce pauvre Mr. Bunbury et sur son épouvantable état de santé.

JACK : Bunbury ! Eh bien, moi je ne veux absolument pas qu'il vous parle de Bunbury ou de quelque autre sujet. Il y a de quoi perdre la raison.

CHASUBLE : Mr. Worthing, votre frère vous a été rendu contre toute attente grâce aux voies impénétrables de la Providence qui, semble-t-il, souhaite que vous vous réconciliez. Et, en vérité, il est bon que des frères vivent en paix.

ALGERNON : Of course I admit that the faults were all on my side. But I must say that I think that Brother John's coldness to me is peculiarly painful. I expected a warmer welcome, especially considering it is the first time I have come here.

CECILY : Uncle Jack, if you don't shake hands with Ernest I will never forgive you.

JACK : Never forgive me ?

CECILY : Never, never, never !

JACK : I suppose I must then. *(Shakes hands and glares.)* You young scoundrel ! You must get out of this place as soon as possible. I don't allow any Bunburying here.

CHASUBLE : It's pleasant, is it not, to see so perfect a reconciliation ? You have done a beautiful action today, dear child.

MISS PRISM : We must not be premature in our judgments.

Enter MERRIMAN.

MERRIMAN : I have put Mr. Ernest's things in the room next to yours, sir. I suppose that is all right ?

JACK : What ?

MERRIMAN : Mr. Ernest's luggage, sir. I have unpacked it and put it in the room next to your own.

JACK : His luggage ?

MERRIMAN : Yes, sir. Three portmanteaus, a dressing case, two hat-boxes, and a large luncheon-basket.

ALGERNON : I am afraid I can't stay more than a week this time.

MERRIMAN *(to ALGERNON)* : I beg your pardon, sir, there is an elderly gentleman wishes to see you. He has just come in a cab from the station. *(Hands card on salver.)*

ALGERNON : To see me ?

MERRIMAN : Yes, sir.

ALGERNON *(reads card)* : Parker and Gribsby, Solicitors. I don't know anything about them. Who are they ?

ALGERNON : Je reconnais bien entendu que tous les torts étaient de mon côté. Mais je dois dire que l'attitude glaciale de mon frère John m'afflige au plus haut point. Je m'attendais à un accueil plus chaleureux, d'autant que c'est la première fois que je me rends en ces lieux.

CECILY : Oncle Jack, si vous ne serrez pas la main de Constant, je ne vous le pardonnerai jamais.

JACK : Vous ne me le pardonnerez jamais ?

CECILY : Jamais, jamais, jamais !

JACK : Dans ce cas, il me semble que je n'ai pas le choix. *(Il lui sert la main en le foudroyant du regard.)* Espèce de petite canaille, il faut que tu partes d'ici dès que possible. Je ne tolérerai pas le moindre bunburysme ici.

CHASUBLE : Cela fait plaisir, qu'en pensez-vous, d'assister à une réconciliation aussi parfaite ? Aujourd'hui, ma chère enfant, vous avez commis une bien belle action.

MISS PRISM : Gardons-nous de porter des jugements hâtifs.

Entre Merriman.

MERRIMAN : J'ai installé les affaires de Mr. Constant dans la chambre voisine de la vôtre. Je suppose que j'ai bien fait ?

JACK : Quoi ?

MERRIMAN : Les bagages de Mr. Constant, monsieur. Je les ai défaits et je les ai rangés dans la chambre voisine de la vôtre.

JACK : Ses bagages ?

MERRIMAN : Oui, monsieur. Trois malles-cabine, un nécessaire de toilette, deux cartons à chapeaux et un grand panier à pique-nique.

ALGERNON : Je crains bien de ne pouvoir rester plus d'une semaine cette fois-ci.

MERRIMAN, *à ALGERNON* : Je vous demande pardon, monsieur, mais il y a là un monsieur d'un certain âge qui désire vous voir. Il vient d'arriver de la gare dans un fiacre. *(Il lui tend une carte sur un plateau.)*

ALGERNON : Qui désire me voir ?

MERRIMAN : Oui, monsieur.

ALGERNON, *lisant la carte* : Parker et Gribsby, avoués. Je n'ai jamais entendu parler d'eux. Qui sont-ils ?

JACK *(takes card)* : Parker and Gribsby. I wonder who they can be. I expect, Ernest, they have come about some business for your friend Bunbury. Perhaps Bunbury wants to make his will and wishes you to be executor. *(To MERRIMAN.)* Show the gentleman in at once.

MERRIMAN : Very good, sir.

MERRIMAN goes out.

JACK : I hope, Ernest, that I may rely on the statement you made to me last week when I finally settled all your bills for you. I hope you have no outstanding accounts of any kind.

ALGERNON : I haven't any debts at all, dear Jack. Thanks to your generosity I don't owe a penny, except for a few neckties, I believe.

JACK : I am sincerely glad to hear it.

Enter MERRIMAN.

MERRIMAN : Mr. Gribsby.

MERRIMAN goes out. Enter GRIBSBY.

GRIBSBY *(to DR. CHASUBLE)* : Mr. Ernest Worthing ?

MISS PRISM : This is Mr. Ernest Worthing.

GRIBSBY : Mr. Ernest Worthing ?

ALGERNON : Yes.

GRIBSBY : Of B. 4., The Albany ?

ALGERNON : Yes, that is my address.

GRIBSBY : I am very sorry, sir, but we have a writ of attachment for twenty days against you at the suit of the Savoy Hotel Co. Limited for £762 14*s.* 2*d.*

ALGERNON : Against me ?

GRIBSBY : Yes, sir.

ALGERNON : What perfect nonsense ! I never dine at the Savoy at my own expense. I always dine at Willis's. It is far more expensive. I don't owe a penny to the Savoy.

JACK, *prenant la carte* : Parker et Gribsby. Je me demande de qui il s'agit. Je suppose, Constant, qu'ils sont venus te voir pour une affaire concernant ton ami Bunbury. Peut-être Bunbury veut-il faire son testament et souhaite-t-il te désigner comme exécuteur testamentaire. *(À Merriman.)* Faites entrer ce monsieur immédiatement.

MERRIMAN : Très bien, monsieur.

Merriman sort.

JACK : J'espère, Constant, que je puis me fier à ce que tu m'as dit la semaine dernière lorsque j'ai fini par régler toutes tes factures. J'espère qu'il ne reste aucun impayé d'aucune sorte.

ALGERNON : Je n'ai plus de dettes, mon cher Jack. Grâce à ta générosité, je ne dois plus rien régler à l'exception peut-être de quelques cravates.

JACK : Je suis très sincèrement heureux de te l'entendre dire.

Entre Merriman.

MERRIMAN : Mr. Gribsby.

Merriman sort. Entre Gribsby.

GRIBSBY, *au révérend Chasuble* : Mr. Constant Worthing ?

MISS PRISM : Voici Mr. Constant Worthing.

GRIBSBY : Mr. Constant Worthing ?

ALGERNON : Oui.

GRIBSBY : Demeurant à l'Albany, appartement B 4 ?

ALGERNON : Oui, c'est bien mon adresse.

GRIBSBY : Je suis vraiment navré, monsieur, mais je suis porteur d'un mandat qui requiert une peine de vingt jours d'emprisonnement contre vous, à la suite d'une plainte déposée par l'hôtel Savoy pour non-paiement d'une dette de sept cent soixante-deux livres, quatorze shillings et deux pence.

ALGERNON : Contre moi ?

GRIBSBY : Oui, monsieur.

ALGERNON : C'est totalement absurde. Je ne dîne jamais au Savoy à mes frais. Je dîne toujours chez Willis. C'est beaucoup plus cher. Je ne dois pas le moindre penny au Savoy.

GRIBSBY : The writ is marked as having been served on you personally at The Albany on May the 27th. Judgment was given in default against you on the fifth of June. Since then we have written to you no less than fifteen times, without receiving any reply. In the interest of our clients we had no option but to obtain an order for committal of your person.

ALGERNON : Committal ! What on earth do you mean by committal ? I haven't the smallest intention of going away. I am staying here for a week. I am staying with my brother. If you imagine I am going up to town the moment I arrive you are extremely mistaken.

GRIBSBY : I am merely a Solicitor myself. I do not employ personal violence of any kind. The Officer of the Court, whose function it is to seize the person of the debtor, is waiting in the fly outside. He has considerable experience in these matters. That is why we always employ him. But no doubt you will prefer to pay the bill.

ALGERNON : Pay it ? How on earth am I going to do that ? You don't suppose I have got any money ? How perfectly silly you are. No gentleman ever has any money.

GRIBSBY : My experience is that it is usually relations who pay.

ALGERNON : Jack, you really must settle this bill.

JACK : Kindly allow me to see the particular items, Mr. Gribsby… *(turns over immense folio)*… £762 14*s.* 2*d.* since last October. I am bound to say I never saw such reckless extravagance in all my life. *(Hands it to DR. CHASUBLE.)*

MISS PRISM : £762 for eating ! There can be little good in any young man who eats so much, and so often.

CHASUBLE : We are far away from Wordsworth's plain living and high thinking.

JACK : Now, Dr. Chasuble, do you consider that I am in any way called upon to pay this monstrous account for my brother ?

GRIBSBY : D'après ce qui figure ici, ce mandat vous a été présenté personnellement à l'Albany le vingt-sept mai. Le jugement a été rendu par défaut contre vous le cinq juin. Depuis, nous vous avons écrit pas moins de quinze fois sans jamais recevoir de réponse. Dans l'intérêt de nos clients, nous n'avons pas d'autre choix que d'obtenir un mandat de dépôt contre vous.

ALGERNON : Un mandat de dépôt ! Que voulez-vous dire par là ? Je n'ai pas la moindre intention de partir d'ici. Je vais passer une semaine dans cette maison. Je suis ici chez mon frère. Si vous imaginez que je vais repartir à Londres alors que je viens d'arriver, vous vous trompez grossièrement.

GRIBSBY : Je ne suis moi-même qu'un simple avoué. Je ne contrains jamais personne. L'huissier, dont le rôle est de saisir la personne du débiteur, nous attend dehors dans le fiacre. Il a, dans ce genre d'affaires, une expérience considérable. C'est pourquoi nous avons toujours recours à ses services. Mais vous allez sans doute choisir de régler votre dette.

ALGERNON : La régler ? Comment voulez-vous que je m'y prenne ? Vous n'imaginez tout de même pas que j'ai de l'argent ? C'est pure sottise de votre part. Un gentleman n'a jamais d'argent.

GRIBSBY : D'après mon expérience, ce sont en général les membres de la famille qui paient.

ALGERNON : Jack, il faut absolument que tu règles cette dette.

JACK : Voulez-vous avoir la bonté de me montrer le détail de cette dette, Mr. Gribsby... *(Il retourne une immense feuille.)* Sept cent soixante-deux livres, quatorze shillings et deux pence depuis octobre dernier. Je dois dire que, de ma vie, je n'ai jamais vu plus folle prodigalité. *(Il tend la feuille au révérend Chasuble.)*

MISS PRISM : Sept cent soixante-deux livres de nourriture ! Il ne peut pas y avoir grand-chose de bon chez un jeune homme qui mange autant et si souvent.

CHASUBLE : Nous sommes à des lieues de la vie frugale et des méditations élevées de Wordsworth.

JACK : Écoutez, mon révérend, estimez-vous qu'il me revienne d'une manière ou d'une autre de régler cette addition monstrueuse à la place de mon frère ?

CHASUBLE : I am bound to say that I do not think so. It would be encouraging this profligacy.

MISS PRISM : As a man sows, so let him reap. This proposed incarceration might be most salutary. It is to be regretted that it is only for twenty days.

JACK : I am quite of your opinion.

ALGERNON : My dear fellow, how ridiculous you are ! You know perfectly well that the bill is really yours.

JACK : Mine ?

ALGERNON : Yes, you know it is.

CHASUBLE : Mr. Worthing, if this is a jest, it is out of place.

MISS PRISM : It is gross effrontery. Just what I expected from him.

CECILY : And it is ingratitude. I didn't expect that.

JACK : Never mind what he says. This is the way he always goes on. You mean now to say that you are not Ernest Worthing, residing at B. 4., The Albany. I wonder, as you are at it, that you don't deny being my brother at all. Why don't you ?

ALGERNON : Oh ! I am not going to do that, my dear fellow. It would be absurd. Of course I'm your brother. And that is why you should pay this bill for me.

JACK : I will tell you quite candidly that I have not the smallest intention of doing anything of the kind. Dr. Chasuble, the worthy Rector of this parish, and Miss Prism, in whose admirable and sound judgment I place great reliance, are both of the opinion that incarceration would do you a great deal of good. And I think so, too.

GRIBSBY *(pulls out watch)* : I am sorry to disturb this pleasant family meeting, but time presses. We have to be at Holloway not later than four o'clock ; otherwise it is difficult to obtain admission. The rules are very strict.

ALGERNON : Holloway !

GRIBSBY : It is at Holloway that detentions of this character take place always.

ALGERNON : Well, I really am not going to be imprisoned in the suburbs for having dined in the West End.

CHASUBLE : Je suis bien obligé de dire que non. Ce serait encourager sa prodigalité.

MISS PRISM : On récolte ce que l'on a semé. Cette proposition d'incarcération pourrait être des plus bénéfiques. On peut regretter que ce ne soit que pour vingt jours.

JACK : Je suis tout à fait de votre avis.

ALGERNON : Mon cher, tu es tout à fait ridicule. Tu sais parfaitement que cette facture t'est en fait destinée.

JACK : À moi ?

ALGERNON : Oui, tu le sais très bien.

CHASUBLE : Mr. Worthing, si c'est une plaisanterie, elle est tout à fait déplacée.

MISS PRISM : Quelle grossière impudence ! C'est exactement ce à quoi je m'attendais de sa part.

CECILY : Et quelle ingratitude ! Je ne m'attendais pas du tout à cela.

JACK : Ne faites pas attention à ce qu'il dit. Cela a toujours été sa méthode. Maintenant, tu vas nous expliquer que tu n'es pas Constant Worthing, demeurant à l'Albany, appartement B 4. Je suis même étonné, au train où vont les choses, de ne pas t'entendre affirmer que tu n'es pas mon frère. Qu'attends-tu donc ?

ALGERNON : Oh, je n'en ai pas l'intention, mon cher ! Ce serait absurde. Bien sûr que je suis ton frère, et c'est la raison pour laquelle tu dois régler cette facture à ma place.

JACK : Je vais te dire franchement que je n'en ai pas la moindre intention. Le révérend Chasuble, digne pasteur de cette paroisse, et Miss Prism, dont l'admirable bon sens a toute ma confiance, estiment tous deux qu'une incarcération te ferait le plus grand bien. Et c'est également mon opinion.

GRIBSBY, *sortant sa montre* : Je suis navré de troubler cette charmante réunion de famille, mais le temps presse. Il faut que nous soyons à la prison de Holloway avant quatre heures ; sinon, on n'obtient qu'avec peine la permission d'entrer. Le règlement est très strict.

ALGERNON : À Holloway [53] !

GRIBSBY : C'est à Holloway que se font toujours les détentions de ce type.

ALGERNON : Écoutez, je n'ai pas l'intention de me faire incarcérer en banlieue pour avoir dîné dans le West End.

GRIBSBY : The bill is for suppers, not for dinners.

ALGERNON : I really don't care. All I say is that I am not going to be imprisoned in the suburbs.

GRIBSBY : The surroundings I admit are middle class ; but the gaol itself is fashionable and well-aired ; and there are ample opportunities of taking exercise at certain stated hours of the day. In the case of a medical certificate, which is always easy to obtain, the hours can be extended.

ALGERNON : Exercise ! Good God ! No gentleman ever takes exercise. You don't seem to understand what a gentleman is.

GRIBSBY : I have met so many of them, sir, that I am afraid I don't. There are the most curious varieties of them. The result of cultivation, no doubt. Will you kindly come now, sir, if it will not be inconvenient to you.

ALGERNON *(appealingly)* : Jack !

MISS PRISM : Pray be firm, Mr. Worthing.

CHASUBLE : This is an occasion on which any weakness would be out of place. It would be a form of self-deception.

JACK : I am quite firm, and I don't know what weakness or deception of any kind is.

CECILY : Uncle Jack ! I think you have a little money of mine, haven't you ? Let me pay this bill. I wouldn't like your own brother to be in prison.

JACK : Oh ! I couldn't possibly let you pay it, Cecily. That would be absurd.

CECILY : Then you will, won't you ? I think you would be sorry if you thought your own brother was shut up. Of course, I am quite disappointed with him.

JACK : You won't speak to him again, Cecily, will you ?

CECILY : Certainly not, unless, of course, he speaks to me first. It would be very rude not to answer him.

JACK : Well, I'll take care he doesn't speak to you. I'll take care he doesn't speak to anybody in this house. The man should be cut. Mr. Gribsby…

GRIBSBY : La note porte sur des soupers, non sur des dîners.

ALGERNON : Cela m'est égal. Tout ce que je dis, c'est que je n'ai pas l'intention de me faire incarcérer en banlieue.

GRIBSBY : Je reconnais que l'environnement est petit-bourgeois, mais la prison, pour sa part, est élégante et aérée. De plus, les occasions ne manquent pas de faire de l'exercice à certaines heures précises de la journée. Et si l'on a un certificat médical, que l'on peut toujours se procurer aisément, les séances peuvent être prolongées.

ALGERNON : De l'exercice ! Grands dieux ! Un gentleman ne fait jamais d'exercice. Vous ne paraissez pas comprendre ce qu'est un gentleman.

GRIBSBY : J'en ai tellement rencontrés, monsieur, que je crains effectivement de ne pas comprendre. Il en existe des variétés des plus insolites. C'est sans doute le fruit de la culture. Voulez-vous bien me suivre maintenant, si cela ne vous ennuie pas ?

ALGERNON, *d'une voix suppliante* : Jack !

MISS PRISM : De grâce, restez ferme, Mr. Worthing.

CHASUBLE : En une pareille occasion, toute faiblesse serait déplacée. Ce serait faire preuve d'aveuglement.

JACK : Je reste tout à fait ferme, et j'ignore tout de la faiblesse ou de l'aveuglement.

CECILY : Oncle Jack ! Il me semble que vous avez un peu d'argent à moi, n'est-ce pas ? Laissez-moi régler cette dette. Il me déplairait que votre frère aille en prison.

JACK : Oh, il est hors de question que je vous laisse la régler, Cecily. Ce serait absurde.

CECILY : Dans ce cas, c'est vous qui allez la régler, n'est-ce pas ? Je crois que cela ne vous ferait pas plaisir du tout de savoir votre propre frère enfermé. Bien sûr, il ne m'en a pas moins profondément déçue.

JACK : Alors, Cecily, vous ne lui adresserez plus jamais la parole ?

CECILY : Bien évidemment, à moins, bien sûr, qu'il ne me parle en premier. Ce serait très grossier de ne pas lui répondre.

JACK : Eh bien, je vais faire en sorte qu'il ne vous parle pas. Je vais faire en sorte qu'il ne parle à personne dans cette maison. Il faut que ce monsieur soit mis en quarantaine. Mr. Gribsby…

GRIBSBY : Yes, sir.

JACK : I'll pay this bill for my brother. It is the last bill I shall ever pay for him, too. How much is it ?

GRIBSBY : £762 14*s.* 2*d.* Ah ! The cab will be five-and-ninepence extra : hired for the convenience of the client.

JACK : All right.

MISS PRISM : I must say that I think such generosity quite foolish.

CHASUBLE *(with a wave of the hand)* : The heart has its wisdom as well as the head, Miss Prism.

JACK : Payable to Parker and Gribsby, I suppose ?

GRIBSBY : Yes, sir. Kindly don't cross the cheque. Thank you. *(To DR. CHASUBLE)*. Good day. *(DR. CHASUBLE bows coldly.)* Good Day. *(MISS PRISM bows coldly.) (To ALGERNON.)* I hope I shall have the pleasure of meeting you again.

ALGERNON : I sincerely hope not. What ideas you have of the sort of society a gentleman wants to mix in. No gentleman ever wants to know a Solicitor who wants to imprison one in the suburbs.

GRIBSBY : Quite so, quite so.

ALGERNON : By the way, Gribsby : Gribsby, you are not to go back to the station in that cab. That is my cab. It was taken for my convenience. You have got to walk to the station. And a very good thing, too. Solicitors don't walk nearly enough. I don't know any Solicitor who takes sufficient exercise. As a rule they sit in stuffy offices all day long neglecting their business.

JACK : You can take the cab, Mr. Gribsby.

GRIBSBY : Thank you, sir.

GRIBSBY goes out.

CECILY : The day is getting very sultry, isn't it, Dr. Chasuble ?

CHASUBLE : There is thunder in the air.

MISS PRISM : The atmosphere requires to be cleared.

GRIBSBY : Oui, monsieur.

JACK : Je vais régler cette facture à la place de mon frère. Et c'est d'ailleurs la dernière fois que je le fais. À combien s'élève-t-elle ?

GRIBSBY : Sept-cent soixante-deux livres, quatorze shillings et deux pence. Et il faut compter cinq shillings et neuf pence pour le fiacre, loué pour le confort personnel du client.

JACK : Entendu.

MISS PRISM : Je dois dire que je trouve pareille générosité parfaitement insensée.

CHASUBLE, *d'un geste de la main* : Le cœur a sa sagesse, tout autant que la raison, Miss Prism.

JACK : À l'ordre de Parker et Gribsby, j'imagine ?

GRIBSBY : Oui, monsieur. Vous serez bien aimable de ne pas barrer le chèque. Merci. *(Au révérend Chasuble)* Au revoir. *(Le révérend Chasuble le salue froidement de la tête.)* Au revoir. *(Miss Prism le salue froidement de la tête. À Algernon)* J'espère avoir un jour le plaisir de vous revoir.

ALGERNON : Franchement, j'espère que non. Vous avez d'étranges idées sur le genre de société que désire fréquenter un gentleman. Nul gentleman n'a envie de connaître un avoué qui veut l'enfermer dans une prison de banlieue.

GRIBSBY : Très bien, très bien.

ALGERNON : Au fait, Gribsby, il n'est pas question que vous preniez ce fiacre pour vous rendre à la gare. Ce fiacre est à moi. Il a été loué pour mon confort. Vous n'avez qu'à aller à la gare à pied. C'est d'ailleurs une très bonne chose. Les avoués ne marchent pas suffisamment. Je ne connais pas un seul avoué qui fasse assez d'exercice. En général, ils passent leurs journées assis dans un bureau qui sent le renfermé sans s'occuper de leurs dossiers.

JACK : Vous pouvez prendre ce fiacre, Mr. Gribsby.

GRIBSBY : Merci, monsieur.

Gribsby sort.

CECILY : Il commence à faire très lourd, vous ne trouvez pas, mon révérend ?

CHASUBLE : Il y a de l'orage dans l'air.

MISS PRISM : Il faudrait alléger quelque peu l'atmosphère.

CHASUBLE : Have you read « The Times » this morning, Mr. Worthing ? There is a very interesting article on the growth of religious feeling among the laity.

JACK : I am keeping it for after dinner.

Enter MERRIMAN.

MERRIMAN : Luncheon is on the table, sir.

ALGERNON : Ah ! That is good news. I am excessively hungry.

CECILY *(interposing)* : But you have lunched already.

JACK : Lunched already ?

CECILY : Yes, Uncle Jack. He had some pâté de foie gras sandwiches, and a small bottle of that champagne that your doctor ordered for you.

JACK : My '89 champagne !

CECILY : Yes. I thought you would like him to have the same one as yourself.

JACK : Oh ! Well, if he has lunched once, he can't be expected to lunch twice. It would be absurd.

MISS PRISM : To partake of two luncheons in one day would not be liberty. It would be licence.

CHASUBLE : Even the pagan philosophers condemned excess in eating. Aristotle speaks of it with severity. He uses the same terms about it as he does about usury.

JACK : Doctor, will you escort the ladies into luncheon ?

CHASUBLE : With pleasure.

He goes into the house with MISS PRISM and CECILY.

JACK : Your Bunburying has not been a great success after all, Algy. I don't think it is a good day for Bunburying, myself.

ALGERNON : Oh ! There are ups and downs in Bunburying, just as there are in everything else. I'd be all right if you would let me have some lunch. The main thing is that I have seen Cecily and she is a darling.

JACK : You are not to talk of Miss Cardew like that. I don't like it.

ALGERNON : Well, I don't like your clothes. You look perfectly ridiculous in them. Why on earth don't you go

CHASUBLE : Avez-vous lu le *Times* ce matin, Mr. Worthing ? Il y a un article très intéressant sur le développement du sentiment religieux chez les laïcs.

JACK : Je me le réserve comme digestif.

Entre Merriman.

MERRIMAN : Le déjeuner est servi, monsieur.

ALGERNON : Ah, voilà une bonne nouvelle. Je meurs de faim.

CECILY, *s'interposant* : Mais vous avez déjà déjeuné.

JACK : Déjà déjeuné ?

CECILY : Oui, oncle Jack. Il a déjà pris des canapés au foie gras et une petite bouteille de ce champagne que votre médecin vous avait prescrit.

JACK : Mon millésime 89 !

CECILY : Oui. J'ai pensé que cela vous ferait plaisir qu'il boive le même que vous.

JACK : Eh bien, s'il a déjà déjeuné, on ne peut pas lui demander de déjeuner une seconde fois. Ce serait absurde.

MISS PRISM : Prendre deux déjeuners par jour ne serait pas de la liberté, ce serait de la licence.

CHASUBLE : Même les philosophes païens condamnaient l'excès de nourriture. Aristote en parle avec sévérité. Il emploie les mêmes termes que pour condamner l'usure.

JACK : Mon révérend, voulez-vous bien accompagner les dames jusqu'à la salle à manger ?

CHASUBLE : Avec plaisir.

Il entre dans la maison avec Miss Prism et Cecily.

JACK : Finalement, tu n'as pas bunburysé avec beaucoup de succès aujourd'hui, Algy. Pour ma part, je ne pense pas que ce soit un très bon jour.

ALGERNON : Oh, il y a des hauts et des bas dans le bunburysme comme dans le reste ! Tout irait pour le mieux si tu me laissais déjeuner. L'essentiel est que j'aie vu Cecily : c'est un amour.

JACK : Je ne veux pas que tu parles ainsi de Miss Cardew. Cela ne me plaît pas du tout.

ALGERNON : Eh bien, moi, ce sont tes vêtements qui ne me plaisent pas. Tu as l'air parfaitement ridicule. Pourquoi

up and change ? It is perfectly childish to be in deep mourning for a man who is actually staying for a whole week with you in your house as a guest. I call it grotesque.

JACK : You are certainly not staying with me for a whole week as a guest or anything else. You have got to leave… by the four-five train.

ALGERNON : I certainly won't leave you so long as you are in mourning. It would be most unfriendly. If I were in mourning you would stay with me, I suppose. I should think it very unkind if you didn't.

JACK : Well, will you go if I change my clothes ?

ALGERNON : Yes, if you are not too long. I never saw anybody take so long to dress, and with such little result.

JACK : Well, at any rate, that is better than being always overdressed as you are.

ALGERNON : If I am occasionally a little over-dressed, I make up for it by being always immensely over-educated.

JACK : Your vanity is ridiculous, your conduct an outrage, and your presence in my garden utterly absurd. However, you have got to catch the four-five, and I hope you will have a pleasant journey back to town. This Bunburying, as you call it, has not been a great success for you. *(Goes into the house.)*

ALGERNON : I think it has been a great success. I'm in love with Cecily and that is everything. It is all very well, but one can't Bunbury when one is hungry. I think I'll join them at lunch. *(Goes towards door.)*

Enter CECILY.

CECILY : I promised Uncle Jack that I wouldn't speak to you again, unless you asked me a question. I can't understand why you don't ask me a question of some kind. I am afraid you are not quite so intellectual as I thought you were at first.

ALGERNON : Cecily, mayn't I come in to lunch ?

CECILY : I wonder you can look me in the face after your conduct.

diable ne montes-tu pas te changer ? C'est complètement puéril de porter le deuil d'une personne que l'on reçoit chez soi pendant une semaine. Je trouve cela grotesque.

JACK : Il est hors de question que tu séjournes chez moi, que ce soit comme invité ou comme autre chose. Tu vas t'en aller… par le train de quatre heures cinq.

ALGERNON : Il n'est pas question que je te laisse seul tant que tu es en deuil. Ce ne serait pas faire preuve d'amitié. Si j'étais en deuil, tu ne me laisserais pas, j'imagine. Sinon, je ne trouverais pas cela très gentil de ta part.

JACK : Entendu. T'en iras-tu si je me change ?

ALGERNON : Oui, à condition que tu te dépêches. Je n'ai jamais vu personne mettre autant de temps à s'habiller, et pour un si piètre résultat.

JACK : De toute façon, cela vaut mieux que d'en faire toujours trop comme toi.

ALGERNON : S'il m'arrive d'être trop élégant, je me rachète en étant toujours excessivement bien élevé.

JACK : Ton orgueil est ridicule, ta conduite scandaleuse et ta présence dans mon jardin tout à fait absurde. De toute façon, il faut que tu prennes le train de quatre heures cinq, et je te souhaite de faire bon voyage jusqu'à Londres. On ne peut pas dire que cela t'ait tellement réussi de bunburyser, comme tu dis.

Il rentre dans la maison.

ALGERNON : Eh bien moi, je pense que si. Je suis amoureux de Cecily, et c'est l'essentiel. Bon, tout cela est bien beau, mais on ne peut pas bunburyser quand on a faim. Je crois que je vais me joindre à eux pour le déjeuner. *(Il se dirige vers la porte.)*

Entre Cecily.

CECILY : J'ai promis à oncle Jack que je ne vous adresserais plus la parole, à moins que vous ne me posiez une question. Je n'arrive pas à comprendre pourquoi vous ne me posez pas de question. Je crains bien de vous avoir d'abord pris pour quelqu'un de plus intellectuel que vous n'êtes en fait.

ALGERNON : Cecily, me permettez-vous d'aller déjeuner ?

CECILY : Je me demande comment vous osez me regarder droit dans les yeux après ce que vous avez fait.

ALGERNON : I love looking you in the face.

CECILY : But why did you try to put your horrid bill on poor Uncle Jack ? I think that was inexcusable of you.

ALGERNON : I know it was ; but the fact is I have a most wretched memory. I quite forgot I owed the Savoy £762 14*s.* 2*d.*

CECILY : Well, I admit I am glad to hear that you have a bad memory. Good memories are not a quality that women admire much in men.

ALGERNON : Cecily, I am fearfully hungry.

CECILY : I can't understand your being so hungry, considering all you have had to eat since last October.

ALGERNON : Oh ! Those suppers were for poor Bunbury. Late suppers are the only things his doctor allows him to eat.

CECILY : Well, I don't wonder then that Mr. Bunbury is always so ill, if he eats suppers for six or eight people every night of the week.

ALGERNON : That is what I always tell him. But he seems to think his doctors knows best. He's perfectly silly about doctors.

CECILY : Of course I don't want you to starve, so I have told the butler to send you out some lunch.

ALGERNON : Cecily, what a perfect angel you are ! May I not see you again before I go ?

CECILY : Miss Prism and I will be here after lunch. I always have my afternoon lessons under the yew-tree.

ALGERNON : Can't you invent something to get Miss Prism out of the way ?

CECILY : Do you mean invent a falsehood ?

ALGERNON : Oh ! Not a falsehood, of course. Simply something that is not quite true, but should be.

ALGERNON : J'adore vous regarder droit dans les yeux.

CECILY : Mais pourquoi avez-vous essayé de faire régler votre horrible addition par oncle Jack ? Je trouve cela inexcusable de votre part.

ALGERNON : Je sais bien. Mais il se trouve que j'ai une mémoire épouvantable. J'avais complètement oublié ces sept cent soixante-deux livres, quatorze shillings et deux pence que je dois au Savoy.

CECILY : Ma foi, je reconnais que cela me fait plaisir de vous entendre dire que votre mémoire est défaillante. Une bonne mémoire n'est pas une qualité que les femmes apprécient tellement chez les hommes.

ALGERNON : Cecily, je meurs littéralement de faim.

CECILY : Je ne comprends pas comment vous pouvez avoir si faim, avec tout ce que vous avez mangé depuis octobre dernier.

ALGERNON : Oh, ces soupers étaient destinés à ce pauvre Bunbury. Un souper tard le soir, c'est tout ce que son médecin lui permet.

CECILY : Dans ce cas, je ne m'étonne plus que Mr. Bunbury soit sans cesse tellement malade, à force de manger pour six ou pour huit tous les soirs de la semaine.

ALGERNON : C'est ce que je ne cesse de lui dire. Mais il a l'air de penser que ses médecins en savent plus long que moi. Il s'est toujours fait des idées stupides sur les médecins.

CECILY : Bien évidemment, je ne veux pas que vous mouriez de faim ; c'est pourquoi j'ai demandé au maître d'hôtel de vous faire servir quelque chose.

ALGERNON : Cecily, vous êtes un ange ! Ne puis-je vous revoir avant mon départ ?

CECILY : Miss Prism et moi-même serons de retour ici après déjeuner. L'après-midi, mes cours ont toujours lieu sous l'if.

ALGERNON : Ne pouvez-vous inventer quelque chose pour éloigner Miss Prism ?

CECILY : Vous voulez dire inventer un mensonge ?

ALGERNON : Oh non, pas un mensonge, bien sûr. Simplement quelque chose qui n'est pas tout à fait vrai mais qui devrait l'être.

CECILY : I am afraid I couldn't possibly do that. I shouldn't know how. People never think of cultivating a young girl's imagination. It is the great defect of modern education. Of course, if you happened to mention that dear Dr. Chasuble was waiting somewhere to see Miss Prism, she would certainly go to meet him. She never likes to keep him waiting. And she has so few opportunities of doing so.

ALGERNON : What a capital suggestion !

CECILY : I didn't suggest anything, Cousin Ernest. Nothing would induce me to deceive Miss Prism in the smallest detail. I merely pointed out that if you adopted a certain line of conduct, a certain result would follow.

ALGERNON : Of course. I beg your pardon, Cousin Cecily. Then I shall come here at half-past three. I have something very serious to say to you.

CECILY : Serious ?

ALGERNON : Yes : very serious.

CECILY : In that case I think we had better meet in the house. I don't like talking seriously in the open air. It looks so artificial.

ALGERNON : Then where shall we meet ?

Enter JACK.

JACK : The dog-cart is at the door. You have got to go. Your place is by Bunbury. *(Sees CECILY.)* Cecily ! Don't you think, Cecily, that you had better return to Miss Prism and Dr. Chasuble ?

CECILY : Yes, Uncle Jack. Good-bye, Cousin Ernest. I am afraid I shan't see you again, as I shall be doing my lessons with Miss Prism in the drawing-room at half-past three.

ALGERNON : Good-bye, Cousin Cecily. You have been very kind to me.

CECILY goes out.

JACK : Now look here, Algy. You have got to go, and the sooner you go the better. Bunbury is extremely ill, and your place is by his side.

CECILY : Je crains bien d'en être incapable. Je ne saurais comment m'y prendre. On ne pense jamais à cultiver l'imagination des jeunes filles. C'est le grand défaut de l'éducation moderne. Bien entendu, si par hasard vous laissiez entendre à Miss Prism que ce cher révérend Chasuble l'attend quelque part, elle irait sans doute le rejoindre. Elle a horreur de le faire attendre, et les occasions sont si rares !

ALGERNON : Quelle idée de génie !

CECILY : Vous vous trompez, cousin Constant. Rien ne me pousserait jamais à tromper Miss Prism. Je vous ai simplement signalé que si vous adoptiez une certaine ligne de conduite, il s'ensuivrait certains résultats.

ALGERNON : Évidemment. Je vous demande pardon, cousine Cecily. Je serai donc ici même à trois heures et demie. J'ai quelque chose de très important à vous dire.

CECILY : D'important ?

ALGERNON : Oui, de très important.

CECILY : Alors, il vaudrait mieux, je pense, que nous nous rencontrions à l'intérieur. J'ai horreur de parler de choses importantes en plein air. C'est tellement artificiel !

ALGERNON : Dans ce cas, où allons-nous nous voir ?

Entre Jack.

JACK : La voiture est à la porte. Il faut que tu partes. Ta place est au chevet de Bunbury. *(Il voit Cecily.)* Cecily ! Ne croyez-vous pas, Cecily, que vous feriez mieux de rejoindre Miss Prism et le révérend Chasuble ?

CECILY : Oui, oncle Jack. Au revoir, cousin Constant. Je crains de ne jamais vous revoir puisque, à trois heures et demie, je vais étudier mes leçons dans le salon avec Miss Prism.

ALGERNON : Au revoir, cousine Cecily. Vous avez été très bonne pour moi.

Cecily sort.

JACK : Écoute-moi bien, Algy. Il faut que tu t'en ailles, et le plus vite possible. Bunbury est extrêmement malade et ta place est à son chevet.

ALGERNON : I can't go at the present moment. I must first just have my second lunch. And you will be pleased to hear that Bunbury is very much better.

JACK : Well, you will have to go at three-fifty, at any rate. I ordered your things to be packed and the dog-cart to come round.

ALGERNON : Je ne peux pas partir maintenant. Il faut d'abord que je déjeune une seconde fois. Et cela te fera plaisir d'apprendre que Bunbury va beaucoup mieux.

JACK : Très bien, mais, quoi qu'il en soit, il faut que tu partes à quatre heures moins dix. J'ai donné des ordres pour qu'on te prépare tes bagages et que le cabriolet passe te prendre.

ACT III

SCENE : The drawing-room at the Manor House. CECILY and MISS PRISM discovered ; each writing at a separate table.

MISS PRISM : Cecily ! *(CECILY makes no answer.)* Cecily ! You are again making entries in your diary. I think I have had occasion more than once to speak to you about that morbid habit of yours.

CECILY : I am merely, as I always do, taking you for my example, Miss Prism.

MISS PRISM : When one has thoroughly mastered the principles of Bimetallism one has the right to lead an introspective life. Hardly before. I must beg you to return to your Political Economy.

CECILY : In one moment, dear Miss Prism. The fact is I have only chronicled the events of to-day up till two-fifteen, and it was at two-thirty that the fearful catastrophe occurred.

MISS PRISM : Pardon me, Cecily, it was exactly at two-forty-five that Dr. Chasuble mentioned the very painful views held by the Primitive Church on Marriage.

CECILY : I was not referring to Dr. Chasuble at all. I was alluding to the tragic exposure of poor Mr. Ernest Worthing.

MISS PRISM : I highly disapprove of Mr. Ernest Worthing. He is a thoroughly bad young man.

CECILY : I fear he must be. It is the only explanation I can find of his strange attractiveness.

ACTE III

Décor : le salon du manoir. On voit Cecily et Miss Prism en train d'écrire chacune à une table.

MISS PRISM : Cecily ! *(Cecily ne répond pas.)* Cecily ! Vous voilà encore en train de rédiger votre journal. Il me semble vous avoir reprise plus d'une fois sur cette habitude malsaine que vous avez contractée.

CECILY : Comme toujours, je ne fais que suivre votre exemple, Miss Prism.

MISS PRISM : Ce n'est que lorsque l'on a une maîtrise parfaite des principes du bimétallisme[54] que l'on acquiert alors le droit de consacrer sa vie à l'introspection. Mais surtout pas avant. Je suis obligée de vous prier de retourner à votre économie politique.

CECILY : Dans un instant, chère Miss Prism. À vrai dire, je n'ai répertorié les événements d'aujourd'hui que jusqu'à deux heures et quart ; or, c'est à deux heures et demie que s'est produite l'épouvantable catastrophe.

MISS PRISM : Je vous demande pardon, Cecily, mais c'est à trois heures moins le quart précises que le révérend Chasuble a fait mention de l'opinion très éprouvante de l'Église primitive sur le mariage.

CECILY : Ce n'est pas du tout du révérend Chasuble que je parlais. Je faisais allusion à la tragique mise en accusation de ce pauvre Mr. Constant Worthing.

MISS PRISM : Je n'ai pas du tout bonne opinion de Mr. Constant Worthing. C'est un jeune homme extrêmement immoral.

CECILY : J'ai bien peur que oui. C'est la seule explication que je trouve à son charme étrange.

MISS PRISM *(rising)* : Cecily, let me entreat of you not to be led away by whatever superficial qualities this unfortunate young man may possess.

CECILY : Ah ! Believe me, dear Miss Prism, it is only the superficial qualities that last. Man's deeper nature is soon found out.

MISS PRISM : Child ! I do not know where you get such ideas. They are certainly not to be found in any of the improving books that I have procured for you.

CECILY : Are there every any ideas in improving books ? I fear not. I get my ideas… in the garden.

MISS PRISM : Then you should certainly not be so much in the open air. The fact is, you have fallen lately, Cecily, into a bad habit of thinking for yourself. You should give it up. It is not quite womanly… Men don't like it.

Enter ALGERNON.

Mr. Worthing, I thought, I may say I was in hopes that you had already returned to town.

ALGERNON : My departure will not long be delayed. I have come to bid you good-bye, Miss Cardew. I am informed that a dog-cart has been already ordered for me. I have no option but to go back again into the cold world.

CECILY : I hardly know, Mr. Worthing, what you can mean by using such an expression. The day, even for the month of July, is unusually warm.

MISS PRISM : Profligacy is apt to dull the senses.

ALGERNON : No doubt. I am far from defending the weather. I think however that it is only my duty to mention to you, Miss Prism, that Dr. Chasuble is expecting you in the vestry.

MISS PRISM : In the vestry ! That sounds serious. It can hardly be for any trivial purpose that the Rector selects for an interview a place of such peculiarly solemn associations. I do not think that it would be right to keep him waiting, Cecily ?

CECILY : It would be very, very wrong. The vestry is, I am told, excessively damp.

MISS PRISM, *se levant* : Cecily, permettez-moi de vous supplier de ne pas vous laisser égarer par les qualités superficielles de cet infortuné jeune homme.

CECILY : Ah, croyez-moi, chère Miss Prism, il n'y a de durables que les qualités superficielles. Quant à la nature profonde, on a tôt fait de la découvrir.

MISS PRISM : Mon enfant, je ne sais pas où vous allez chercher de telles idées. Certainement pas dans l'un des ouvrages édifiants que je vous ai procurés.

CECILY : Trouve-t-on jamais des idées dans les ouvrages édifiants ? J'ai bien peur que non. Mes idées à moi, c'est... dans le jardin que je vais les chercher.

MISS PRISM : Dans ce cas, vous ne devriez certainement pas passer autant de temps en plein air. Le fait est, Cecily, que vous avez pris depuis peu l'exécrable habitude de penser par vous-même. Il faut vous en défaire. Ce n'est pas très féminin... Cela ne plaît pas aux hommes.

Entre Algernon.

Mr. Worthing, je croyais, je peux même dire que j'espérais, que vous étiez déjà reparti pour Londres.

ALGERNON : Mon départ ne va pas être longtemps différé. Je suis venu vous dire au revoir, Miss Cardew. On me dit qu'un cabriolet m'a déjà été commandé. Je n'ai pas d'autre choix que de regagner le vaste monde glacé.

CECILY : J'ai du mal à comprendre ce que vous voulez dire par une telle formule. Il fait exceptionnellement chaud, même pour un mois de juillet.

MISS PRISM : Le libertinage a la faculté d'émousser les perceptions.

ALGERNON : Sans doute. Loin de moi l'idée de justifier le temps qu'il fait. Je crois cependant qu'il est de mon devoir de vous faire savoir, Miss Prism, que le révérend Chasuble vous attend dans la sacristie.

MISS PRISM : Dans la sacristie ! Voilà qui a l'air sérieux. Cela ne peut être dans une intention légère que le révérend choisit pour un entretien un lieu associé à tant de solennité. Cela ne serait pas convenable, me semble-t-il, de le faire attendre, qu'en pensez-vous, Cecily ?

CECILY : Cela ne serait vraiment pas bien du tout. D'après ce qu'on m'a dit, la sacristie est excessivement humide.

MISS PRISM : True ! I had not thought of that, and Dr. Chasuble is sadly rheumatic. Mr. Worthing, we shall probably not meet again. You will allow me, I trust, to express a sincere hope that you will now turn over a new leaf in life.

ALGERNON : I have already begun an entire volume, Miss Prism.

MISS PRISM : I am delighted to hear it. *(Puts on a large unbecoming hat.)* And do not forget that there is always hope even for the most depraved. Do not be idle, Cecily.

CECILY : I have no intention of being idle. I realise only too strongly that I have a great deal of serious work before me.

MISS PRISM : Ah ! that is quite as it should be, dear.

MISS PRISM goes out.

ALGERNON : This parting, Miss Cardew, is very painful.

CECILY : It is always painful to part from people whom one has known for a very brief space of time. The absence of old friends one can endure with equanimity. But even a momentary separation from anyone to whom one has just been introduced is almost unbearable.

ALGERNON : Thank you.

Enter MERRIMAN.

MERRIMAN : The dog-cart is at the door, sir. *(ALGERNON looks appealing at CECILY.)*

CECILY : It can wait, Merriman, for five minutes.

MERRIMAN : Yes, Miss.

Exit MERRIMAN.

ALGERNON : I hope, Cecily, I shall not offend you if I state quite frankly and openly that you seem to me to be in every way the visible personification of absolute perfection.

CECILY : I think your frankness does you great credit, Ernest. If you will allow me, I will copy your remarks

MISS PRISM : C'est juste ! Je n'y avais pas pensé, et le révérend Chasuble, hélas, souffre de rhumatismes. Mr. Worthing, nous ne nous reverrons sans doute pas. Vous me permettrez, j'espère, de vous souhaiter sincèrement de tourner à partir de maintenant une nouvelle page de votre vie.

ALGERNON : J'ai déjà commencé un volume entier, Miss Prism.

MISS PRISM : Je me réjouis de l'apprendre. *(Elle met un grand chapeau très peu seyant.)* Et rappelez-vous qu'il y a toujours de l'espoir, même pour les plus dépravés. Ne restez pas là à ne rien faire, Cecily.

CECILY : Je n'ai nullement l'intention de rester là à ne rien faire. Je ne sais que trop quel dur labeur m'attend.

MISS PRISM : Ah, c'est très bien ainsi, chère enfant.

Miss Prism sort.

ALGERNON : Cette séparation, Miss Cardew, est extrêmement pénible.

CECILY : Il est toujours pénible de se séparer de gens que l'on ne connaît que depuis très peu de temps. L'absence des amis de longue date se supporte d'une âme égale. Cependant, quitter, même pour très peu de temps, une personne à qui l'on vient d'être présenté est pour ainsi dire insoutenable.

ALGERNON : Merci.

Entre Merriman.

MERRIMAN : Le cabriolet est à la porte, monsieur. *(Algernon jette à Cecily un regard suppliant.)*

CECILY : Il peut attendre cinq minutes, Merriman.

MERRIMAN : Bien, mademoiselle.

Sort Merriman.

ALGERNON : J'espère, Cecily, ne pas vous offenser si je vous déclare, franchement et ouvertement, que vous me semblez être, en tout point, l'incarnation évidente de la perfection absolue.

CECILY : Je pense que votre franchise est tout à votre honneur, Constant. Si vous me le permettez, je vais consi-

into my diary. *(Goes over to table and begins writing in diary.)*

ALGERNON : Do you really keep a diary ? I'd give anything to look at it. May I ?

CECILY : Oh, no. *(Puts her hand over it.)* You see, it is simply a very young girl's record of her own thoughts and impressions, and consequently meant for publication. When it appears in volume form I hope you will order a copy. But pray, Ernest, don't stop. I delight in taking down from dictation. I have reached « absolute perfection ». You can go on. I am quite ready for more.

ALGERNON *(somewhat taken aback)* : Ahem ! Ahem !

CECILY : Oh, don't cough, Ernest. When one is dictating one should speak fluently and not cough. Besides, I don't know how to spell a cough. *(Writes as ALGERNON speaks.)*

ALGERNON *(speaking very rapidly)* : Miss Cardew, ever since half-past twelve this afternoon, when I first looked upon your wonderful and incomparable beauty, I have not merely been your abject slave and servant, but, soaring upon the pinions of a possibly monstrous ambition, I have dared to love you wildly, passionately, devotedly, hopelessly.

CECILY *(laying down her pen)* : Oh ! please say that all over again. You speak far too fast and far too indistinctly. Kindly say it all over again.

ALGERNON : Miss Cardew, ever since you were half-past twelve – I mean ever since it was half-past twelve, this afternoon, when I first looked upon your wonderful and incomparable beauty…

CECILY : Yes, I have got that, all right.

ALGERNON *(stammering)* : I – I – *(CECILY lays down her pen and looks reproachfully at him.) (Desperately.)* I have not merely been your abject slave and servant, but, soaring on the pinions of a possibly monstrous ambition, I have dared to love you wildly, passionately, devotedly, hopelessly. *(Takes out his watch and looks at it.)*

gner vos observations dans mon journal. *(Elle se dirige vers la table et se met à rédiger son journal.)*

ALGERNON : Vous tenez vraiment un journal ? Je donnerais n'importe quoi pour le regarder. Me le permettez-vous ?

CECILY : Certainement pas. *(Elle le cache de la main.)* Vous savez, ce n'est guère que la chronique, tenue par une très jeune fille, de ses pensées et de ses impressions : elle est, par conséquent, destinée à la publication. Lorsqu'elle paraîtra sous forme de livre, j'espère que vous en commanderez un exemplaire. Mais je vous en prie, Constant, continuez. J'adore écrire sous la dictée. J'en étais à « perfection absolue ». Vous pouvez poursuivre. Je suis prête à écouter la suite.

ALGERNON, *quelque peu interloqué* : Hum ! Hum !

CECILY : Oh, ne toussez pas, Constant. Quand on dicte, on doit parler sans s'interrompre et ne pas tousser. De plus, je ne sais pas comment transcrire un toussotement. *(Elle écrit pendant qu'Algernon parle.)*

ALGERNON, *parlant très vite* : Miss Cardew, depuis midi et demi, lorsque mes yeux se sont posés pour la première fois sur votre admirable et incomparable beauté, non seulement je suis devenu votre serviteur et votre esclave très humble, mais encore, emporté par les ailes d'une ambition sans doute monstrueuse, j'ai eu la témérité de vous aimer violemment, passionnément, intensément, désespérément.

CECILY, *posant la plume* : Oh ! je vous en prie, voulez-vous bien répéter. Vous parlez beaucoup trop vite et pas assez clairement. Soyez gentil de répéter.

ALGERNON : Miss Cardew, depuis que vous avez midi et demi, enfin depuis midi et demi, cet après-midi, lorsque mes yeux se sont posés pour la première fois sur votre admirable et incomparable beauté…

CECILY : Je sais, j'ai déjà pris tout cela en notes.

ALGERNON, *bredouillant* : Je… je… *(Cecily dépose la plume et le regarde d'un air de reproche). (D'un ton désespéré.)* Non seulement je suis devenu votre serviteur et votre esclave très humble, mais encore, emporté par les ailes d'une ambition sans doute monstrueuse, j'ai eu la témérité de vous aimer violemment, passionnément, intensément, désespérément. *(Il sort sa montre et la consulte.)*

CECILY *(after writing for some time, looks up)* : I have not taken down « hopelessly ». It doesn't seem to make much sense, does it ? *(A slight pause.)*

ALGERNON *(starting back)* : Cecily !

CECILY : Is that the beginning of an entirely new paragraph ? Or should it be followed by a note of admiration ?

ALGERNON *(rapidly and romantically)* : It is the beginning of an entirely new existence for me, and it shall be followed by such notes of admiration that my whole life shall be a subtle and sustained symphony of Love, Praise and Adoration combined.

CECILY : Oh, I don't think that makes any sense at all. The fact is that men should never try to dictate to women. They never know how to do it, and when they do do it, they always say something particularly foolish.

ALGERNON : I don't care whether what I say is foolish or not. All that I know is that I love you, Cecily. I love you, I want you. I can't live without you, Cecily ! You know I love you. Will you marry me ? Will you be my wife ? *(Rushes over to her and puts his hand on hers.)*

CECILY *(rising)* : Oh, you have made me make a blot ! And yours is the only real proposal I have ever had in all my life. I should like to have entered it neatly.

Enter MERRIMAN.

MERRIMAN : The dog-cart is waiting, sir.

ALGERNON : Tell it to come round next week at the same hour.

MERRIMAN *(looks at CECILY who makes no sign)* : Yes, sir.

CECILY : Uncle Jack would be very much annoyed if he knew you were staying on till next week, at the same hour.

ALGERNON : Oh ! I don't care about Jack ! I don't care for anybody in the whole world but you. I love you. Cecily ! you will marry me, won't you ?

CECILY : You silly boy ! Of course. Why, we have been engaged for the last three months.

CECILY, *après avoir écrit encore quelques instants, lève les yeux* : Je n'ai pas noté « désespérément ». Il me semble que cela ne veut pas dire grand-chose, non ? *(Un court silence.)*

ALGERNON, *avec un mouvement de recul* : Cecily !

CECILY : Est-ce le début d'un tout nouveau paragraphe ? Ou bien mon nom doit-il être suivi d'un bref commentaire admiratif ?

ALGERNON, *rapidement et sur un ton romantique* : C'est pour moi le début d'une toute nouvelle existence et il sera suivi de tant de commentaires admiratifs que ma vie entière sera une subtile et constante symphonie toute d'amour, de louanges et d'adoration.

CECILY : Oh, je ne crois pas que tout cela ait grand sens. Le fait est que les hommes ne devraient jamais faire la dictée aux femmes. Ils en sont incapables et, s'ils le font malgré tout, il faut toujours qu'ils disent quelque chose de particulièrement stupide.

ALGERNON : Peu m'importe de savoir si ce que je dis est stupide ou non. Tout ce que je sais est que je vous aime, Cecily. Je vous aime, je vous désire. Je suis incapable de vivre sans vous, Cecily. Vous savez que je vous aime. Voulez-vous m'épouser ? Voulez-vous être ma femme ? *(Il se précipite vers elle et pose sa main sur la sienne.)*

CECILY, *se levant* : Oh, vous m'avez fait faire une tache ! Et votre demande en mariage est la première que l'on m'ait jamais faite. J'aurais dû en prendre note avec soin.

Entre Merriman.

MERRIMAN : Le cabriolet attend, monsieur.

ALGERNON : Dites-lui de passer la semaine prochaine à la même heure.

MERRIMAN *regarde Cecily qui ne fait aucun signe* : Bien, monsieur.

CECILY : Oncle Jack serait très fâché s'il savait que vous restez jusqu'à la semaine prochaine, à la même heure.

ALGERNON : Oh, peu m'importe Jack ! Rien au monde ne m'importe que vous. Je vous aime, Cecily ! Vous voulez bien m'épouser, n'est-ce pas ?

CECILY : Bien sûr, grand sot ! Vous savez bien que nous sommes fiancés depuis trois mois.

ALGERNON : For the last three months ?

CECILY : Three months all but a few days. *(Looks at diary, turns over page.)* Yes ; it will be exactly three months on Thursday.

ALGERNON : I didn't know.

CECILY : Very few people nowadays ever realise the position in which they are placed. The age is, as Miss Prism often says, a thoughtless one.

ALGERNON : But how did we become engaged ?

CECILY : Well, ever since dear Uncle Jack first confessed to us that he had a younger brother who was very wicked and bad, you of course have formed the chief topic of conversation between myself and Miss Prism. And of course a man who is much talked about is always very attractive. One feel there must be something in him, after all. I dare say it was foolish of me, but I fell in love with you, Ernest.

ALGERNON : Darling ! And when was the engagement actually settled ?

CECILY : On the 14th of February last. Worn out by your entire ignorance of my existence, I determined to end the matter one way or the other, and after a long struggle with myself I accepted you one evening in the garden. The next day I bought this little ring in your name. You see I always wear it, Ernest, and though it shows that you are sadly extravagant, still I have long ago forgiven you for that. Here in this drawer are all the little presents I have given you from time to time, neatly numbered and labelled. This is the pearl necklace you gave me on my birthday. And this is the box in which I keep all your letters. *(Opens box and produces letters tied up with blue ribbon.)*

ALGERNON : My letters ! But my own sweet Cecily, I have never written you any letters.

CECILY : You need hardly remind me of that, Ernest. I remember it only too well. I grew tired of asking the postman every morning if he had a London letter for me. My health began to give way under the strain and anxiety. So I wrote your letters for you, and had them posted to me in the village by my maid. I

ALGERNON : Depuis trois mois ?

CECILY : Trois mois, à quelques jours près. *(Elle consulte son journal et tourne une page.)* Oui, cela fera exactement trois mois jeudi.

ALGERNON : Je l'ignorais.

CECILY : De nos jours, très peu de gens ont conscience de la situation dans laquelle ils se trouvent. Comme le dit souvent Miss Prism, nous vivons à une époque bien écervelée.

ALGERNON : Mais comment nous sommes-nous fiancés ?

CECILY : Eh bien, depuis ce jour où oncle Jack nous a avoué qu'il avait un frère cadet immoral et dépravé, vous êtes naturellement devenu le principal sujet de conversation entre Miss Prism et moi-même. Et bien sûr, un homme dont on parle beaucoup est toujours très séduisant. On a le sentiment qu'après tout, il doit avoir quelque chose de particulier. Je sais bien que c'est un peu sot de ma part, mais je suis tombée amoureuse de vous, Constant.

ALGERNON : Ma chérie ! Et quand nos fiançailles ont-elles effectivement eu lieu ?

CECILY : Le 14 février dernier[55]. Lassée de vous voir ignorer mon existence, je me suis décidée à mettre un terme à cette situation d'une manière ou d'une autre, et, après un long débat intérieur, je vous ai dit oui, un soir, dans le jardin. Le lendemain, j'ai acheté cette petite bague en votre nom. Vous voyez, Constant, que je la porte sans cesse, et bien qu'elle atteste que vous êtes toujours effroyablement dépensier, cela fait longtemps que je vous ai pardonné. Vous trouverez, dans ce tiroir, tous les petits cadeaux que je vous ai faits de temps à autre, soigneusement numérotés et étiquetés. Voici le collier de perles que vous m'avez offert pour mon anniversaire. Et voici le coffret où je conserve toutes vos lettres. *(Elle ouvre le coffret et en sort des lettres attachées par un ruban bleu.)*

ALGERNON : Mes lettres ! Mais, ma délicieuse Cecily, je ne vous ai jamais écrit de lettres.

CECILY : Vous n'avez pas besoin de me le rappeler, Constant. Je ne le sais que trop. Je me suis lassée de demander au facteur tous les matins s'il avait une lettre de Londres pour moi. Ma santé commençait à défaillir sous l'effet de la tension et de l'angoisse. Aussi ai-je écrit, à votre place, des lettres que je faisais poster au village par

wrote always three times a week and sometimes oftener.

ALGERNON : Oh, do let me read them, Cecily.

CECILY : Oh, I couldn't possibly. They would make you far too conceited. The three you wrote me after I had broken off the engagement are so beautiful and so badly spelt that even now I can hardly read them without crying a little.

ALGERNON : But was our engagement ever broken off ?

CECILY : Of course it was. On the 22nd of last March. You can see the entry if you like. *(Shows diary.)* « Today I broke off my engagement with Ernest. I feel it is better to do so. The weather still continues charming. »

ALGERNON : But why on earth did you break it off ? What had I done ? I had done nothing at all. Cecily, I am very much hurt indeed to hear you broke it off. Particularly when the weather was so charming.

CECILY : Men seem to forget very easily. I should have thought you would have remembered the violent letter you wrote to me because I danced with Lord Kelso at the county ball.

ALGERNON : But I did take it all back, Cecily, didn't I ?

CECILY : Of course you did. Otherwise I wouldn't have forgiven you or accepted this little gold bangle with the turquoise and diamond heart, that you sent me the next day. *(Shows bangle.)*

ALGERNON : Did I give you this, Cecily ? It's very pretty, isn't it ?

CECILY : Yes. You have wonderfully good taste, Ernest. I have always said that of you. It's the excuse I've always given for your leading such a bad life.

ALGERNON : My own one ! So we have been engaged for three months, Cecily !

CECILY : Yes ; how the time has flown, hasn't it ?

ALGERNON : I don't think so. I have found the days very long and very dreary without you.

ma femme de chambre. J'écrivais toujours trois fois par semaine, et quelquefois plus souvent.

ALGERNON : Je vous en prie, laissez-moi les lire, Cecily.

CECILY : Oh, il n'en est pas question. Elles vous rendraient bien trop vaniteux. Les trois lettres que vous m'avez envoyées après que j'eus rompu nos fiançailles sont si belles et leur orthographe si épouvantable que maintenant encore je ne puis guère les lire sans verser quelques larmes.

ALGERNON : Mais nos fiançailles ont-elles vraiment été rompues ?

CECILY : Bien sûr. Le 22 mars dernier[56]. Vous pouvez vérifier la page, si vous voulez. *(Elle lui montre son journal.)* « Aujourd'hui, j'ai rompu mes fiançailles avec Constant. Je crois que c'est mieux ainsi. Il continue de faire un temps délicieux. »

ALGERNON : Mais pourquoi diable avez-vous rompu ? Qu'avais-je fait ? Je n'ai rien fait du tout. Cecily, à dire vrai, je suis profondément blessé d'apprendre que vous avez rompu, surtout par un temps délicieux.

CECILY : Les hommes ont, semble-t-il, la mémoire courte. Je pensais que vous n'auriez pas oublié la lettre brutale que vous m'avez écrite parce que j'avais dansé avec Lord Kelso au bal du comté.

ALGERNON : Mais je suis revenu sur tout ce que j'avais dit, n'est-ce pas, Cecily ?

CECILY : Bien sûr que oui. Sinon, je ne vous aurais pas pardonné et je n'aurais pas accepté ce petit bracelet en or, orné d'un cœur de turquoise et de diamant, que vous m'avez envoyé le lendemain[57]. *(Elle lui montre le bracelet.)*

ALGERNON : C'est moi qui vous ai offert cela, Cecily ? C'est tout à fait ravissant, n'est-ce pas ?

CECILY : Oui, vous avez un goût absolument exquis, Constant. C'est l'excuse que je vous ai trouvée pour cette existence si dissolue que vous menez.

ALGERNON : Mon amour ! Donc, Cecily, cela fait trois mois que nous sommes fiancés !

CECILY : Oui, comme le temps passe vite, vous ne trouvez pas ?

ALGERNON : Non, je ne suis pas de votre avis. J'ai trouvé les journées bien longues et bien tristes sans vous.

CECILY : You dear romantic boy… *(puts her fingers through his hair.)* I hope your hair curls naturally. Does it ?

ALGERNON : Yes darling, with a little help from others.

CECILY : I am so glad.

ALGERNON : You'll never break off our engagement again, Cecily ?

CECILY : I don't think that I could break it off now that I have actually met you. Besides, of course, there is the question of your name.

ALGERNON : Yes, of course. *(Nervously.)*

CECILY : You must not laugh at me, darling, but it had always been a girlish dream of mine to love someone whose name was Ernest.

ALGERNON rises, CECILY also.

There is something in that name that seems to inspire absolute confidence. I pity any poor married woman whose husband is not called Ernest.

ALGERNON : But, my dear child, do you mean to say you could not love me if I had some other name ?

CECILY : But what name ?

ALGERNON : Oh, any name you like – Algernon – for instance…

CECILY : But I don't like the name of Algernon.

ALGERNON : Well, my own dear, sweet, loving little darling, I really can't see why you should object to the name of Algernon. It is not at all a bad name. In fact, it is rather an aristocratic name. Half of the chaps who get into the Bankruptcy Court are called Algernon. But seriously, Cecily – *(moving to her)* – if my name was Algy, couldn't you love me ?

CECILY *(rising)* : I might respect you, Ernest, I might admire your character, but I fear that I should not be able to give you my undivided attention.

ALGERNON : Ahem ! Cecily ! *(Picking up hat.)* Your Rector here is, I suppose, thoroughly experienced in the practice of all the rites and ceremonials of the Church ?

CECILY : Cher enfant romantique… *(Elle lui passe une main dans les cheveux.)* J'espère que vos cheveux frisent naturellement. Je ne me trompe pas ?

ALGERNON : Non, ma chérie, mais j'ai besoin d'un peu d'aide extérieure.

CECILY : J'en suis tellement ravie.

ALGERNON : Vous ne romprez plus jamais nos fiançailles, Cecily ?

CECILY : Je ne pense pas que je pourrais les rompre maintenant que j'ai vraiment fait votre connaissance. De plus, bien évidemment, il y a votre prénom.

ALGERNON, *tendu* : Oui, naturellement.

CECILY : Il ne faut pas que vous vous moquiez de moi, mon chéri, mais, depuis ma plus tendre enfance, j'ai toujours rêvé d'aimer un homme prénommé Constant. *(Algernon se lève, Cecily également.)*

Il y a, dans ce prénom, quelque chose qui semble inspirer une confiance absolue. Je plains les femmes mariées dont l'époux ne s'appelle pas Constant.

ALGERNON : Mais, ma chère enfant, voulez-vous dire que vous ne sauriez m'aimer si je portais un autre prénom ?

CECILY : Quel prénom, par exemple ?

ALGERNON : Oh, n'importe lequel, Algernon, par exemple.

CECILY : Mais je n'aime pas le nom d'Algernon.

ALGERNON : Eh bien, mon cher, mon délicieux, mon tendre amour, je ne vois vraiment pas ce que vous pourriez reprocher au nom d'Algernon. Ce n'est pas un vilain prénom. À vrai dire, c'est même plutôt un nom aristocratique. La moitié des gaillards poursuivis en justice pour faillite s'appelle Algernon. Mais sérieusement, Cecily *(il s'approche d'elle)*, si je m'appelais Algy, vous ne pourriez pas m'aimer ?

CECILY, *se levant* : Je pourrais vous respecter, je pourrais admirer votre personne, mais, j'en ai peur, je serais incapable de vous accorder une attention sans partage.

ALGERNON : Hum ! Cecily ! *(Prenant son chapeau.)* Je suppose que votre pasteur a une grande expérience de tous les rites et cérémonies de l'Église ?

CECILY : Oh, yes. Dr. Chasuble is a most learned man. He has never written a single book, so you can imagine how much he knows.

ALGERNON : I must see him at once on a most important christening – I mean on most important business.

CECILY : Oh !

ALGERNON : I shan't be away more than half an hour.

CECILY : Considering that we have been engaged since February the 14th, and that I only met you today for the first time, I think it is rather hard that you should leave me for so long a period as half an hour. Couldn't you make it twenty minutes ?

ALGERNON : I'll be back in no time. *(Kisses her and rushes out.)*

CECILY : What an impetuous boy he is ! I like his hair so much. I must enter his proposal in my diary.

Enter MERRIMAN.

MERRIMAN : A Miss Fairfax has just called to see Mr. Worthing. On very important business, Miss Fairfax states.

CECILY : Isn't Mr. Worthing in his library ?

MERRIMAN : Mr. Worthing went over in the direction of the Rectory some time ago.

CECILY : Pray ask the lady to come in here ; Mr. Worthing is sure to be back soon. And you can bring tea.

MERRIMAN : Yes, Miss. *(Goes out.)*

CECILY : Miss Fairfax ! I suppose one of the many good elderly women who are associated with Uncle Jack in some of his Philanthropic work in London. I don't quite like women who are interested in Philanthropic work. I think it is so forward of them.

Enter MERRIMAN.

MERRIMAN : Miss Fairfax.

Enter GWENDOLEN. Exit MERRIMAN.

CECILY : Oh, oui. Le révérend Chasuble est un homme très cultivé. Il n'a pas écrit un seul livre, cela peut vous donner une idée de l'étendue de son savoir.

ALGERNON : Il faut que je le voie immédiatement pour un baptême, enfin pour une affaire de la plus haute importance.

CECILY : Oh !

ALGERNON : Je ne serai pas absent plus d'une demi-heure.

CECILY : Étant donné que nous sommes fiancés depuis le 14 février et que je n'ai fait votre connaissance qu'aujourd'hui, je trouve assez pénible que vous me laissiez seule pendant une longue demi-heure. Ne pourriez-vous pas vous contenter de vingt minutes ?

ALGERNON : Je reviens tout de suite. *(Il l'embrasse et sort précipitamment.)*

CECILY : Quel garçon impétueux ! Et j'aime tellement ses cheveux. Il faut que je note sa demande en mariage dans mon journal.

Entre Merriman.

MERRIMAN : Une certaine Miss Fairfax vient d'arriver pour rencontrer Mr. Worthing. Pour une affaire très importante, selon Miss Fairfax.

CECILY : Mr. Worthing ne se trouve-t-il pas dans sa bibliothèque ?

MERRIMAN : Mr. Worthing est parti dans la direction du presbytère, il y a quelque temps.

CECILY : Demandez donc à cette dame d'entrer. Mr. Worthing sera sans aucun doute très vite de retour. Et servez donc le thé.

MERRIMAN : Bien, Mademoiselle.

Il sort.

CECILY : Miss Fairfax ! Probablement l'une de ces nombreuses et généreuses vieilles dames qui travaillent à Londres en collaboration avec oncle Jack dans l'une de ses œuvres philanthropiques. Je n'aime guère les femmes qui s'intéressent aux œuvres philanthropiques. Je trouve cela bien impudent de leur part.

Entre Merriman.

MERRIMAN : Miss Fairfax.

Entre Gwendolen. Sort Merriman.

CECILY *(advancing to meet her)* : Pray let me introduce myself to you. My name is Cecily Cardew.

GWENDOLEN : Cecily Cardew ? *(Moving to her and shaking hands.)* What a very sweet name ! Something tells me that we are going to be great friends. I like you already more than I can say. My first impressions of people are never wrong.

CECILY : How nice of you to like me so much after we have known each other such a comparatively short time. Pray sit down.

GWENDOLEN *(still standing up)* : I may call you Cecily, may I not ?

CECILY : With pleasure !

GWENDOLEN : And you will always call me Gwendolen, won't you ?

CECILY : If you wish.

GWENDOLEN : Then that is all quite settled, is it not ?

CECILY : I hope so. *(A pause. They both sit down together.)*

GWENDOLEN : Perhaps this might be a favourable opportunity for my mentioning who I am. My father is Lord Bracknell. You have never heard of papa, I suppose ?

CECILY : I don't think so.

GWENDOLEN : Outside the family circle, papa, I am glad to say, is entirely unknown. I think that is quite as it should be. The home seems to me to be the proper sphere for the man. And certainly once a man begins to neglect his domestic duties he becomes painfully effeminate, does he not ? And I don't like that. It makes men so very attractive. Cecily, mamma, whose views on education are remarkably strict, has brought me up to be extremely short-sighted ; it is part of her system ; so do you mind my looking at you through my glasses ?

CECILY : Oh ! not at all, Gwendolen. I am very fond of being looked at.

GWENDOLEN *(after examining* CECILY *carefully through a lorgnette)* : You are here on a short visit, I suppose.

CECILY : Oh no ! I live here.

CECILY, *s'avançant à sa rencontre* : Permettez-moi, je vous prie, de me présenter. Je m'appelle Cecily Cardew.

GWENDOLEN : Cecily Cardew ? *(S'avançant vers elle et lui serrant la main.)* Quel nom exquis ! Quelque chose me dit que nous allons être de grandes amies. J'ai déjà pour vous plus d'affection que je ne saurais dire. Mes premières impressions sur les gens ne me trompent jamais.

CECILY : Qu'il est aimable de votre part de me témoigner autant d'affection alors que nous nous connaissons depuis relativement peu de temps. Asseyez-vous, je vous prie.

GWENDOLEN, *toujours debout* : Me permettez-vous de vous appeler Cecily ?

CECILY : Avec plaisir !

GWENDOLEN : Et vous m'appellerez toujours Gwendolen, n'est-ce pas ?

CECILY : Si vous le souhaitez.

GWENDOLEN : Nous en sommes donc convenues ?

CECILY : Je l'espère. *(Silence. Elles s'assoient toutes les deux en même temps.)*

GWENDOLEN : C'est peut-être là le moment opportun pour que je vous dise qui je suis. Mon père est Lord Bracknell. Vous n'avez jamais entendu parler de papa, j'imagine ?

CECILY : Je ne crois pas.

GWENDOLEN : En dehors du cercle familial, papa, je suis ravie de le dire, est un parfait inconnu. Et je crois que c'est très bien ainsi. Le foyer me paraît être le cadre idéal pour un homme. Et il fait pas de doute que dès qu'un homme se met à négliger ses devoirs domestiques, il devient péniblement efféminé, n'est-ce pas ? Et cela ne me plaît pas. Cela rend les hommes si séduisants. Vous savez, Cecily, maman, qui a sur l'éducation des principes remarquablement sévères, m'a élevée d'une façon telle que je suis devenue myope à l'extrême. Cela fait partie de son système. Aussi, cela vous dérangerait-il que je vous regarde avec mes lunettes ?

CECILY : Oh ! pas du tout, Gwendolen. J'adore que l'on me regarde.

GWENDOLEN, *après avoir soigneusement examiné Gwendolen avec son face-à-main* : Vous êtes ici pour un court séjour, j'imagine.

CECILY : Oh non ! J'habite ici.

GWENDOLEN *(severely)* : Really ? Your mother, no doubt, or some female relative of advanced years, resides here also ?

CECILY : Oh no ! I have no mother, nor, in fact, any relations.

GWENDOLEN : Indeed ?

CECILY : My dear guardian, with the assistance of Miss Prism, has the arduous task of looking after me.

GWENDOLEN : Your guardian ?

CECILY : Yes, I am Mr. Worthing's ward.

GWENDOLEN : Oh ! It is strange he never mentioned to me that he had a ward. How secretive of him ! He grows more interesting hourly. I am not sure, however, that the news inspires me with feelings of unmixed delight. *(Rising and going to her.)* I am very fond of you, Cecily ; I have liked you ever since I met you ! But I am bound to state that now that I know that you are Mr. Worthing's ward, I cannot help expressing a wish you were – well, just a little older than you seem to be – and not quite so very alluring in appearance. In fact, if I may speak candidly –

CECILY : Pray do ! I think that whenever one has anything unpleasant to say, one should always be quite candid.

GWENDOLEN : Well, to speak with perfect candour, Cecily, I wish that you were fully forty-two, and more than unusually plain for your age. Ernest has a strong upright nature. He is the very soul of truth and honour. Disloyalty would be as impossible to him as deception. But even men of the noblest possible moral character are extremely susceptible to the influence of the physical charms of others. Modern, no less than Ancient History, supplies us with many most painful examples of what I refer to. If it were not so, indeed, History would be quite unreadable.

CECILY : I beg your pardon, Gwendolen, did you say Ernest ?

GWENDOLEN : Yes.

GWENDOLEN, *l'air sévère* : Vraiment ? Votre mère, sans doute, ou quelque parente fort avancée en âge, réside également ici ?

CECILY : Oh non ! Je n'ai ni mère ni, à vrai dire, de parents.

GWENDOLEN : Vraiment ?

CECILY : Mon cher tuteur, assisté de Miss Prism, a la tâche ingrate de s'occuper de moi.

GWENDOLEN : Votre tuteur ?

CECILY : Oui, je suis la pupille de Mr. Worthing.

GWENDOLEN : Oh ! C'est étrange qu'il ne m'ait jamais dit qu'il avait une pupille. Quel cachotier ! Il devient, d'heure en heure, de plus en plus passionnant. Je ne suis pas certaine, toutefois, que cette nouvelle m'inspire des sentiments de joie sans mélange. *(Se levant et se dirigeant vers elle.)* J'ai beaucoup d'affection pour vous, Cecily. J'ai de l'affection pour vous depuis que je vous connais. Mais je suis bien obligée de dire que, depuis que je sais que vous êtes la pupille de Mr. Worthing, je ne puis m'empêcher de regretter que vous ne soyez pas, disons, un tout petit peu plus âgée que vous ne semblez l'être et d'une apparence un peu moins avenante. À vrai dire, si je puis vous parler en toute franchise…

CECILY : Je vous en prie ! Je pense que lorsque l'on a quelque chose de désagréable à dire, il vaut mieux le dire en toute franchise.

GWENDOLEN : Eh bien, pour vous parler avec une totale franchise, Cecily, j'aimerais que vous ayez au moins quarante-deux ans et que vous soyez plus qu'exceptionnellement ingrate pour votre âge. Constant est d'un naturel extrêmement probe. Il est la droiture et l'honneur incarnés. La perfidie lui est aussi étrangère que l'hypocrisie. Cependant, même les hommes dont le sens moral est des plus élevés sont extrêmement sensibles à l'influence des attraits physiques d'autrui. L'histoire moderne, pas moins que celle de l'Antiquité, nous offre un grand nombre d'exemples terriblement éprouvants de ce à quoi je fais allusion. Si cela n'était pas le cas, à vrai dire, les livres d'histoire seraient tout à fait illisibles.

CECILY : Je vous demande pardon, Gwendolen, avez-vous dit Constant ?

GWENDOLEN : Oui.

CECILY : Oh, but it is not Mr. Ernest Worthing who is my guardian. It is his brother – his elder brother.

GWENDOLEN *(sitting down again)* : Ernest never mentioned to me that he had a brother.

CECILY : I am sorry to say they have not been on good terms for a long time.

GWENDOLEN : Ah ! that accounts for it. And now that I think of it I have never heard any man mention his brother. The subject seems distasteful to most men. Cecily, you have lifted a load from my mind. I was growing almost anxious. It would have been terrible if any cloud had come across a friendship like ours, would it not ? Of course you are quite, quite sure that it is not Mr. Ernest Worthing who is your guardian ?

CECILY : Quite sure. *(A pause)* In fact, I am going to be his.

GWENDOLEN *(inquiringly)* : I beg your pardon ?

CECILY *(rather shy and confidingly)* : Dearest Gwendolen, there is no reason why I should make a secret of it to you. Our little county newspaper is sure to chronicle the fact next week. Mr. Ernest Worthing and I are engaged to be married.

GWENDOLEN *(quite politely, rising)* : My darling Cecily, I think there must be some slight error. Mr. Ernest Worthing is engaged to me. The announcement will appear in the « Morning Post » on Saturday at the latest.

CECILY *(very politely, rising)* : I am afraid you must be under some misconception. Ernest proposed to me exactly ten minutes ago. *(Shows diary.)*

GWENDOLEN *(examines diary through her lorgnette carefully)* : It is certainly very curious, for he asked me to be his wife yesterday afternoon at 5.30. If you would care to verify the incident, pray do so. *(Produces diary of her own.)* I never travel without my diary. One should always have something sensational to read in the train. I am so sorry, dear Cecily, if it is any disappointment to you, but I am afraid I have the prior claim.

CECILY : Oh, mais ce n'est pas Mr. Constant Worthing qui est mon tuteur. C'est son frère, son frère aîné.

GWENDOLEN, *s'asseyant de nouveau* : Constant ne m'a jamais dit qu'il avait un frère.

CECILY : J'ai le regret de dire que cela fait des années qu'ils ne sont pas en bons termes.

GWENDOLEN : Ah ! voilà qui explique tout. Et maintenant que j'y pense, je n'ai jamais entendu un homme parler de son frère. La plupart des hommes semblent trouver ce sujet déplaisant. Cecily, vous m'avez soulagée d'un grand poids. Je commençais presque à me faire du souci. Il aurait été épouvantable qu'un nuage assombrisse une amitié telle que la nôtre, vous ne trouvez pas ? Naturellement, vous êtes tout à fait, tout à fait certaine que ce n'est pas Mr. Constant Worthing qui est votre tuteur ?

CECILY : Tout à fait certaine. *(Silence.)* À vrai dire, c'est moi qui vais être sa tutrice.

GWENDOLEN, *l'air interrogateur* : Je vous demande pardon ?

CECILY, *assez intimidée et sur le ton de la confidence* : Très chère Gwendolen, il n'y a aucune raison pour que j'en fasse un secret pour vous. Notre petit journal local va en rapporter la nouvelle la semaine prochaine. Mr. Constant Worthing et moi-même sommes fiancés et allons nous marier.

GWENDOLEN, *très poliment, se levant* : Ma chère Cecily, je crois qu'il doit y avoir une légère erreur. C'est avec moi que Mr. Constant Worthing est fiancé. Le faire-part va être publié dans le *Morning Post*[58], samedi au plus tard.

CECILY, *très poliment, se levant* : J'ai bien peur que vous ne soyez victime de quelque malentendu. Constant m'a demandée en mariage il y a exactement dix minutes. *(Elle montre son journal.)*

GWENDOLEN, *examinant attentivement le journal avec son face-à-main* : Voilà qui est sans nul doute très curieux, puisqu'il m'a demandé d'être sa femme hier après-midi à cinq heures et demie. Si vous voulez bien vous donner la peine de vérifier les faits, je vous en prie *(Elle sort son propre journal.)* Je ne voyage jamais sans mon journal. On devrait toujours avoir quelque chose de passionnant à lire dans le train. Chère Cecily, je suis réellement navrée de vous décevoir, mais, j'ai bien peur d'avoir la priorité sur vous.

CECILY : It would distress me more than I can tell you, dear Gwendolen, if it caused you any mental or physical anguish, but I feel bound to point out that since Ernest proposed to you he clearly has changed his mind.

GWENDOLEN *(meditatively)* : If the poor fellow has been entrapped into any foolish promise I shall consider it my duty to rescue him at once, and with a firm hand.

CECILY *(thoughtfully and sadly)* : Whatever unfortunate entanglement my dear boy may have got into, I will never reproach him with it after we are married.

GWENDOLEN : Do you allude to me, Miss Cardew, as an entanglement ? You are presumptuous. On an occasion of his kind il becomes more than a moral duty to speak one's mind. It becomes a pleasure.

CECILY : Do you suggest, Miss Fairfax, that I entrapped Ernest into an engagement ? How dare you ? This is no time for wearing the shallow mask of manners. When I see a spade I call it a spade.

GWENDOLEN *(satirically)* : I am glad to say that I have never seen a spade. It is obvious that our social spheres have been widely different.

Enter MERRIMAN, followed by the footman.
He carries a salver, table cloth, and plate stand.
CECILY is about to retort.
The presence of the servants exercises a restraining influence, under which both girls chafe.

MERRIMAN : Shall I lay tea here as usual, Miss ?

CECILY *(sternly, in a calm voice)* : Yes, as usual. *(MERRIMAN begins to clear table and lay cloth. A long pause. CECILY and GWENDOLEN glare at each other.)*

GWENDOLEN : Are there many interesting walks in the vicinity, Miss Cardew ?

CECILY : Cela m'accablerait plus que je ne saurais dire, chère Gwendolen, de vous causer la moindre souffrance, physique ou mentale, mais je me sens contrainte de vous faire remarquer que, depuis que Constant vous a demandée en mariage, il s'est à l'évidence ravisé.

GWENDOLEN, *l'air méditatif* : Si le pauvre garçon s'est laissé piéger par quelque sotte promesse, je considérerai qu'il est de mon devoir de l'en délivrer sur-le-champ, et d'une main de fer.

CECILY, *pensive et triste* : Quelle que soit la sombre et malheureuse affaire dans laquelle mon bien-aimé s'est laissé entraîner, je ne lui en ferai jamais le reproche après notre mariage.

GWENDOLEN : Est-ce à moi que vous faites allusion, Miss Cardew, lorsque vous parlez de malheureuse affaire ? Vous êtes bien présomptueuse. En de telles circonstances, c'est plus qu'un devoir moral de dire ce que l'on pense. Cela devient un plaisir.

CECILY : Suggérez-vous, Miss Fairfax, que j'ai tendu un piège à Constant pour le contraindre à se fiancer avec moi ? Comment osez-vous ? Ce n'est plus le moment de porter le masque superficiel des bonnes manières. J'appelle toujours un chat un chat et une oie une oie[59].

GWENDOLEN, *ironique* : Je suis heureuse de dire que je ne fraye pas avec les oies. Il est évident que nous ne sommes pas du tout du même monde.

Entre Merriman, suivi du valet de pied.
Il porte un plateau, une nappe et un serviteur.
Cecily est sur le point de rétorquer.
La présence des domestiques oblige les jeunes filles à se contrôler, à leur corps défendant.

MERRIMAN : Dois-je servir le thé comme d'habitude, mademoiselle ?

CECILY, *d'une voix calme et glaciale* : Oui, comme d'habitude. *(Merriman commence à débarrasser la table et à disposer la nappe. Long silence. Cecily et Gwendolen se jettent des regards furibonds.)*

GWENDOLEN : Y a-t-il de nombreuses promenades intéressantes dans le voisinage, Miss Cardew ?

CECILY : Oh ! yes ! a great many. From the top of one of the hills quite close one can see five counties.

GWENDOLEN : Five counties ! I don't think I should like that ; I hate crowds.

CECILY *(sweetly)* : I suppose that is why you live in town ? *(GWENDOLEN bites her lip, and beats her foot nervously with her parasol.)*

GWENDOLEN *(looking round)* : Quite a charming room this is of yours, Miss Cardew.

CECILY : So glad you like it, Miss Fairfax.

GWENDOLEN : I had no idea there was anything approaching good taste in the more remote country districts. It is quite a surprise to me.

CECILY : I am afraid you judge of the country from what one sees in town. I believe most London houses are extremely vulgar.

GWENDOLEN : I suppose they do dazzle the rural mind. Personally I cannot understand how anybody manages to exist in the country – if anybody who is anybody does. The country always bores me to death.

CECILY : Ah ! This is what the newspapers call agricultural depression, is it not ? I believe the aristocracy is suffering very much from it just at present. It is almost an epidemic amongst them, I have been told. May I offer you some tea, Miss Fairfax ?

GWENDOLEN *(with elaborate politeness)* : Thank you. *(Aside.)* Detestable girl ! But I require tea !

CECILY *(sweetly)* : Sugar ?

GWENDOLEN *(superciliously)* : No, thank you. Sugar is not fashionable any more. *(CECILY looks angrily at her, takes up the tongs and puts four lumps of sugar into the cup.)*

CECILY *(severely)* : Cake or bread and butter ?

GWENDOLEN *(in a bored manner)* : Bread and butter, please. Cake is rarely seen at the best houses nowadays.

CECILY : Oh, oui, fort nombreuses ! Du sommet de l'une des collines non loin d'ici, on découvre cinq comtés.

GWENDOLEN : Cinq comtés ! Je ne crois pas que cela me plairait. J'ai les foules en horreur.

CECILY, *doucereuse* : Je suppose que c'est la raison pour laquelle vous vivez en ville ? *(Gwendolen se mord la lèvre et se frappe nerveusement le pied avec son ombrelle.)*

GWENDOLEN, *regardant autour d'elle* : Quel charmant salon vous avez, Miss Cardew.

CECILY : Je suis ravie qu'il vous plaise, Miss Fairfax.

GWENDOLEN : Je n'imaginais pas qu'il pût y avoir ne fût-ce que la trace la plus imperceptible de bon goût dans ces campagnes reculées. J'en suis vraiment très surprise.

CECILY : Je crains que vous ne jugiez la campagne à l'aune de ce ce que l'on peut voir en ville. D'après ce que je sais, la plupart des maisons londoniennes sont extrêmement vulgaires.

GWENDOLEN : Je suppose qu'elles doivent éblouir les esprits rustiques. Pour ma part, je n'arrive pas à comprendre comment une personne, j'entends une personne convenable, peut vivre à la campagne. La campagne m'ennuie toujours à mourir.

CECILY : Ah ! C'est sans doute ce que les journaux appellent la crise agricole, c'est bien cela ? Je pense que l'aristocratie en souffre beaucoup à l'heure actuelle. D'après ce que l'on m'a dit, c'est presque une épidémie qui la décime [60]. Puis-je vous offrir du thé, Miss Fairfax ?

GWENDOLEN, *avec une politesse étudiée* : Merci. *(En aparté.)* Quelle fille détestable ! Mais une tasse de thé me fera le plus grand bien !

CECILY, *doucereuse* : Du sucre ?

GWENDOLEN, *hautaine* : Non, merci. Le sucre n'est plus à la mode. *(Cecily la regarde furieuse, prend la pince et met quatre morceaux de sucre dans la tasse.)*

CECILY, *d'une voix sévère* : Du cake ou du pain beurré ?

GWENDOLEN, *l'air las* : Du pain beurré, s'il vous plaît. On sert rarement du cake dans les meilleures maisons de nos jours.

CECILY *(cuts a very large slice of cake and puts it on the tray)* : Hand that to Miss Fairfax.

MERRIMAN does so, and goes out with footman.

(GWENDOLEN drinks the tea and makes a grimace. Puts down cup at once, reaches out her hand to the bread and butter, looks at it, and finds it is cake. Rises in indignation.)

GWENDOLEN : You have filled my tea with lumps of sugar, and though I asked most distinctly for bread and butter, you have given me cake. I am known for the gentleness of my disposition, and the extraordinary sweetness of my nature, but I warn you, Miss Cardew, you may go too far.

CECILY *(rising)* : To save my poor, innocent, trusting boy from the machinations of any other girl there are no lengths to which I would not go.

GWENDOLEN : From the moment I saw you I distrusted you. I felt that you were false and deceitful. I am never deceived in such matters. My first impressions of people are invariably right.

CECILY : It seems to me, Miss Fairfax, that I am trespassing on your valuable time. No doubt you have many other calls of a similar character to make in the neighbourhood.

Enter JACK.

GWENDOLEN *(catching sight of him)* : Ernest ! My own Ernest !

JACK : Gwendolen ! Darling ! *(Offers to kiss her.)*

GWENDOLEN *(drawing back)* : A moment ! May I ask if you are engaged to be married to this young lady ? *(Points to CECILY.)*

JACK *(laughing)* : To dear little Cecily ! Of course not ! What could have put such an idea into your pretty little head ?

GWENDOLEN : Thank you. You may ! *(Offers her cheek.)*

CECILY *(very sweetly)* : I knew there must be some misunderstanding, Miss Fairfax. The gentleman whose arm is at present round your waist is my guardian, Mr. John Worthing.

CECILY *coupe une très grosse tranche de cake et la met sur le plateau* : Donnez ceci à Miss Fairfax.

Merriman obéit et sort avec le valet de pied.

(Gwendolen boit son thé et fait une grimace. Elle repose immédiatement la tasse, tend la main pour prendre le pain beurré, le regarde et se rend compte que c'est du cake. Elle se lève, indignée.)

GWENDOLEN : Vous avez rempli ma tasse de morceaux de sucre, et bien que je vous aie demandé très clairement du pain beurré, vous m'avez donné du cake. Je suis connue pour l'aménité de mon tempérament et pour l'extraordinaire douceur de mon naturel, mais je vous préviens, Miss Cardew, vous dépassez peut-être les bornes.

CECILY, *se levant* : Pour sauver mon malheureux bien-aimé, si confiant et innocent, des machinations d'une femme, je suis prête à dépasser toutes les bornes.

GWENDOLEN : Dès que je vous ai vue, je n'ai eu aucune confiance en vous. J'ai senti que vous étiez fausse et hypocrite. Je ne me trompe jamais sur ce chapitre. Ma première impression sur les gens est toujours la bonne.

CECILY : Il me semble, Miss Fairfax, que je vous fais perdre un temps précieux. Vous avez sans nul doute de nombreuses visites de même nature à faire dans le voisinage.

Entre Jack.

GWENDOLEN, *l'apercevant* : Constant ! Mon Constant !

JACK : Gwendolen ! Ma chérie ! *(Il s'apprête à l'embrasser.)*

GWENDOLEN, *reculant* : Un instant ! Puis-je vous demander si vous êtes fiancé à cette jeune personne ? *(Elle désigne Cecily.)*

JACK, *éclatant de rire* : Quoi, cette chère petite Cecily ! Bien sûr que non ! Qu'est-ce qui a bien pu mettre une telle idée dans votre jolie petite tête ?

GWENDOLEN : Merci. Allez-y ! *(Elle lui tend la joue.)*

CECILY, *très doucereuse* : Je savais, Miss Fairfax, qu'il devait y avoir un malentendu. Le gentleman qui vous enlace la taille est mon tuteur, Mr. John Worthing.

GWENDOLEN : I beg your pardon ?
CECILY : This is Uncle Jack.
GWENDOLEN *(receding)* : Jack ! Oh !

Enter ALGERNON.

CECILY : Here is Ernest

ALGERNON *(goes over to CECILY without noticing anyone else)* : My love ! *(Offers to kiss her.)*

CECILY *(drawing back)* : A moment, Ernest ! May I ask you – are you engaged to be married to this young lady ?

ALGERNON *(looking round)* : To what young lady ? Good heavens ! Gwendolen !

CECILY : Yes ! to good heavens, Gwendolen, I mean to Gwendolen.

ALGERNON *(laughing)* : Of course not ! What could have put such an idea into your pretty little head ?

CECILY : Thank you. *(Presenting her cheek to be kissed.)* You may. *(ALGERNON kisses her.)*

GWENDOLEN : I felt there was some slight error, Miss Cardew. The gentleman who is now embracing you is my cousin, Mr. Algernon Moncrieff.

CECILY *(breaking away from ALGERNON)* : Algernon Moncrieff ! Oh ! *(The two girls move towards each other and put their arms round each other's waists as if for protection.)*

CECILY : Are you called Algernon ?

ALGERNON : I cannot deny it.

CECILY : Oh !

GWENDOLEN : Is your name really John ?

JACK *(standing rather proudly)* : I could deny it if I liked. I could deny anything if I liked. But my name certainly is John. It has been John for years.

CECILY *(to GWENDOLEN)* : A gross deception has been practised on both of us.

GWENDOLEN : My poor wounded Cecily !

CECILY : My sweet wronged Gwendolen !

GWENDOLEN *(slowly and seriously)* : You will call me sister, will you not ? *(They embrace. JACK and ALGERNON groan and walk up and down.)*

GWENDOLEN : Je vous demande pardon ?

CECILY : C'est oncle Jack.

GWENDOLEN, *reculant* : Jack ! Oh !

Entre Algernon.

CECILY : Voici Constant.

ALGERNON *se dirige vers Cecily sans faire attention à personne* : Mon amour ! *(Il s'avance pour l'embrasser.)*

CECILY, *reculant* : Un instant, Constant ! Puis-je vous demander si vous êtes fiancé à cette jeune personne ?

ALGERNON, *regardant autour de lui* : À quelle jeune personne ? Mon Dieu ! Gwendolen !

CECILY : Oui, mon Dieu, Gwendolen. Je dis bien : Gwendolen.

ALGERNON, *éclatant de rire* : Bien sûr que non. Qu'est-ce qui a bien pu mettre une telle idée dans votre jolie petite tête ?

CECILY : Merci. *(Tendant la joue pour qu'il l'embrasse.)* Allez-y. *(Algernon l'embrasse.)*

GWENDOLEN : Je sentais bien qu'il devait y avoir une légère erreur, Miss Cardew. Le gentleman qui vous serre dans ses bras est mon cousin, Mr. Algernon Moncrieff.

CECILY, *s'écartant d'Algernon* : Algernon Moncrieff ! Oh ! *(Les deux jeunes filles s'avancent l'une vers l'autre et s'entourent mutuellement la taille, comme pour se protéger.)*

CECILY : Vous appelez-vous Algernon ?

ALGERNON : Je ne puis le nier.

CECILY : Oh !

GWENDOLEN : Vous appelez-vous vraiment John ?

JACK, *se dressant avec une certaine fierté* : Je pourrais le nier si je le voulais. Je pourrais nier n'importe quoi, si je le voulais. Mais je m'appelle bel et bien John. Cela fait des années que je m'appelle John

CECILY, *à GWENDOLEN* : On nous a toutes deux grossièrement trompées.

GWENDOLEN : Ma pauvre Cecily blessée !

CECILY : Ma douce Gwendolen outragée !

GWENDOLEN, *lentement et sérieusement* : Vous voudrez bien m'appeler dorénavant du nom de sœur ? *(Elles se serrent dans les bras l'une de l'autre. Jack et Algernon marchent de long en large en gémissant.)*

CECILY *(rather brightly)* : There is just one question I would like to be allowed to ask my guardian.

GWENDOLEN : An admirable idea ! Mr. Worthing, there is just one question I would like to be permitted to put to you. Where is your brother Ernest ? We are both engaged to be married to your brother Ernest, so it is a matter of some importance to us to know where your brother Ernest is at present.

JACK *(slowly and hesitatingly)* : Gwendolen – Cecily – it is very painful for me to be forced to speak the truth. It is the first time in my life that I have ever been reduced to such a painful position, and I am really quite inexperienced in doing anything of the kind. However, I will tell you quite frankly that I have no brother Ernest. I have no brother at all. I never had a brother in my life, and I certainly have not the smallest intention of ever having one in the future.

CECILY *(surprised)* : No brother at all ?

JACK *(cheerily)* : None !

GWENDOLEN *(severely)* : Had you never a brother of any kind ?

JACK *(pleasantly)* : Never. Not even of any kind.

GWENDOLEN : I am afraid it is quite clear, Cecily, that neither of us is engaged to be married to anyone.

CECILY : It is not a very pleasant position for a young girl suddenly to find herself in. Is it ?

GWENDOLEN : Let us go into the garden. They will hardly venture to come after us there.

CECILY : No, men are so cowardly, aren't they ?

They retire into the garden with scornful looks.

JACK : Pretty mess you have got me into. *(ALGERNON sits down at tea table and pours out some tea. He seems quite unconcerned.)* What on earth do you mean by coming down here and pretending to be my brother ? Perfectly monstrous of you !

CECILY, *d'un ton assez guilleret* : Il y a juste une question que j'aimerais pouvoir poser à mon tuteur.

GWENDOLEN : Quelle idée remarquable ! Mr. Worthing, il y a juste une question que j'aimerais avoir le droit de vous poser. Où se trouve votre frère Constant ? Nous sommes toutes les deux fiancées à votre frère Constant, aussi est-ce pour nous une affaire de quelque importance de savoir où se trouve en ce moment votre frère Constant.

JACK, *avec lenteur et d'une voix hésitante* : Gwendolen, Cecily, cela m'est très pénible d'être forcé de dire la vérité. C'est la première fois de ma vie que je suis confronté à une aussi pénible situation, et je n'ai pas la moindre expérience dans ce domaine. Cependant, je vais vous dire en toute franchise que je n'ai pas de frère Constant. Je n'ai pas de frère du tout. Je n'ai jamais eu de frère de ma vie, et je n'ai certainement pas la moindre intention d'en avoir jamais à l'avenir.

CECILY, *surprise* : Pas de frère du tout ?

JACK, *enjoué* : Pas le moindre !

GWENDOLEN, *sévèrement* : Vous n'avez jamais eu de frère d'aucune sorte ?

JACK, *plaisamment* : Jamais. D'aucune sorte que ce soit.

GWENDOLEN : Je crains qu'il ne soit très clair, Cecily, que ni l'une ni l'autre d'entre nous ne soyons fiancée à qui que ce soit.

CECILY : Ce n'est pas très agréable pour une jeune fille de se retrouver tout d'un coup dans une telle situation. Qu'en pensez-vous ?

GWENDOLEN : Allons dans le jardin. Ils ne vont sans doute pas oser nous y suivre.

CECILY : Non, les hommes sont si lâches, vous n'êtes pas de mon avis ?

Elles se retirent dans le jardin, le regard méprisant.

JACK : Tu m'as mis dans un bel embarras. *(Algernon s'assied près de la table et se sert du thé. Il a l'air parfaitement indifférent.)* J'aimerais bien savoir ce qui t'a pris de venir ici et de prétendre être mon frère. C'est tout à fait monstrueux !

ALGERNON *(eating muffin)* : What on earth do you mean by pretending to have a brother ! It was absolutely disgraceful ! *(Eats another muffin.)*

JACK : I told you to go away by the three-fifty. I ordered the dog-cart for you. Why on earth didn't you take it ?

ALGERNON : I hadn't had my tea.

JACK : This ghastly state of things is what you call Bunburying, I suppose ?

ALGERNON : Yes, and a perfectly wonderful Bunbury it is. The most wonderful Bunbury I have ever had in my life.

JACK : Well, you've no right whatsoever to Bunbury here.

ALGERNON : That is absurd. One has a right to Bunbury anywhere one chooses. Every serious Bunburyist knows that.

JACK : Serious Bunburyist ! Good heavens !

ALGERNON : Well, one must be serious about something, if one wants to have any amusement in life. I happen to be serious about Bunburying. What on earth you are serious about I haven't got the remotest idea. About everything, I should fancy. You have such an absolutely trivial nature.

JACK : Well, the only small satisfaction I have in the whole of this wretched business is that your friend Bunbury is quite exploded. You won't be able to run down to the country quite so often as you used to do, dear Algy. And a very good thing too.

ALGERNON : Your brother is a little off colour, isn't he, dear Jack ? You won't be able to disappear to London quite so frequently as your wicked custom was. And not a bad thing either.

JACK : As for your conduct towards Miss Cardew, I must say that your taking in a sweet, simple, innocent girl like that is quite inexcusable. To say nothing of the fact that she is my ward.

ALGERNON : I can see no possible defence at all for your deceiving a brilliant, clever, thoroughly experienced young lady like Miss Fairfax. To say nothing of the fact that she is my cousin.

ALGERNON, *mangeant un muffin* : Mais j'aimerais bien savoir ce qui t'a pris de prétendre avoir un frère ! C'est tout à fait scandaleux !

(Il mange un autre muffin.)

JACK : Je t'avais dit de partir par le train de quatre heures moins dix. J'ai commandé un cabriolet pour toi. Pourrais-tu me dire pourquoi tu ne l'as pas pris ?

ALGERNON : Je n'avais pas encore bu mon thé.

JACK : Ce beau gâchis, c'est, je suppose, ce que tu appelles du bunburysme ?

ALGERNON : Exactement, et c'est un merveilleux exemple de bunburysme. Le plus merveilleux de toute ma carrière.

JACK : Eh bien, tu n'as rigoureusement pas le droit de venir bunburyser ici.

ALGERNON : C'est absurde. On a le droit de bunburyser là où on en a envie. Tout sérieux bunburyste sait cela.

JACK : Tout sérieux bunburyiste ! Grands dieux !

ALGERNON : Ma foi, il faut bien prendre quelque chose au sérieux si l'on veut s'amuser dans la vie. Pour ma part, je prends le bunburysme au sérieux. Ce que toi, tu prends au sérieux, je n'en ai pas la moindre idée. Tout, j'imagine. Tu es d'un naturel tellement superficiel.

JACK : Écoute, la seule petite satisfaction que je retire de cet abominable gâchis est que ton ami Bunbury s'est littéralement volatilisé. Tu ne pourras plus battre la campagne aussi souvent que par le passé, mon cher Algy. Et c'est très bien ainsi.

ALGERNON : Mon cher Jack, ton frère est un peu pâlot, je me trompe ? Tu ne pourras plus t'éclipser à Londres, comme tu en avais pris la détestable habitude. Et c'est également très bien ainsi.

JACK : Et pour ce qui est de ta conduite vis-à-vis de Miss Cardew, je dois dire que ta façon d'abuser de la confiance d'une jeune fille aussi douce, simple et innocente qu'elle est parfaitement inexcusable. Sans parler du fait qu'il s'agit de ma pupille.

ALGERNON : Je ne vois aucune justification possible à ta façon de duper une jeune femme aussi brillante, intelligente et expérimentée que Miss Fairfax. Sans parler du fait qu'il s'agit de ma cousine.

JACK : I wanted to be engaged to Gwendolen, that is all. I love her.

ALGERNON : Well, I simply wanted to be engaged to Cecily. I adore her.

JACK : There is certainly no chance of your marrying Miss Cardew.

ALGERNON : I don't think there is much likelihood, Jack, of you and Miss Fairfax being united.

JACK : Well, that is no business of yours.

ALGERNON : If it was my business, I wouldn't talk about it. It is very vulgar to talk about one's business. Only people like stockbrokers do that, and then merely at dinner parties.

JACK : How can you sit there, calmly eating muffins when we are in this horrible trouble, I can't make out. You seem to me to be perfectly heartless.

ALGERNON : Well, I can't eat muffins in an agitated manner. The butter would probably get on my cuffs. One should always eat muffins quite calmly. It is the only way to eat them.

JACK : I say it's perfectly heartless your eating muffins at all, under the circumstances.

ALGERNON : When I am in trouble, eating is the only thing that consoles me. Indeed, when I am in really great trouble, as any one who knows me intimately will tell you, I refuse everything except food and drink. At the present moment I am eating muffins because I am unhappy. Besides, I am particularly fond of muffins. *(Rising.)*

JACK *(rising)* : Well, that is no reason why you should eat them all in that greedy way. *(Takes muffins from ALGERNON.)*

ALGERNON *(offering tea-cake)* : I wish you would have tea-cake instead. I don't like tea-cake.

JACK : Good heavens ! I suppose a man may eat his own muffins in his own house !

ALGERNON : But you have just said it was perfectly heartless to eat muffins.

JACK : I said it was perfectly heartless of you, under the circumstances. That is a very different thing.

JACK : Je voulais me fiancer à Gwendolen, c'est tout. Je l'aime.

ALGERNON : Eh bien, je voulais simplement me fiancer à Cecily. Je l'adore.

JACK : Il n'y a sans doute pas la moindre chance pour que tu épouses jamais Miss Cardew.

ALGERNON : À mon sens, Jack, il n'est guère probable que Miss Fairfax et vous soyez jamais mariés.

JACK : Ce ne sont pas là tes affaires.

ALGERNON : Si ce n'étaient pas mes affaires, je n'en parlerais pas. Il est très vulgaire de parler de ses affaires. Il n'y a guère que les agents de change pour en parler, et, de plus, seulement dans les dîners en ville.

JACK : Comment peux-tu rester assis à manger tranquillement des muffins, alors que nous nous trouvons dans une situation aussi abominable, voilà ce que je n'arrive pas à comprendre. C'est à croire que tu es complètement insensible.

ALGERNON : Écoute, je suis incapable de manger des muffins en m'agitant. Je me mettrais sans doute du beurre sur les manchettes. Il faut toujours manger des muffins en restant calme. C'est la seule façon de les manger.

JACK : Je soutiens, moi, que c'est faire preuve d'une totale insensibilité que de manger des muffins en de telles circonstances.

ALGERNON : Quand j'ai des ennuis, manger est la seule chose qui me console. À vrai dire, quand j'ai vraiment de gros ennuis, comme te le dira quiconque me connaît intimement, je refuse tout, sauf le boire et le manger. En ce moment, je mange des muffins parce que je suis malheureux. En outre, j'adore les muffins. *(Il se lève.)*

JACK, *se levant* : Ce n'est pas une raison pour en manger avec une telle voracité. *(Il reprend à Algernon l'assiette de muffins.)*

ALGERNON, *proposant du cake* : Je préférerais que tu prennes plutôt du cake. Moi, je n'aime pas le cake.

JACK : Par exemple ! J'imagine qu'on a tout de même le droit de manger des muffins sous son propre toit !

ALGERNON : Mais tu viens de dire que c'était faire preuve d'une totale insensibilité que de manger des muffins.

JACK : J'ai dit que toi, tu faisais preuve d'insensibilité, étant donné les circonstances. Cela n'a rien à voir.

ALGERNON : That may be. But the muffins are the same. *(He seizes the muffin-dish from JACK.)*

JACK : Algy, I wish to goodness you would go.

ALGERNON : You can't possibly ask me to go without having some dinner. It's absurd. I never go without my dinner. No one ever does, except vegetarians and people like that. Besides, I have just made arrangements with Dr. Chasuble to be christened at a quarter to six under the name of Ernest.

JACK : My dear fellow, the sooner you give up that nonsense the better. I made arrangements this morning with Dr. Chasuble to be christened myself at 5.30, and I naturally will take the name of Ernest. Gwendolen would wish it. We can't both be christened Ernest. It's absurd. Besides, I have a perfect right to be christened if I like. There is no evidence at all that I have ever been christened by anybody. I should think it extremely probable I never was, and so does Dr. Chasuble. It is entirely different in your case. You have been christened already.

ALGERNON : Yes, but I have not been christened for years.

JACK : Yes, but you have been christened. That is the important thing.

ALGERNON : Quite so. So I know my constitution can stand it. If you are not quite sure about your ever having been christened, I must say I think it rather dangerous your venturing on it now. It might make you very unwell. You can hardly have forgotten that someone very closely connected with you was very nearly carried off this week in Paris by a severe chill.

JACK : Yes ; but you said yourself it was not hereditary, or anything of that kind.

ALGERNON : It usen't to be, I know – but I dare say it is now. Science is always making wonderful improvements in things.

JACK : May I ask ; Algy, what on earth do you propose to do ?

ALGERNON : C'est possible. Mais ce sont les mêmes muffins. *(Il reprend l'assiette de muffins des mains de Jack.)*

JACK : Algy, j'aimerais vraiment que tu t'en ailles.

ALGERNON : Tu ne peux pas décemment me demander de m'en aller sans avoir dîné. C'est absurde. Je ne pars jamais sans avoir dîné. Personne ne le fait, à l'exception des végétariens et des gens de la même espèce. De plus, je viens de prendre mes dispositions avec le révérend Chasuble pour qu'il me baptise sous le nom de Constant à six heures moins le quart.

JACK : Mon cher ami, plus vite tu renonceras à ces sottises et mieux cela vaudra. J'ai moi-même pris mes dispositions auprès du révérend Chasuble pour me faire baptiser à cinq heures et demie, et je vais bien sûr prendre le nom de Constant. C'est le souhait de Gwendolen. Nous ne pouvons pas tous les deux nous faire baptiser sous le nom de Constant. Cela n'a aucun sens. En outre, j'ai parfaitement le droit de me faire baptiser si j'en ai envie. Rien ne prouve que j'aie jamais été baptisé par qui que ce soit. Je crois même qu'il est plus que probable que je ne l'ai jamais été, et c'est ce que pense le révérend Chasuble. Ton cas est tout fait différent : tu as déjà été baptisé.

ALGERNON : C'est vrai, mais cela fait des années que cela m'est arrivé.

JACK : Certes, mais tu as été baptisé. C'est la seule chose qui compte.

ALGERNON : En effet. Je sais donc que ma constitution peut le supporter. Pour ta part, si tu n'es pas tout à fait certain d'avoir jamais été baptisé, il est de mon devoir de te dire qu'il est, selon moi, assez dangereux de courir un tel risque. Tu pourrais tomber malade. Tu n'as tout de même pas oublié qu'une personne très proche de toi a failli être emportée cette semaine à Paris par un mauvais refroidissement.

JACK : C'est vrai, mais tu as dit toi-même que ce n'est pas héréditaire, ou je ne sais quoi du même ordre.

ALGERNON : C'était vrai autrefois, je le sais bien, mais je crois que ce n'est plus le cas. La science fait constamment des progrès remarquables en tous domaines.

JACK : Puis-je te demander, Algy, ce que tu as l'intention de faire ?

ALGERNON : Nothing. That is what I have been trying to do for the last ten minutes, and you have kept on doing everything in your power to distract my attention from my work.

JACK : Well, I shall go out into the garden, and see Gwendolen. I feel quite sure she expects me.

ALGERNON : I know from her extremely cold manner that Cecily expects me so I certainly shan't go out into the garden. When a man does exactly what a woman expects him to do she doesn't think much of him. One should always do what a woman doesn't expect, just as one should always say what she doesn't understand. The result is invariably perfect sympathy on both sides.

JACK : Oh, that is nonsense. You are always talking nonsense.

ALGERNON : It is much cleverer to talk nonsense than to listen to it, my dear fellow, and a much rarer thing too, in spite of all the public may say.

JACK : I don't listen to you. I can't listen to you.

ALGERNON : Oh, that is merely false modesty. You know perfectly well you could listen to me if you tried. You always under-rate yourself, an absurd thing to do nowadays when there are such a lot of conceited people about. Jack, you are eating the muffins again ! I wish you wouldn't. There are only two left. *(Removes plate.)* I told you I was particularly fond of muffins.

JACK : But I hate tea-cake.

ALGERNON : Why on earth do you allow tea-cake to be served up to your guests, then ? What ideas you have of hospitality !

JACK *(irritably)* : Oh ! that is not the point. We are not discussing tea-cakes. *(Crosses.)* Algy ! you are perfectly maddening. You never can stick to the point in any conversation.

ALGERNON *(slowly)* : No : it always hurts me.

JACK : Good Heavens ! What affectation ! I loathe affectation.

ALGERNON : Well, my dear fellow, if you don't like affectation, I really don't see what you can like.

ALGERNON : Rien du tout. C'est ce que j'essaie de faire depuis dix minutes, et tu ne cesses de faire ton possible pour me détourner de mes activités.

JACK : Dans ce cas, je vais aller dans le jardin retrouver Gwendolen. Je suis absolument certain qu'elle m'attend.

ALGERNON : À en juger par son attitude glaciale, je sais que Cecily m'attend ; je ne vais donc certainement pas aller la retrouver dans le jardin. Quand un homme fait exactement ce qu'une femme attend de lui, elle n'a pas une très haute opinion de lui. On devrait toujours faire ce à quoi une femme ne s'attend pas, de même que l'on devrait toujours lui dire ce qu'elle ne comprend pas. Il en résulte invariablement une parfaite entente mutuelle.

JACK : Ce sont des sottises. Tu dis sans cesse des sottises.

ALGERNON : Mon cher, il est bien plus intelligent de dire des sottises que d'en écouter, et c'est également beaucoup plus rare, en dépit de ce que peut dire tout un chacun.

JACK : Je ne t'écoute pas. Je suis incapable de t'écouter.

ALGERNON : Oh, ce n'est que de la fausse modestie. Tu sais parfaitement que tu pourrais m'écouter si tu essayais. Tu te sous-estimes toujours, ce qui est absurde de nos jours où les prétentieux sont légion. Jack, te revoilà en train de manger des muffins. J'aimerais que tu t'arrêtes. Il n'y en a plus que deux. *(Il enlève l'assiette.)* Je t'ai déjà dit que j'aimais énormément les muffins.

JACK : Mais moi, j'ai horreur du cake.

ALGERNON : Alors pourquoi diable en fais-tu servir à tes invités ? Tu as vraiment une étrange conception de l'hospitalité !

JACK, *agacé* : Oh, ce n'est pas la question ! Ce n'est pas de cake que nous parlons. *(Il traverse la scène.)* Algy, tu es absolument insupportable. Tu es incapable de t'en tenir à un seul sujet de conversation.

ALGERNON, *lentement* : Tu as raison : tenir me fait mal à la main.

JACK : Grands dieux ! Quelle affectation ! J'ai l'affectation en horreur.

ALGERNON : Eh bien, mon cher, si tu n'aimes pas l'affectation, je ne vois vraiment pas ce que tu aimes. De

Besides, it isn't affectation. The point always does hurt me, and I hate physical pain, of any kind.

JACK *(glares at ALGERNON ; walks up and down stage. Finally comes up to table)* : Algy ! I have already told you to go. I don't want you here. Why don't you go ?

ALGERNON : I haven't quite finished my tea yet. And there is still one muffin left.

Takes the last muffin.
JACK groans and sinks down in a chair and buries his face in his hands.

plus, ce n'est pas de l'affectation. Cela me fait toujours mal de tenir quelque chose, et je déteste la douleur physique, quelle qu'elle soit.

JACK, *lance un regard furieux à Algernon, puis fait les cent pas sur la scène. Enfin, il se place devant la table* : Algy ! Je t'ai déjà dit de t'en aller. Je ne veux pas de toi ici. Pourquoi restes-tu ici ?

ALGERNON : Je n'ai pas tout à fait terminé mon thé. Et il reste encore un muffin.

Il prend le dernier muffin. Jack pousse un gémissement, s'effondre dans un fauteuil et s'enfouit le visage dans les mains.

ACT IV

SCENE : The same. JACK and ALGERNON discovered in the same position as at the close of Act III. Enter behind, GWENDOLEN and CECILY.

GWENDOLEN : The fact that they did not follow us at once into the garden, as any one else would have done, seems to me to show that they have some sense of shame left.

CECILY : They have been eating muffins. That looks like repentance.

GWENDOLEN *(after a pause)* : They don't seem to notice us at all. Couldn't you cough ?

CECILY : But I haven't got a cough.

GWENDOLEN : They're looking at us. What effrontery !

CECILY : They're approaching. That's very forward of them.

GWENDOLEN : Let us preserve a dignified silence.

CECILY : Certainly. It's the only thing to do now. *(JACK and ALGERNON whistle some dreadful popular air from a British Opera.)*

GWENDOLEN : This dignified silence seems to produce an unpleasant effect.

CECILY : A most distasteful one.

GWENDOLEN : But we will not be the first to speak.

CECILY : Certainly not.

GWENDOLEN : Mr. Worthing, I have something very particular to ask you. Much depends on your reply.

CECILY : Gwendolen, your common sense is invaluable. Mr. Moncrieff, kindly answer me the following

ACTE IV

Décor : le même. Jack et Algernon se trouvent dans la même position qu'à la fin de l'acte III.

Entrent, derrière eux, Gwendolen et Cecily.

GWENDOLEN : Qu'ils ne nous aient pas suivies immédiatement dans le jardin, comme n'importe qui d'autre l'aurait fait, prouve, me semble-t-il, qu'ils n'ont pas perdu tout sens de leur honneur.

CECILY : Ils ont mangé des muffins. C'est une marque de repentir.

GWENDOLEN, *après un silence* : Je n'ai pas l'impression qu'ils nous ont remarquées. Ne pourriez-vous tousser un peu ?

CECILY : Mais je ne suis pas enrouée.

GWENDOLEN : Les voilà qui nous regardent. Quelle impudence !

CECILY : Ils approchent. C'est bien cavalier de leur part.

GWENDOLEN : Conservons un silence plein de dignité.

CECILY : Certainement. Il n'y a rien d'autre à faire pour l'instant. *(Jack et Algernon sifflent un affreux air à la mode tiré d'une opérette anglaise*[61]*.)*

GWENDOLEN : Ce silence plein de dignité paraît produire un effet déplaisant.

CECILY : Des plus détestables.

GWENDOLEN : Mais il n'est pas question que nous parlions les premières.

CECILY : Certainement pas.

GWENDOLEN : Mr. Worthing, j'ai quelque chose de très particulier à vous demander. Bien des choses dépendent de votre réponse.

CECILY : Gwendolen, votre bon sens est inestimable. Mr. Moncrieff, ayez la bonté de répondre à la question sui-

question. Why did you pretend to be my guardian's brother ?

ALGERNON : In order that I might have an opportunity of meeting you.

CECILY *(to GWENDOLEN)* : That certainly seems a satisfactory explanation, does it not ?

GWENDOLEN : Yes, dear, if you can believe him.

CECILY : I don't. But that does not affect the wonderful beauty of his answer.

GWENDOLEN : True. In matters of grave importance, style, not sincerity, is the vital thing. Mr. Worthing, what explanation can you offer to me for pretending to have a brother ? Was it in order that you might have an opportunity of coming up to town to see me as often as possible ?

JACK : Can you doubt it, Miss Fairfax ?

GWENDOLEN : I have the greatest doubts upon the subject. But I intend to crush them. This is not the moment for German scepticism. *(Moving to CECILY.)* Their explanations appear to be quite satisfactory, especially Mr. Worthing's. That seems to me to have the stamp of truth upon it.

CECILY : I am more than content with what Mr. Moncrieff said. His voice alone inspires one with absolute credulity.

GWENDOLEN : Then you think we should forgive them ?

CECILY : Yes. I mean no.

GWENDOLEN : True ! I had forgotten. There are principles at stake that one cannot surrender. Which of us should tell them ? The task is not a pleasant one.

CECILY : Could we not both speak at the same time ?

GWENDOLEN : An excellent idea ! I always speak at the same time as other people. Will you take the time from me ?

CECILY : Certainly. *(GWENDOLEN beats time with uplifted finger.)*

GWENDOLEN *and* CECILY *(speaking together)* : Your Christian names are still an insuperable barrier. That is all !

JACK *and* ALGERNON *(speaking together)* : Our Christian names ! Is that all ? But we are going to be christened this afternoon.

vante. Pourquoi avez-vous prétendu être le frère de mon tuteur ?

ALGERNON : Afin d'avoir la possibilité de vous rencontrer.

CECILY, *à GWENDOLEN* : Cela, me semble-t-il, est une explication satisfaisante, qu'en pensez-vous ?

GWENDOLEN : Oui, ma chère, si vous parvenez à le croire.

CECILY : Je ne le crois pas. Mais cela n'altère pas l'admirable beauté de sa réponse.

GWENDOLEN : C'est exact. Dans les affaires de la plus haute importance, la chose essentielle, c'est la manière, non la sincérité[62]. Mr. Worthing, quelle explication pouvez-vous me donner pour avoir prétendu avoir un frère ? Était-ce pour avoir l'occasion de vous rendre à Londres afin de me voir aussi souvent que possible ?

JACK : Pouvez-vous en douter, Miss Fairfax ?

GWENDOLEN : J'ai les doutes les plus sérieux sur la question. Mais j'ai l'intention de passer outre. L'heure n'est pas au scepticisme allemand[63]. *(S'approchant de Cecily.)* Leurs explications paraissent tout à fait satisfaisantes, en particulier celle de Mr. Worthing. Elle me semble frappée du sceau de la vérité.

CECILY : Je suis plus que satisfaite de ce qu'a dit Mr. Moncrieff. Sa voix, à elle seule, inspire une totale confiance.

GWENDOLEN : Vous pensez donc que nous devrions leur pardonner ?

CECILY : Oui. Ou plutôt, non.

GWENDOLEN : C'est vrai, j'avais oublié ! Il y a des principes en jeu auxquels on ne saurait renoncer. Qui de nous deux devrait le leur dire ? Ce n'est pas une tâche agréable.

CECILY : Et si nous parlions toutes deux en même temps ?

GWENDOLEN : Excellente idée ! Je parle toujours en même temps que les autres. Voulez-vous que je vous donne la mesure ?

CECILY : Certainement. *(Gwendolen bat la mesure de son doigt levé.)*

GWENDOLEN *et* CECILY, *ensemble* : Vos prénoms restent un obstacle insurmontable. C'est tout !

JACK *et* ALGERNON, *ensemble* : Nos prénoms ! Est-ce tout ? Mais nous allons nous faire baptiser cet après-midi.

GWENDOLEN *(to JACK)* : For my sake you are prepared to do this terrible thing ?

JACK : I am.

CECILY *(to ALGERNON)* : To please me you are ready to face this fearful ordeal ?

ALGERNON : I am !

GWENDOLEN : How absurd to talk of the equality of the sexes ! Where questions of self-sacrifice are concerned, men are infinitely beyond us.

JACK : We are. *(Clasps hands with ALGERNON.)*

CECILY : They have moments of physical courage of which we women know absolutely nothing.

GWENDOLEN *(to JACK)* : Darling.

ALGERNON *(to CECILY)* : Darling ! *(They fall into each other's arms.)*

Enter MERRIMAN.
When he enters he coughs loudly, seeing the situation.

MERRIMAN : Ahem ! Ahem ! Lady Bracknell !

JACK : Good heavens !

Enter LADY BRACKNELL.
The couples separate in alarm. Exit MERRIMAN.

LADY BRACKNELL : Gwendolen ! What does this mean ?

GWENDOLEN : Merely that I am engaged to be married to Mr. Worthing, mamma.

LADY BRACKNELL : Come here. Sit down. Sit down immediately. Hesitation of any kind is a sign of mental decay in the young, of physical weakness in the old. *(Turns to JACK.)* Apprised, sir, of my daughter's sudden flight by her trusty maid, whose confidence I purchased by means of a small coin, I followed her at once by a luggage train. Her unhappy father is, I am glad to say, under the impression that she is attending a more than usually lengthy lecture by the University Extension Scheme on the Influence of a permanent income on Thought. I do not propose to undeceive him. Indeed I have never undeceived him on any question. I would consider it wrong. But, of course, you will clearly

GWENDOLEN, *à JACK* : Pour l'amour de moi, vous êtes disposé à commettre un acte aussi grave ?

JACK : Oui !

CECILY, *à* ALGERNON : Pour me plaire, vous êtes prêt à affronter cet épouvantable supplice ?

ALGERNON : Oui !

GWENDOLEN : Comme il est absurde de parler de l'égalité des sexes ! Quand il s'agit de se sacrifier, les hommes nous sont infiniment supérieurs.

JACK : C'est vrai. *(Algernon et Jack se serrent la main.)*

CECILY : Ils font parfois preuve d'un courage physique qui nous est à nous, les femmes, tout à fait étranger.

GWENDOLEN, *à JACK* : Chéri.

ALGERNON, *à CECILY* : Chérie !

Ils tombent dans les bras l'un de l'autre. Entre Merriman. Face à cette situation, il tousse bruyamment.

MERRIMAN : Hum ! Hum ! Lady Bracknell !

JACK : Juste ciel !

Entre Lady Bracknell. Les couples, affolés, se séparent. Exit Merriman.

LADY BRACKNELL : Gwendolen ! Qu'est-ce que cela signifie ?

GWENDOLEN : Tout simplement que je suis fiancée à Mr. Worthing, maman.

LADY BRACKNELL : Venez ici. Asseyez-vous. Asseyez-vous immédiatement. L'hésitation, quelle qu'en soit la nature, est un signe de décrépitude mentale chez les jeunes et de faiblesse physique chez les vieux. *(Elle se tourne vers Jack.)* Informée, monsieur, de la fuite soudaine de ma fille par sa loyale femme de chambre dont j'ai acheté la confiance au moyen d'une menue pièce, je l'ai suivie immédiatement en prenant un train de marchandises. Son malheureux père, je suis heureuse de le préciser, croit qu'elle assiste, dans le cadre des cours du soir de l'Université, à une conférence exceptionnellement longue sur l'influence qu'exercent des revenus réguliers sur la pensée. Je n'ai point l'intention de le détromper. À vrai dire, je ne l'ai jamais détrompé sur quelque question que ce soit. À mon sens, ce serait une gros-

understand that all communication between yourself and my daughter must cease immediately from this moment. On this point, as indeed on all points, I am firm.

JACK : I am engaged to be married to Gwendolen, Lady Bracknell !

LADY BRACKNELL : You are nothing of the kind, sir. And now, as regards Algernon !... Algernon !

ALGERNON : Yes, Aunt Augusta.

LADY BRACKNELL : May I ask if it is in this house that your invalid friend Mr. Bunbury resides ?

ALGERNON *(stammering)* : Oh ! No ! Bunbury doesn't live here. Bunbury is somewhere else at present. In fact, Bunbury is dead.

LADY BRACKNELL : Dead ! When did Mr. Bunbury die ? His death must have been extremely sudden.

ALGERNON *(airily)* : Oh ! I killed Bunbury this afternoon. I mean poor Bunbury died this afternoon.

LADY BRACKNELL : What did he die of ?

ALGERNON : Bunbury ? Oh, he was quite exploded.

LADY BRACKNELL : Exploded ! Was he the victim of a revolutionary outrage ? I was not aware that Mr. Bunbury was interested in social legislation. If so, he is well punished for his morbidity.

ALGERNON : My dear Aunt Augusta, I mean he was found out ! The doctors found out that Bunbury could not live, that is what I mean – so Bunbury died.

LADY BRACKNELL : He seems to have had great confidence in the opinion of his physicians. I am glad, however, that he made up his mind at the last to some definite course of action, and acted under proper medical advice. And now that we have finally got rid of this Mr. Bunbury, may I ask, Mr. Worthing, who is that young person whose hand my nephew Algernon is now holding in what seems to me a peculiarly unnecessary manner ?

JACK : That lady is Miss Cecily Cardew, my ward. *(LADY BRACKNELL bows coldly to CECILY.)*

ALGERNON : I am engaged to be married to Cecily, Aunt Augusta.

LADY BRACKNELL : I beg your pardon ?

sière erreur. Naturellement, vous allez aisément comprendre que tout échange entre ma fille et vous-même doit prendre fin immédiatement. Sur ce point, comme à vrai dire sur tous les points, je suis inflexible.

JACK : Lady Bracknell, je suis fiancé à Gwendolen !

LADY BRACKNELL : Vous n'êtes rien de la sorte, monsieur. Et maintenant, pour ce qui est d'Algernon ! Algernon !

ALGERNON : Oui, tante Augusta.

LADY BRACKNELL : Puis-je vous demander si c'est dans cette maison que réside votre ami valétudinaire, Mr. Bunbury ?

ALGERNON, *bredouillant* : Oh, non ! Bunbury n'habite pas ici. À l'heure actuelle, Bunbury est ailleurs. En fait, Bunbury est mort.

LADY BRACKNELL : Mort ! Quand Mr. Bunbury est-il mort ? Sa mort a dû être extrêmement soudaine.

ALGERNON, *avec désinvolture* : Oh, j'ai tué Bunbury cet après-midi. Enfin, ce pauvre Bunbury est mort cet après-midi.

LADY BRACKNELL : Et de quoi est-il mort ?

ALGERNON : Bunbury ? Oh, il s'est littéralement volatilisé.

LADY BRACKNELL : Volatilisé ! A-t-il été victime d'un attentat révolutionnaire[64] ? J'ignorais que Mr. Bunbury s'intéressât aux lois sociales. S'il en est ainsi, le voilà bien puni d'avoir été malade.

ALGERNON : Ce que je veux dire, ma chère tante Augusta, c'est qu'on a découvert la vérité sur son compte ! Enfin, pour être précis, les médecins ont découvert qu'il ne pouvait pas vivre. Donc Bunbury est mort.

LADY BRACKNELL : Il avait, semble-t-il, une grande confiance dans l'avis de ses médecins. Je suis toutefois heureuse d'apprendre qu'il s'est décidé à suivre une ligne de conduite claire et qu'il l'a fait sur avis médical autorisé. Et maintenant que nous sommes délivrés de ce Mr. Bunbury, puis-je vous demander, Mr. Worthing, qui est la jeune personne dont mon neveu Algernon tient la main d'une façon qui me paraît particulièrement hors de propos ?

JACK : Cette personne est Miss Cecily Cardew, ma pupille. *(Lady Bracknell salue froidement Cecily d'un signe de tête.)*

ALGERNON : Je suis fiancé à Cecily, tante Augusta.

LADY BRACKNELL : Je vous demande pardon ?

CECILY : Mr. Moncrieff and I are engaged to be married, Lady Bracknell.

LADY BRACKNELL *(with a shiver, crossing to the sofa and sitting down)* : I do not know whether there is anything peculiarly exciting in the air of this particular part of Hertfordshire, but the number of engagements that go on seems to me considerably above the proper average that statistics have laid down for our guidance. I think some preliminary inquiry on my part would not be out of place. Mr. Worthing, is Miss Cardew at all connected with any of the larger railway stations in London ? I merely desire information. Until yesterday I had no idea that there were any families or persons whose origin was a Terminus. *(JACK looks perfectly furious, but restrains himself.)*

JACK *(in a clear, cold voice)* : Miss Cardew is the grand-daughter of the late Mr. Thomas Cardew of 149 Belgrave Square, S. W. ; Gervase Park, Dorking, Surrey ; and the Sporran, Fifeshire, N. B.

LADY BRACKNELL : That sounds not unsatisfactory. Three addresses always inspire confidence, even in tradesmen. But what proof have I of their authenticity ?

JACK : I have carefully preserved the Court Guides of the period. They are open to your inspection, Lady Bracknell.

LADY BRACKNELL *(grimly)* : I have known strange errors in that publication.

JACK : Miss Cardew's family solicitors are Messrs. Markby, Markby, and Markby of 149 a Lincoln's Inn Fields, Western Central District, London. I have no doubt they will be happy to supply you with any further information. Their office hours are from ten till four.

LADY BRACKNELL : Markby, Markby and Markby ? A firm of the very highest position in their profession. Indeed I am told that one of the Mr. Markbys is occasionally to be seen at dinner parties. So far I am satisfied.

JACK *(very irritably)* : How extremely kind of you, Lady Bracknell ! I have also in my possession, you will be pleased to hear, certificates of Miss Cardew's birth, baptism, whooping cough, registration, vaccination,

CECILY : Mr. Moncrieff et moi-même sommes fiancés, Lady Bracknell.

LADY BRACKNELL, *avec un frisson, se dirige vers le sofa où elle s'assied* : J'ignore s'il y a quelque chose de particulièrement stimulant dans l'air de cette partie du Hertfordshire, mais le nombre de fiançailles qui s'y font me paraît être considérablement supérieur à la moyenne que les statistiques ont calculée pour notre gouverne. Je crois qu'une enquête préalable de ma part ne serait pas déplacée. Mr. Worthing, Miss Cardew a-t-elle des liens avec l'une des principales gares de chemin de fer de Londres ? Je désire simplement être éclairée. Jusqu'à hier, j'ignorais qu'il existât des familles ou des personnes qui eussent un terminus pour origine. *(Jack a l'air extrêmement furieux mais il se contient.)*

JACK, *d'une voix très audible et glaciale* : Miss Cardew est la petite-fille de feu Mr. Thomas Cardew, qui demeurait 149 Belgrave Square, à Londres ; Gervase Park, à Dorking dans le Surrey ; et à Sporran, dans le comté de Fife en Écosse.

LADY BRACKNELL : Voilà qui n'est pas pour me déplaire. Trois adresses inspirent toujours confiance, même chez les commerçants. Mais quelle preuve ai-je de leur authenticité ?

JACK : J'ai soigneusement conservé les Annuaires mondains[65] de l'époque. Vous êtes libre de les examiner, Lady Bracknell.

LADY BRACKNELL, *sévère* : J'ai remarqué d'étranges erreurs dans ces publications.

JACK : Les notaires de famille de Miss Cardew sont maîtres Markby, Markby et Markby, 149 Lincoln's Inn Fields, Western Central District à Londres. Je suis absolument certain qu'ils seront ravis de vous fournir toute information supplémentaire. Leurs bureaux sont ouverts de dix heures du matin à quatre heures de l'après-midi.

LADY BRACKNELL : Markby, Markby et Markby ? C'est une étude qui a pignon sur rue. J'ai même entendu dire que, de temps en temps, l'un de ces messieurs Markby est invité à dîner dans le monde. Jusque-là, cela me convient.

JACK, *très irrité* : Que c'est aimable à vous, Lady Bracknell ! J'ai également en ma possession, vous serez ravie de l'apprendre, les certificats de naissance et de baptême de Miss Cardew, ses certificats de coqueluche,

confirmation, and the measles ; both the German and the English variety.

LADY BRACKNELL : Ah ! A life crowded with incident, I see ; though perhaps somewhat too exciting for a young girl. I am not myself in favour of premature experiences. *(Rises, looks at her watch.)* Gwendolen ! the time approaches for our departure. We have not a moment to lose. As a matter of form, Mr. Worthing, I had better ask you if Miss Cardew has any little fortune ?

JACK : Oh ! about a hundred and thirty thousand pounds in the Funds. That is all. Good-bye, Lady Bracknell. So pleased to have seen you.

LADY BRACKNELL *(sitting down again)* : A moment, Mr. Worthing. A hundred and thirty thousand pounds ! And in the Funds ! Miss Cardew seems to me a most attractive young lady, now that I look at her. Few girls of the present day have any really solid qualities, any of the qualities that last, and improve with time. We live, I regret to say, in an age of surfaces. *(To CECILY)* : Come over here, dear. *(CECILY goes across.)* Pretty child ! your dress is sadly simple, and your hair seems almost as Nature might have left it. But we can soon alter all that. A thoroughly experienced French maid produces a really marvellous result in a very brief space of time. I remember recommending one to young Lady Lancing, and after three months her own husband did not know her.

JACK : And after six months nobody knew her.

LADY BRACKNELL *(glares at JACK for a few moments. Then bends, with a practised smile, to CECILY)* : Kindly turn round, sweet child. *(CECILY turns completely round.)* No, the side view is what I want. *(CECILY presents her profile.)* Yes, quite as I expected. There are distinct social possibilities in your profile. The two weak points in our age are its want of principle and its want of profile. The chin a little higher, dear. Style largely depends on the way the chin is worn. They are worn very high, just at present. Algernon !

d'identification civile, de vaccination, de confirmation, de rougeole et de rubéole.

LADY BRACKNELL : À ce que je vois, elle a une vie bien remplie. Peut-être trop agitée, cependant, pour une jeune fille de son âge ! Je ne suis pas, pour ma part, favorable aux expériences prématurées. *(Elle se lève et regarde sa montre.)* Gwendolen ! l'heure de notre départ approche. Nous n'avons pas une minute à perdre. Simplement pour la forme, Mr. Worthing, je souhaiterais vous demander si Miss Cardew possède quelque fortune ?

JACK : Oh ! environ cent trente mille livres en bons du Trésor[66]. C'est tout. Au revoir, Lady Bracknell, j'ai été ravi de vous rencontrer.

LADY BRACKNELL, *se rasseyant* : Un instant, Mr. Worthing. Cent trente mille livres ! Et de plus en bons du Trésor ! Miss Cardew me paraît être une jeune femme tout à fait charmante, maintenant que je la regarde. À l'heure actuelle, rares sont les jeunes filles qui ont de solides qualités, de ces qualités qui durent et se bonifient avec le temps. Nous vivons, j'ai le regret de le dire, à une époque bien superficielle. *(À Cecily.)* Venez ici, ma chère. *(Cecily s'approche d'elle.)* Délicieuse enfant ! Votre robe est d'une simplicité affligeante, et vos cheveux, semble-t-il, sont presque dans l'état où les a laissés la nature. Mais nous allons bientôt pouvoir changer tout cela. La grande expérience d'une femme de chambre française produit des résultats absolument extraordinaires en très peu de temps. Je me rappelle en avoir recommandé une à la jeune Lady Lancing[67], et, trois mois plus tard, son propre mari ne la reconnaissait plus.

JACK : Et six mois plus tard, personne ne la fréquentait.

LADY BRACKNELL *regarde longuement Jack d'un air furieux, puis elle se penche, avec un sourire étudié, vers Cecily* : Veuillez avoir l'amabilité de vous tourner, ma douce enfant. *(Cecily fait un tour complet.)* Non, c'est votre profil qui m'intéresse. *(Cecily lui montre son profil.)* Oui, c'est tout à fait ce à quoi je m'attendais. Il y a dans votre profil des signes perceptibles de réussite mondaine. Manquer de principes et de profil, voilà les deux points faibles de notre époque. Levez un peu le menton, ma chère. La distinction dépend en grande partie de la façon dont on porte le menton. De nos jours, on le porte très haut. Algernon !

ALGERNON : Yes, Aunt Augusta !

LADY BRACKNELL : There are distinct social possibilities in Miss Cardew's profile.

ALGERNON : Cecily is the sweetest, dearest, prettiest girl in the whole world. And I don't care twopence about social possibilities.

LADY BRACKNELL : Never speak disrespectfully of Society, Algernon. Only people who can't get into it do that. *(To CECILY)* : Dear child, of course you know that Algernon has nothing but his debts to depend upon. But I do not approve of mercenary marriages. When I married Lord Bracknell I had no fortune of any kind. But I never dreamed for a moment of allowing that to stand in my way. Well, I suppose I must give my consent.

ALGERNON : Thank you, Aunt Augusta.

LADY BRACKNELL : Cecily, you may kiss me !

CECILY *(kisses her)* : Thank you, Lady Bracknell.

LADY BRACKNELL : You may also address me as Aunt Augusta for the future.

CECILY : Thank you, Aunt Augusta.

LADY BRACKNELL : The marriage, I think, had better take place quite soon.

ALGERNON : Thank you, Aunt Augusta.

CECILY : Thank you, Aunt Augusta.

LADY BRACKNELL : To speak frankly, I am not in favour of long engagements. They give people the opportunity of finding out each other's character before marriage, which I think is never advisable.

JACK : I beg your pardon for interrupting you, Lady Bracknell, but this engagement is quite out of the question. I am Miss Cardew's guardian, and she cannot marry without my consent until she comes of age. That consent I absolutely decline to give.

LADY BRACKNELL : Upon what grounds, may I ask ? Algernon is an extremely, I may almost say an ostentatiously, eligible young man. He has nothing, but he looks everything. What more can one desire ?

JACK : It pains me very much to have to speak frankly to you, Lady Bracknell, about your nephew, but the fact

ALGERNON : Oui, tante Augusta !

LADY BRACKNELL : Il y a dans le profil de Miss Cardew des signes visibles de réussite mondaine.

ALGERNON : Cecily est la plus douce, la plus charmante et la plus jolie jeune fille qui soit, et je me soucie comme d'une guigne de sa réussite mondaine.

LADY BRACKNELL : Ne tenez jamais de propos irrespectueux envers le monde, Algernon. Il n'y a que les gens qui ne peuvent y entrer pour le faire. *(À Cecily.)* Ma chère enfant, naturellement vous n'ignorez pas qu'Algernon n'a que ses dettes pour ressources. Mais, personnellement, je suis hostile aux mariages intéressés. Lorsque j'ai épousé Lord Bracknell, je n'avais pas la moindre fortune, mais il ne m'est jamais venu un instant à l'esprit de me laisser arrêter par cela. Eh bien, il me semble que je dois donner mon consentement.

ALGERNON : Merci, tante Augusta.

LADY BRACKNELL : Cecily, vous pouvez m'embrasser !

CECILY, *l'embrassant* : Merci, Lady Bracknell.

LADY BRACKNELL : Dorénavant, vous pouvez également m'appeler tante Augusta.

CECILY : Merci, tante Augusta.

LADY BRACKNELL : À mon avis, il vaudrait mieux célébrer ce mariage sans tarder.

ALGERNON : Merci, tante Augusta.

CECILY : Merci, tante Augusta.

LADY BRACKNELL : Je vous dirais franchement que je ne suis pas favorable aux longues fiançailles. Elles donnent l'occasion de découvrir la personnalité de son futur époux avant le mariage, ce qui, selon moi, est toujours à déconseiller.

JACK : Excusez-moi de vous interrompre, Lady Bracknell, mais il est hors de question de célébrer ces fiançailles. Je suis le tuteur de Miss Cardew, et elle ne peut se marier sans mon consentement avant sa majorité. Et je refuse catégoriquement de donner mon consentement.

LADY BRACKNELL : Et pour quelles raisons, je vous prie ? Algernon est un parti extrêmement, je devrais dire ostensiblement, remarquable. Il n'a rien, mais on a l'impression qu'il a tout. Que demander de plus ?

JACK : Cela me chagrine beaucoup de vous parler avec une telle franchise de votre neveu, Lady Bracknell, mais,

is that I do not approve at all of his moral character. I suspect him of being untruthful.

ALGERNON and CECILY look at him in indignant amazement.

LADY BRACKNELL : Untruthful ! My nephew Algernon ? Impossible ! He is an Oxonian.

JACK : I fear there can be no possible doubt about the matter. This afternoon during my temporary absence in London on an important question of romance, he obtained admission to my house by means of the false pretence of being my brother. Under an assumed name he drank, I've just been informed by my butler, an entire pint bottle of my Perrier-Jouet, Brut, '89 ; wine I was specially reserving for myself. Continuing his disgraceful deception, he succeeded in the course of the afternoon in alienating the affections of my only ward. He subsequently stayed to tea, and devoured every single muffin. And what makes his conduct all the more heartless is, that he was perfectly well aware from the first that I have no brother, that I never had a brother, and that I don't intend to have a brother, not even of any kind. I distinctly told him so myself yesterday afternoon.

CECILY : But, dear Uncle Jack, for the last year you have been telling us all that you had a brother. You dwelt continually on the subject. Algy merely corroborated your statement. It was noble of him.

JACK : Pardon me, Cecily, you are a little too young to understand these matters. To invent anything at all is an act of sheer genius, and, in a commercial age like ours, shows considerable physical courage. Few of our modern novelists dare to invent a single thing. It is an open secret that they don't know how to do it. Upon the other hand, to corroborate a falsehood is a distinctly cowardly action. I know it is a thing that the newspapers do one for the other, every day. But it is not the act of a gentleman. No gentleman ever corroborates anything.

ALGERNON *(furiously)* : Upon my word Jack !

LADY BRACKNELL : Ahem ! Mr. Worthing, after careful consideration I have decided entirely to overlook my nephew's conduct to you.

à vrai dire, je n'approuve pas du tout sa conception de la morale. Je le soupçonne d'être hypocrite. *(Algernon et Cecily le regardent avec un air de stupéfaction indignée.)*

LADY BRACKNELL : Hypocrite ! Mon neveu Algernon ? Impossible ! Il sort d'Oxford[68].

JACK : J'ai bien peur qu'il n'y ait aucun doute possible à ce sujet. Cet après-midi, alors que je m'étais momentanément rendu à Londres pour d'importantes raisons sentimentales, il a réussi à s'introduire chez moi en prétendant être mon frère. Sous un nom d'emprunt, il a bu, comme me l'a fait savoir mon maître d'hôtel, une bouteille entière de mon Perrier-Jouet brut, cuvée 1889[69], champagne que je réservais à ma consommation personnelle. Persistant dans sa scandaleuse supercherie, il est parvenu dans le courant de l'après-midi à détourner l'affection de ma pupille unique. Il est ensuite resté pour le thé et a dévoré tous les muffins. Et ce qui rend sa conduite encore plus monstrueuse, c'est qu'il sait pertinemment depuis le début que je n'ai pas de frère, que je n'ai jamais eu de frère et que je n'ai pas l'intention d'avoir de frère, quel qu'il soit. Je le lui ai dit clairement hier après-midi.

CECILY : Mais, cher oncle Jack, cela fait un an que vous nous parlez de votre frère. Vous ne cessiez de revenir sur ce sujet. Algy s'est contenté de confirmer vos dires. C'était fort noble de sa part.

JACK : Pardonnez-moi, Cecily, vous êtes un peu trop jeune pour comprendre cela. Être capable d'invention est faire acte de pur génie et, à une époque aussi mercantile que la nôtre, voilà qui atteste un courage physique considérable. Rares sont les romanciers modernes qui osent faire preuve d'invention. Il est de notoriété publique qu'ils en sont incapables. Par ailleurs, confirmer un mensonge est à l'évidence une action lâche. Je sais que c'est une politesse que se rendent quotidiennement les journaux. Mais ce n'est pas le fait d'un gentleman. Un gentleman ne confirme jamais rien.

ALGERNON, *furieux* : Jack, par exemple !

LADY BRACKNELL : Hum ! Mr. Worthing, après mûre réflexion, j'ai décidé de ne pas du tout tenir compte de la conduite de mon neveu à votre égard.

JACK : That is very generous of you, Lady Bracknell. My own decision, however, is unalterable. I decline to give my consent.

LADY BRACKNELL *(to CECILY)* : Come here, sweet child. *(CECILY goes over)*. How old are you, dear ?

CECILY : Well, I am really only eighteen, but I always admit to twenty when I go to evening parties.

LADY BRACKNELL : You are perfectly right in making some slight alteration. Indeed, no woman should ever be quite accurate about her age. It looks so calculating.... *(In a meditative manner.)* Eighteen, but admitting to twenty at evening parties. Well, it will not be very long before you are of age and free from the restraints of tutelage. So I don't think your guardian's consent is, after all, a matter of any importance.

JACK : Pray excuse me, Lady Bracknell, for interrupting you again, but it is only fair to tell you that according to the terms of her grand-father's will Miss Cardew does not come legally of age till she is thirty-five.

LADY BRACKNELL : That does not seem to me to be a grave objection. Thirty-five is a very attractive age. London society is full of women of the very highest birth who have, of their own free choice, remained thirty-five for years. Lady Dumbleton is an instance in point. To my own knowledge she has been thirty-five ever since she arrived at the age of forty, which was many years ago now. I see no reason why our dear Cecily should not be even still more attractive at the age you mention than she is at present. There will be a large accumulation of property.

CECILY *(to JACK)* : You are quite sure that I can't marry without your consent till I am thirty-five ?

JACK : That is the wise provision of your grandfather's will, Cecily. He undoubtedly foresaw the sort of difficulty that would be likely to occur.

JACK : C'est très généreux de votre part, Lady Bracknell. Pour ma part, cependant, ma décision est irrévocable. Je refuse de donner mon consentement.

LADY BRACKNELL *à CECILY* : Venez ici, charmante enfant. *(Cecily s'approche d'elle.)* Quel âge avez-vous, ma chère ?

CECILY : Eh bien, je n'ai en réalité que dix-huit ans, mais j'avoue toujours en avoir vingt lorsque je suis invitée à une soirée.

LADY BRACKNELL : Vous avez parfaitement raison d'effectuer de menues modifications. En fait, une femme ne devrait jamais donner de précisions sur son âge. Cela fait mesquin… *(L'air songeur.)* Dix-huit ans, mais en avouant vingt lorsqu'elle est invitée à une soirée. Ma foi, vous n'allez pas attendre longtemps jusqu'à votre majorité et vous serez alors délivrée des contraintes de la tutelle. Je crois donc que le consentement de votre tuteur n'a, en fin de compte, pas grande importance.

JACK : Lady Bracknell, je vous en prie, pardonnez-moi une fois encore de vous interrompre, mais il faut que je vous dise que, selon les termes du testament de son grand-père, Miss Cardew ne sera pas légalement majeure avant l'âge de trente-cinq ans.

LADY BRACKNELL : Cela ne me paraît pas être une objection sérieuse. Trente-cinq ans est un âge très séduisant. Il y a, dans la bonne société de Londres, un grand nombre de femmes de très haute naissance qui, de leur plein gré, ont eu trente-cinq ans des années durant. Lady Dumbleton en est un excellent exemple. Pour autant que je sache, elle a trente-cinq ans depuis son quarantième anniversaire, et il y a déjà des années de cela. Je ne vois nullement pourquoi notre chère Cecily ne devrait pas être encore plus séduisante à cet âge-là qu'elle ne l'est à présent. Et l'expérience ne l'aura que plus enrichie.

CECILY *à JACK* : Êtes-vous tout à fait certain que je ne puis me marier sans votre consentement avant d'avoir trente-cinq ans ?

JACK : Telle est, Cecily, la sage disposition prise dans son testament par votre grand-père. Il avait prévu, cela ne fait pas de doute, le genre de difficulté qui ne manquerait pas de surgir.

CECILY : Then grandpapa must have had a very extraordinary imagination. Algy… could you wait for me till I was thirty-five ? Don't speak hastily. It is a very serious question, and much of my future happiness, as well as all of yours, depends on your answer.

ALGERNON : Of course I could, Cecily. How can you ask me such a question ? I could wait for ever for you. You know I could.

CECILY : Yes, I felt it instinctively, but I couldn't wait all that time. I hate waiting even five minutes for anybody. It always makes me rather cross. I am not punctual myself, I know, but I do like punctuality in others, and waiting, even to be married, is quite out of the question.

ALGERNON : Then what is to be done, Cecily ?

CECILY : I don't know, Mr. Moncrieff.

LADY BRACKNELL : My dear Mr. Worthing, as Miss Cecily states positively that she cannot wait till she is thirty-five – a remark which I am bound to say seems to me to show a somewhat impatient nature – I would beg of you to reconsider your decision.

JACK : But my dear Lady Bracknell, the matter is entirely in your own hands. The moment you consent to my marriage with Gwendolen, I will most gladly allow your nephew to form an alliance with my ward.

LADY BRACKNELL *(rising and drawing herself up)* : You must be quite aware that what you propose is out of the question.

JACK : Then a passionate celibacy is all that any of us can look forward to.

LADY BRACKNELL : That is not the destiny I propose for Gwendolen. Algernon, of course, can choose for himself. *(Pulls out her watch.)* Come, dear – *(GWENDOLEN rises)* – we have already missed five, if not six trains. To miss any more might expose us to comment on the platform.

Enter Dr. Chasuble.

CECILY : Dans ce cas, à tout le moins, grand-père ne devait pas manquer d'imagination. Algy, seriez-vous capable de m'attendre jusqu'à ce que j'aie trente-cinq ans ? Ne répondez pas trop vite. C'est une question très importante, et une grande part de mon bonheur à venir, comme du vôtre, dépend de votre réponse.

ALGERNON : Bien sûr que oui, Cecily. Comment pouvez-vous me poser pareille question ? Je pourrais vous attendre jusqu'à la fin des temps. Vous le savez très bien.

CECILY : Oui, je le sentais instinctivement. Mais, moi, je serais incapable d'attendre tout ce temps-là. J'ai horreur d'attendre, même cinq minutes. Cela me met toujours de méchante humeur. Personnellement, je ne suis pas ponctuelle, mais j'aime que les autres le soient, et il est hors de question que j'attende, même pour me marier.

ALGERNON : Alors que faire, Cecily ?

CECILY : Je ne sais pas, Mr. Moncrieff.

LADY BRACKNELL : Mon cher Mr. Worthing, étant donné que Miss Cecily affirme clairement qu'elle ne saurait attendre jusqu'à l'âge de trente-cinq ans, affirmation qui, je suis bien obligée de le dire, me paraît révéler un naturel quelque peu impatient, je vous prierais de bien vouloir reconsidérer votre décision.

JACK : Mais chère Lady Bracknell, l'affaire est entièrement entre vos mains. Dès que vous consentirez à mon mariage avec Gwendolen, je ne serai que trop heureux de permettre à votre neveu de contracter une alliance avec ma pupille.

LADY BRACKNELL, *se levant et se redressant* : Vous vous rendez sans doute compte que ce que vous proposez est tout à fait exclu.

JACK : Dans ce cas, un célibat enflammé est tout ce à quoi nous pouvons tous prétendre.

LADY BRACKNELL : Telle n'est pas la destinée que j'envisage pour Gwendolen. Algernon, naturellement, est libre de son choix. *(Elle sort sa montre.)* Venez, ma chérie *(Gwendolen se lève)*, nous avons déjà manqué cinq trains, si ce n'est six. En manquer un de plus risquerait de nous exposer, sur le quai, à des commentaires déplacés.

Entre le révérend Chasuble.

CHASUBLE : Everything is quite ready for the christenings.

LADY BRACKNELL : The christenings, sir ! Is not that somewhat premature ?

CHASUBLE *(looking rather puzzled, and pointing to* JACK *and* ALGERNON*)* : Both these gentlemen have expressed a desire for immediate baptism.

LADY BRACKNELL : At their age ? The idea is grotesque and irreligious ! Algernon, I forbid you to be baptized. I will not hear of such excess. Lord Bracknell would be highly displeased if he learned that that was the way in which you wasted your time and money.

CHASUBLE : Am I to understand then that there are to be no christenings at all this afternoon ?

JACK : I don't think that, as things are now, it would be of much practical value to either of us, Dr. Chasuble.

CHASUBLE : I am grieved to hear such sentiments from you, Mr. Worthing. They savour of the heretical views of the Anabaptists, views that I have completely refuted in four of my unpublished sermons. Baptismal regeneration is not to be lightly spoken of. Indeed, by the unanimous opinion of the fathers, baptism is a form of new birth. However, where adults are concerned, compulsory christening, except in the case of savage tribes, is, I regret to say, uncanonical, so I shall return to the church at once. Indeed, I have just been informed by the pew-opener that for the last hour and a half Miss Prism has been waiting for me in the vestry.

LADY BRACKNELL *(starting)* : Miss Prism ! Did I hear you mention a Miss Prism ?

CHASUBLE : Yes, Lady Bracknell. I am on my way to join her.

LADY BRACKNELL : Pray allow me to detain you for a moment. This matter may prove to be one of vital importance to Lord Bracknell and myself. Is this Miss Prism a female of repellent aspect, remotely connected with education ?

CHASUBLE *(somewhat indignantly)* : She is the most cultivated of ladies, and the very picture of respectability.

CHASUBLE : Tout est prêt pour les baptêmes.

LADY BRACKNELL : Les baptêmes, mon révérend ! Cela n'est-il pas quelque peu prématuré ?

CHASUBLE, *l'air intrigué, désigne Jack et Algernon* : Ces deux gentlemen ont exprimé le désir de se faire baptiser sur-le-champ.

LADY BRACKNELL : À leur âge ? Cette idée est grotesque et irréligieuse ! Algernon, je vous interdis de vous faire baptiser. Je ne veux pas entendre parler de tels excès. Lord Bracknell serait fort mécontent d'apprendre la façon dont vous gaspillez votre temps et votre argent.

CHASUBLE : Dois-je comprendre dans ce cas qu'il n'y aura pas de baptêmes cet après-midi ?

JACK : Les choses étant ce qu'elles sont, je ne crois pas que cela nous serait très utile à l'un comme à l'autre, mon révérend.

CHASUBLE : Cela m'afflige de vous entendre parler de la sorte, Mr. Worthing. Cela me fait penser aux thèses hérétiques des anabaptistes[70], doctrines que j'ai réfutées point par point dans quatre de mes sermons inédits. On ne parle pas à la légère de la régénération par le baptême. En vérité, et telle est l'opinion unanime des Pères de l'Église, le baptême est une forme de renaissance. Cependant, quand il s'agit d'adultes, le baptême forcé, sauf dans le cas des tribus sauvages, n'est pas conforme aux règles canoniques. Je vais donc regagner tout de suite mon église. D'ailleurs, comme je viens de l'apprendre de la bouche du bedeau, cela fait une heure et demie que Miss Prism m'attend dans la sacristie.

LADY BRACKNELL, *sursautant* : Miss Prism ! Vous ai-je bien entendu parler d'une certaine Miss Prism ?

CHASUBLE : Oui, Lady Bracknell. Je m'en vais la rejoindre.

LADY BRACKNELL : Permettez-moi, je vous prie, de vous retenir un instant. Cela peut se révéler être d'une importance capitale pour Lord Bracknell et moi-même. Cette Miss Prism est-elle une femme à l'aspect rebutant, qui entretient avec l'éducation des rapports très lointains ?

CHASUBLE, *quelque peu indigné* : C'est une dame extrêmement cultivée, et l'image même de la respectabilité.

LADY BRACKNELL : It is obviously the same person. May I ask what position she holds in your household ?

CHASUBLE *(severely)* : I am a celibate, madam.

JACK *(interposing)* : Miss Prism, Lady Bracknell has been for the last three years Miss Cardew's esteemed governess and valued companion.

LADY BRACKNELL : In spite of what I hear of her, I must see her at once. Let her be sent for.

CHASUBLE *(looking off)* : She approaches ; she is nigh.

Enter MISS PRISM hurriedly.

MISS PRISM : I was told you expected me in the vestry, dear Canon. I have been waiting for you there for an hour and three-quarters. *(Catches sight of LADY BRACKNELL, who has fixed her with a stony glare. MISS PRISM grows pale and quails. She looks anxiously round as if desirous to escape.)*

LADY BRACKNELL *(in a severe, judicial voice)* : Prism ! *(MISS PRISM bows her head in shame.)* Come here, Prism ! *(MISS PRISM approaches in a humble manner.)* Prism ! Where is that baby ? *(General consternation. The CANON starts back in horror. ALGERNON and JACK pretend to be anxious to shield CECILY and GWENDOLEN from hearing the details of a terrible public scandal.)* Twenty-eight years ago, Prism, you left Lord Bracknell's house, Number 104, Upper Grosvenor Street, in charge of a perambulator that contained a baby of the male sex. You never returned. A few weeks later, through the elaborate investigations of the Metropolitan police, the perambulator was discovered at midnight standing by itself in a remote corner of Bayswater. It contained the manuscript of a three-volume novel of more than usually revolting sentimentality. *(MISS PRISM starts in involuntary indignation.)* But the baby was not there. *(Every one looks at MISS PRISM.)* Prism ! Where is that baby ? *(A pause.)*

MISS PRISM : Lady Bracknell, I admit with shame that I do not know. I only wish I did. The plain facts of the case are these. On the morning of the day you men-

LADY BRACKNELL : Il s'agit manifestement de la même personne. Puis-je vous demander quelle situation elle occupe dans votre maison ?

CHASUBLE, *d'un ton sévère* : Je suis célibataire, madame.

JACK, *s'interposant* : Lady Bracknell, cela fait trois ans que Miss Prism est la gouvernante respectée et l'inestimable dame de compagnie de Miss Cardew.

LADY BRACKNELL : Malgré ce que j'entends sur son compte, il faut que je la voie immédiatement. Faites-la venir.

CHASUBLE, *regardant au-dehors* : La voilà qui arrive. Elle est tout près d'ici.

Entre Miss Prism précipitamment.

MISS PRISM : On m'avait dit que vous m'attendiez dans la sacristie, cher révérend. Je vous y attends depuis une heure trois-quarts. *(Elle aperçoit Lady Bracknell qui la regarde fixement d'un air glacial. Miss Prism pâlit et défaille. Affolée, elle regarde tout autour d'elle, comme si elle voulait prendre la fuite.)*

LADY BRACKNELL, *d'une voix sévère de préteur* : Prism ! *(Miss Prism, honteuse, baisse la tête.)* Venez ici, Prism ! *(Miss Prism s'approche humblement.)* Prism ! Où est ce bébé ? *(Consternation générale. Le révérend Chasuble recule soudain, horrifié. Algernon et Jack font mine de vouloir empêcher Cecily et Gwendolen d'entendre les détails d'un abominable scandale public.)* Il y a vingt-huit ans, Prism, vous avez quitté la maison de Lord Bracknell, au 104 Upper Grosvenor Square, avec, sous votre responsabilité, un landau qui contenait un bébé de sexe masculin. Vous n'êtes jamais revenue. Quelques semaines plus tard, grâce aux recherches minutieuses de la police de Londres, le landau fut découvert à minuit, abandonné dans un coin désert de Bayswater. Il contenait le manuscrit d'un roman en trois volumes d'une sentimentalité exceptionnellement repoussante. *(Miss Prism a un sursaut d'indignation involontaire.)* Mais le bébé n'y était pas. *(Tous regardent Miss Prism.)* Prism ! Où est ce bébé ? *(Silence.)*

MISS PRISM : Lady Bracknell, j'avoue à ma grande honte que je l'ignore. Si seulement je le savais. Voici les faits : le matin du jour dont vous parlez, et dont le souvenir est resté

tion, a day that is for ever branded on my memory, I prepared as usual to take the baby out in its perambulator. I had also with me a somewhat old, capacious hand-bag in which I had intended to place the manuscript of a work of fiction that I had written during my few unoccupied hours. In a moment of mental abstraction, for which I never can forgive myself, I deposited the manuscript in the basinette, and placed the baby in the hand-bag.

JACK *(who has been listening attentively)* : But where did you deposit the hand-bag ?

MISS PRISM : Do not ask me, Mr. Worthing.

JACK : Miss Prism, this is a matter of no small importance to me. I insist on knowing where you deposited the hand-bag that contained that infant.

MISS PRISM : I left it in the cloak-room of one of the larger railway stations in London.

JACK : What railway station ?

MISS PRISM *(quite crushed)* : Victoria. The Brighton line. *(Sinks into a chair.)*

LADY BRACKNELL *(looking at Jack)* : I sincerely hope nothing improbable is going to happen. The improbable is always in bad, or at any rate, questionable taste.

JACK : I must retire to my room for a moment.

CHASUBLE : This news seems to have upset you, Mr. Worthing. I trust your indisposition is merely temporary.

JACK : I will be back in a few moments, dear Canon. Gwendolen ! Wait here for me !

GWENDOLEN : If you are not too long, I will wait here for you all my life.

Exit JACK in great excitement.

CHASUBLE : What do you think this means, Lady Bracknell ?

LADY BRACKNELL : I dare not even suspect, Dr. Chasuble. I need hardly tell you that in families of high position strange coincidences are not supposed to occur. They are hardly considered the thing. *(Noises*

écrit en lettres de feu dans ma mémoire, je m'apprêtais, comme d'habitude, à aller promener le bébé dans son landau. J'avais également avec moi un sac de voyage un peu usagé, mais de grande capacité, dans lequel je comptais placer le manuscrit d'une œuvre de fiction que j'avais rédigée pendant mes rares heures de loisirs. Dans un moment d'inattention que je ne me pardonnerai jamais, j'ai déposé le manuscrit dans la voiture et placé le bébé dans le sac de voyage.

JACK, *qui a écouté attentivement* : Mais où avez-vous déposé ce sac de voyage ?

MISS PRISM : Ne me posez pas cette question, Mr. Worthing.

JACK : Miss Prism, ce n'est pas pour moi une affaire de petite importance. Je tiens à savoir où vous avez déposé le sac de voyage qui contenait ce petit enfant.

MISS PRISM : Je l'ai laissé à la consigne de l'une des grandes gares de chemin de fer de Londres.

JACK : Quelle gare ?

MISS PRISM, *absolument accablée* : La gare Victoria, ligne de Brighton. *(Elle s'effondre dans un fauteuil.)*

LADY BRACKNELL, *regardant Jack* : J'espère sincèrement que rien d'improbable ne va se produire. L'improbable est toujours de mauvais goût, il est du moins d'un goût douteux.

JACK : Il faut que je me retire un instant dans ma chambre.

CHASUBLE : Cette nouvelle semble vous avoir bouleversé, Mr. Worthing. J'espère que cette indisposition n'est que passagère.

JACK : Je serai de retour dans quelques instants, cher révérend. Gwendolen, attendez-moi ici !

GWENDOLEN : Si vous ne mettez pas trop de temps, je vous attendrai ici toute ma vie.

Jack sort en proie à une vive agitation.

CHASUBLE : Selon vous, qu'est-ce que cela signifie, Lady Bracknell ?

LADY BRACKNELL : Je n'ose même pas le soupçonner, mon révérend. J'ai à peine besoin de vous dire que, dans les familles de la haute société, des coïncidences étranges ne sont pas censées se produire. Elles ne sont guère conve-

heard overhead as if someone was throwing trunks about. Everyone looks up.)

CECILY : Uncle Jack seems strangely agitated.

CHASUBLE : Your guardian has a very emotional nature.

LADY BRACKNELL : This noise is extremely unpleasant. It sounds as if he was having an argument with the furniture. I dislike arguments of any kind. They are always vulgar, and often convincing.

CHASUBLE *(looking up)* : It has stopped now. *(The noise is redoubled.)*

LADY BRACKNELL : I wish he would arrive at some conclusion.

GWENDOLEN : This suspense is terrible. I hope it will last.

Enter JACK with a hand-bag of black leather in his hand.

JACK *(rushing over to MISS PRISM)* : Is this the hand-bag, Miss Prism ? Examine it carefully before you speak. The happiness of more than one life depends on your answer.

MISS PRISM *(calmly)* : It seems to be mine. Yes, here is the injury it received through the upsetting of a Gower Street omnibus in younger and happier days. Here is the stain on the lining caused by the explosion of a temperance beverage, an incident that occurred at Leamington. And here, on the lock, are my initials. I had forgotten that in an extravagant mood I had had them placed there. The bag is undoubtedly mine. I am delighted to have it so unexpectedly restored to me. It has been a great inconvenience being without it all these years.

JACK *(in a pathetic voice)* : Miss Prism, more is restored to you than this hand-bag. I was the baby you placed in it.

MISS PRISM *(amazed)* : You ?

JACK *(embracing her)* : Yes… mother !

MISS PRISM *(recoiling in indignant astonishment)* : Mr. Worthing, I am unmarried !

JACK : Unmarried ! I do not deny that is a serious blow. But after all, who has the right to cast a stone

nables. *(On entend des bruits au-dessus, comme si quelqu'un déplaçait brutalement des malles de tous côtés. Tous lèvent les yeux.)*

CECILY : Oncle Jack a l'air étrangement agité.

CHASUBLE : Votre tuteur est d'un tempérament très émotif.

LADY BRACKNELL : Ce bruit est extrêmement désagréable. C'est à croire qu'il veut avoir raison du mobilier. J'ai horreur des querelles et des raisonnements, quel qu'en soit l'objet. Ils sont toujours vulgaires et souvent justifiés.

CHASUBLE, *levant les yeux* : Le bruit a maintenant cessé. *(Le bruit reprend de plus belle.)*

LADY BRACKNELL : J'aimerais qu'il se décide à conclure.

GWENDOLEN : Cette attente est insupportable. Si seulement elle pouvait durer.

Entre Jack avec, à la main, un sac de voyage en cuir noir.

JACK, *se précipitant vers Miss Prism* : Est-ce bien le sac de voyage, Miss Prism ? Examinez-le soigneusement avant de répondre. Le bonheur de plusieurs personnes dépend de ce que vous allez dire.

MISS PRISM, *calmement* : J'ai l'impression que c'est le mien. Oui, voici le coup qu'il a reçu lorsqu'un omnibus s'est renversé dans Gower Street en l'âge heureux de ma jeunesse. Voici la tache sur la doublure, à la suite de l'explosion d'une bouteille d'eau gazeuse ; cet incident s'est produit à Leamington [71]. Et voici, sur le fermoir, mes initiales. J'avais oublié que, dans un moment de prodigalité, je les avais fait graver là. Il ne fait pas de doute que ce sac est à moi. Je suis si heureuse qu'il me soit restitué de façon si imprévue. J'ai beaucoup souffert d'en être privée toutes ces années durant.

JACK, *d'une voix pathétique* : Miss Prism, vous retrouvez bien plus qu'un sac de voyage. C'est moi le bébé que vous aviez placé à l'intérieur.

MISS PRISM, *abasourdie* : Vous ?

JACK, *la serrant dans ses bras* : Oui… maman !

MISS PRISM, *reculant, stupéfaite et scandalisée* : Mr. Worthing, je ne suis pas mariée !

JACK : Pas mariée ! J'avoue que c'est là un rude coup. Mais après tout, qui a le droit de jeter la pierre à une per-

against one who has suffered ? Cannot repentance wipe out an act of folly ? Why should there be one law for men, and another for women ? Mother, I forgive you. *(Tries to embrace her again.)*

MISS PRISM *(still more indignant)* : But Mr. Worthing, there is some error. Maternity has never been an incident in my life. The suggestion, if it were not made before such a large number of people, would be almost indelicate. *(Pointing to LADY BRACKNELL.)* There stands the lady who can tell you who you really are. *(Retires to back of stage.)*

JACK *(after a pause)* : Lady Bracknell, I hate to seem inquisitive, but would you kindly inform me who I am ?

LADY BRACKNELL : I am afraid that the news I have to give you will not altogether please you. You are the son of my poor sister, Mrs. Moncrieff, and consequently Algernon's elder brother.

JACK : Algy's elder brother ! Then I have a brother after all. I knew I had a brother ! I always said I had a brother ! Cecily, – how could you have ever doubted that I had a brother ! *(Seizes hold of ALGERNON.)* Dr. Chasuble, my unfortunate brother. Miss Prism, my unfortunate brother. Gwendolen, my unfortunate brother. Algy, you young scoundrel, you will have to treat me with more respect in the future. You have never behaved to me like a brother in all your life.

ALGERNON : Well, not till today, old boy, I admit. *(Shakes hands.)* I did my best, however, though I was out of practice.

GWENDOLEN *(to JACK)* : Darling !

JACK : Darling !

LADY BRACKNELL : Under these strange and unforeseen circumstances you can kiss your Aunt Augusta.

JACK *(staying where he is)* : I am dazed with happiness. *(Kisses GWENDOLEN)* I hardly know who I am kissing. *(ALGERNON takes the opportunity to kiss CECILY.)*

sonne qui a souffert[72] ? Le repentir ne peut-il pas effacer un moment d'égarement ? Pourquoi devrait-il y avoir une loi pour les hommes et une autre pour les femmes ? Mère, je vous pardonne. *(Il essaie à nouveau de la serrer dans ses bras.)*

MISS PRISM, *encore plus scandalisée* : Mais Mr. Worthing, vous faites erreur. Je n'ai, de ma vie, jamais connu la maternité. Votre simple suggestion, si elle n'était faite devant une si vaste assemblée, frôlerait l'indélicatesse. *(Désignant Lady Bracknell.)* Voici la personne qui peut vous dire qui vous êtes vraiment.

Elle se retire au fond de la scène.

JACK, *après un silence* : Lady Bracknell, j'ai horreur d'être indiscret, mais auriez-vous la bonté de me dire qui je suis ?

LADY BRACKNELL : J'ai bien peur que la nouvelle que je vais vous apprendre ne vous fasse pas vraiment plaisir. Vous êtes le fils de ma pauvre sœur, Mrs. Moncrieff, et, par conséquent, le frère aîné d'Algernon.

JACK : Le frère aîné d'Algy ! Donc, en fin de compte, j'avais un frère. Je savais que j'avais un frère ! J'ai toujours dit que j'avais un frère ! Cecily, comment avez-vous pu jamais douter que j'avais un frère ! *(Il prend Algernon par le bras.)* Mon révérend, mon malheureux frère. Miss Prism, mon malheureux frère. Gwendolen, mon malheureux frère. Algy, espèce de petite fripouille, dorénavant il va falloir me traiter avec plus de respect. Tu ne t'es strictement jamais conduit comme un frère avec moi.

ALGERNON : Ma foi, pas jusqu'à présent, je l'avoue, mon vieux. *(Il lui serre la main.)* J'ai pourtant fait de mon mieux, même si je manquais de pratique.

GWENDOLEN, *à Jack* : Mon chéri !

JACK : Ma chérie !

LADY BRACKNELL : Dans ces circonstances aussi étranges qu'imprévues, vous pouvez embrasser votre tante Augusta.

JACK, *ne bougeant pas de sa place* : Je suis ivre de bonheur. *(Il embrasse Gwendolen.)* C'est tout juste si je sais qui j'embrasse.

Algernon en profite pour embrasser Cecily.

GWENDOLEN : I hope that it will be the last time I shall ever hear you make such an observation.

JACK : It will, darling.

MISS PRISM *(advancing, after coughing slightly)* : Mr. Worthing, – Mr. Moncrieff as I should call you now – after what has just occurred I feel it my duty to resign my position in this household. Any inconvenience I may have caused you in your infancy through placing you inadvertently in this hand-bag I sincerely apologise for.

JACK : Don't mention it, dear Miss Prism. Don't mention anything. I am sure I had a very pleasant time in your nice hand-bag in spite of the slight damage it received through the overturning of an omnibus in your happier days. As for leaving us, the suggestion is absurd.

MISS PRISM : It is my duty to leave. I have really nothing more to teach dear Cecily. In the very difficult accomplishment of getting married I fear my sweet and clever pupil has far outstripped her teacher.

CHASUBLE : A moment – Lætitia !

MISS PRISM : Dr. Chasuble !

CHASUBLE : Lætitia, I have come to the conclusion that the Primitive Church was in error on certain points. Corrupt readings seem to have crept into the text. I beg to solicit the honour of your hand.

MISS PRISM : Frederick, at the present moment words fail me to express my feelings. But I will forward you, this evening, the three last volumes of my diary. In these you will be able to peruse a full account of the sentiments that I have entertained towards you for the last eighteen months.

Enter MERRIMAN.

MERRIMAN : Lady Bracknell's flyman says he cannot wait any longer.

LADY BRACKNELL *(rising)* : True ! I must return to town at once. *(Pulls out watch.)* I see I have now

GWENDOLEN : J'espère que c'est la dernière fois que je vous entends dire une chose pareille.

JACK : Je vous le promets, ma chérie.

MISS PRISM, *s'avançant, après avoir toussé légèrement* : Mr. Worthing – Mr. Moncrieff, comme je devrais maintenant vous appeler – après ce qui s'est produit, j'estime qu'il est de mon devoir de démissionner de l'emploi que j'occupe dans cette maison. De tous les désagréments que j'ai pu vous causer dans votre petite enfance pour vous avoir placé dans ce sac de voyage par inadvertance, je vous prie sincèrement de m'excuser.

JACK : N'en parlons plus, chère Miss Prism, n'en parlons plus du tout. Je suis certain que j'ai passé de très bons moments dans votre sac de voyage en dépit du coup qu'il a reçu lorsqu'un omnibus s'est renversé dans Gower Street en l'âge heureux de votre jeunesse. Quant à nous quitter, la suggestion est absurde.

MISS PRISM : Il est de mon devoir de m'en aller. Je n'ai vraiment plus rien à enseigner à ma chère Cecily. Dans le délicat apprentissage de l'art de se marier, je crains que ma délicieuse et intelligente élève n'ait largement dépassé son professeur.

CHASUBLE : Un instant… Lætitia !

MISS PRISM : Mon révérend !

CHASUBLE : Lætitia, je suis parvenu à la conclusion que l'Église primitive était dans l'erreur sur certains points. Il semble que des interprétations hérétiques se soient glissées dans le texte. Je sollicite l'honneur de vous demander votre main.

MISS PRISM : Frederick, les mots, en cet instant précis, me manquent pour vous exprimer ce que je ressens. Mais je vais vous faire parvenir ce soir les trois derniers volumes de mon journal intime. Vous pourrez y trouver la description exacte des sentiments que je nourris à votre égard depuis dix-huit mois.

Entre Merriman.

MERRIMAN : Le cocher de Lady Bracknell dit qu'il ne peut pas attendre plus longtemps.

LADY BRACKNELL, *se levant* : C'est juste ! Il faut que je rentre immédiatement à Londres. *(Elle sort sa montre.)* Je

missed no less than nine trains. There is only one more.

MERRIMAN goes out.
LADY BRACKNELL moves towards the door.

Prism, from your last observation to Dr. Chasuble, I learn with regret that you have not yet given up your passion for fiction in three volumes. And, if you really are going to enter into the state of matrimony which at your age seems to me, I feel bound to say, rather like flying in the face of an all-wise Providence, I trust you will be more careful of your husband than you were of your infant charge, and not leave poor Dr. Chasuble lying about at railway stations in hand-bags or receptacles of any kind. Cloak-rooms are notoriously draughty places. *(MISS PRISM bows her head meekly.)* Dr. Chasuble, you have my sincere good wishes, and if baptism be, as you say it is, a form of new birth, I would strongly advise you to have Miss Prism baptised without delay. To be born again would be of considerable advantage to her. Whether such a procedure be in accordance with the practice of the Primitive Church I do not know. But it is hardly probable, I should fancy, that they had to grapple with such extremely advanced problems. *(Turning sweetly to CECILY and patting her cheek.)* Sweet child ! We will expect you at Upper Grosvenor Street in a few days.

CECILY : Thank you, Aunt Augusta !

LADY BRACKNELL : Come, Gwendolen.

GWENDOLEN *(to JACK)* : My own ! But what own are you ? What is your Christian name, now that you have become some one else ?

JACK : Good heavens !… I had quite forgotten that point. Your decision on the subject of my name is irrevocable, I suppose ?

GWENDOLEN : I never change, except in my affections.

CECILY : What a noble nature you have, Gwendolen !

JACK : Then the question had better be cleared up at once. Aunt Augusta, a moment. At the time when

me rends compte que je n'ai pas manqué moins de neuf trains. Il n'en reste plus qu'un.

Merriman sort. Lady Bracknell se dirige vers la porte.

Prism, à en juger d'après la dernière remarque que vous avez faite au révérend Chasuble, j'ai le regret d'apprendre que vous n'avez pas encore renoncé à votre goût immodéré pour les romans en trois volumes. Et si vous avez vraiment l'intention d'entrer dans les liens du mariage, ce qui, à votre âge, il est de mon devoir de vous le dire, me paraît contrecarrer les sages desseins de la Providence, j'espère que vous prendrez plus de soin de votre époux que vous n'en avez pris du bébé dont vous étiez responsable et que vous n'abandonnerez pas ce pauvre révérend dans un sac de voyage ou dans tout autre réceptacle au beau milieu d'une gare. Il est notoire que les consignes de gare sont pleines de courants d'air. *(Miss Prism baisse humblement la tête.)* Mon révérend, je vous présente mes vœux les plus sincères, et si, comme vous le dites, le baptême est une sorte de renaissance, je vous conseillerais vivement de faire baptiser Miss Prism sans plus tarder. Renaître lui ferait le plus grand bien du monde. Que cette procédure soit ou non conforme à l'usage de l'Église primitive, je l'ignore. Mais il n'est guère probable qu'elle ait eu à se confronter à des questions aussi épineuses. *(Se tournant aimablement vers Cecily et lui caressant la joue.)* Charmante enfant ! Dans quelques jours, nous serez la bienvenue à Upper Grosvenor Street.

CECILY : Merci, tante Augusta !

LADY BRACKNELL : Venez, Gwendolen.

GWENDOLEN *à* JACK : Mon cher… mais, au fait, mon cher qui ? Quel est votre prénom, maintenant que vous êtes devenu quelqu'un d'autre ?

JACK : Grands dieux ! J'avais presque oublié ce détail. Votre décision concernant mon prénom est définitive, j'imagine ?

GWENDOLEN : Je ne change jamais, sauf de sentiments.

CECILY : Quelle noble nature est la vôtre, Gwendolen !

JACK : Dans ce cas, il vaudrait mieux régler cette question immédiatement. Un instant, tante Augusta. Lorsque

Miss Prism left me in the handbag, had I been christened already ? Pray be calm, Aunt Augusta. This is a terrible crisis and much depends on your answer.

LADY BRACKNELL *(quite calmly)* : Every luxury that money could buy, including christening, had been lavished on you by your fond and doting parents.

JACK : Then I was christened ! That is settled. Now, what name was I given ? Let me know the worst.

LADY BRACKNELL *(after a pause)* : Being the eldest son you were naturally christened after your father.

JACK *(irritably)* : Yes, but what was my father's Christian name ? Pray don't be so calm, Aunt Augusta. This is a terrible crisis and everything hangs on the nature of your reply. What was my father's Christian name ?

LADY BRACKNELL *(meditatively)* : I cannot at the present moment recall what the General's Christian name was. Your poor dear mother always addressed him as « General ». That I remember perfectly. Indeed, I don't think she would have dared to have called him by his Christian name. But I have no doubt he had one. He was violent in his manner, but there was nothing eccentric about him in any way. That was rather the result of the Indian climate, and marriage, and indigestion, and other things of that kind. In fact he was rather a martinet about the little details of daily life. Too much so, I used to tell my sister.

JACK : Algy ! Can't you recollect what our father's Christian name was ?

ALGERNON : My dear boy, we were never even on speaking terms. He died before I was a year old.

JACK : His name would appear in the Army Lists of the period, I suppose, Aunt Augusta ?

LADY BRACKNELL : The General was essentially a man of peace, except in his domestic life. But I have no doubt his name would appear in any military directory.

JACK : The Army Lists for the last forty years are here. *(Rushes to the bookcase and tears the books out.*

Miss Prism m'a laissé dans le sac de voyage, avais-je déjà été baptisé ? Je vous en prie, restez calme, tante Augusta. C'est là une terrible épreuve et bien des choses dépendent de votre réponse.

LADY BRACKNELL, *très calmement* : Tous les luxes que peut acheter l'argent, y compris le baptême, vous ont été prodigués par vos parents, qui vous aimaient et vous adoraient.

JACK : J'ai donc été baptisé ! La question est réglée. Et maintenant, quel nom m'a-t-on donné ? Apprenez-moi le pire.

LADY BRACKNELL, *après un silence* : Comme vous êtes l'aîné, on vous a naturellement donné le prénom de votre père.

JACK, *agacé* : Certes, mais quel était le prénom de mon père ? De grâce, ne restez pas aussi calme, tante Augusta. C'est une épreuve épouvantable et tout dépend de la teneur de votre réponse. Quel est le prénom de mon père ?

LADY BRACKNELL, *songeuse* : Je n'arrive pas pour l'instant à me rappeler le prénom du général. Votre pauvre mère s'adressait toujours à lui en l'appelant « général ». De cela, je me souviens parfaitement. À vrai dire, je ne crois pas qu'elle aurait osé l'appeler par son prénom. Mais je suis absolument certaine qu'il en avait un. C'était un homme violent qui, toutefois, n'avait absolument rien d'excentrique. Son comportement était sans doute imputable au climat de l'Inde, au mariage, aux troubles digestifs et à d'autres causes semblables. À vrai dire, il était inflexible sur les petits détails de la vie quotidienne. Beaucoup trop, comme je le disais toujours à ma sœur.

JACK : Algy, tu ne te souviens pas du prénom de notre père ?

ALGERNON : Mon cher, nous ne nous sommes même jamais adressé la parole. Il est mort avant que j'aie un an.

JACK : J'imagine, tante Augusta, que l'on devrait trouver son nom dans les annuaires militaires de l'époque.

LADY BRACKNELL : Le général était au fond un homme paisible, sauf dans sa vie conjugale. Mais je suis sûre et certaine que l'on devrait trouver son nom dans n'importe quel annuaire militaire.

JACK : Voici les annuaires de ces quarante dernières années. *(Il se rue sur la bibliothèque et en sort brutalement*

Distributes them rapidly.) Here, Dr. Chasuble – Miss Prism, two for you – Cecily, Cecily, an Army List. Make a précis of it at once. Algernon, pray search English history for our father's Christian name if you have the smallest filial affection left. Aunt Augusta, I beg you to bring your masculine mind to bear on this subject. Gwendolen – no, it would agitate you too much. Leave these researches to less philosophic natures like ours.

GWENDOLEN *(heroically)* : Give me six copies of any period, this century or the last. I do not care which !

JACK : Noble girl ! Here are a dozen. More might be an inconvenience to you. *(Brings her a pile of Army Lists – rushes through them himself, taking each one from her hands as she tries to examine it.)* No, just let me look. No, allow me, dear. Darling, I think I can find it out sooner. Just allow me, my love.

CHASUBLE : What station, Mr. Moncrieff, did you say you wished to go to ?

JACK *(pausing in despair)* : Station ! Who on earth is talking about a station ? I merely want to find out my father's Christian name.

CHASUBLE : But you have handed me a Bradshaw. *(Looks at it.)* Of 1869, I observe. A book of considerable antiquarian interest : but not in any way bearing on the question of the names usually conferred on Generals at baptism.

CECILY : I am so sorry, Uncle Jack. But Generals don't seem to be even alluded to in the « History of our own times », although it is the best edition. The one written in collaboration with the type-writing machine.

MISS PRISM : To me, Mr. Moncrieff, you have given two copies of the Price Lists of the Civil Service Stores. I do not find Generals marked anywhere. There seems to be either no demand or no supply.

les volumes qu'il s'empresse de distribuer.) Tenez, mon révérend ; Miss Prism, en voici deux pour vous ; Cecily, Cecily, un annuaire. Faites-m'en immédiatement un compte rendu. Algernon, de grâce, essaie de trouver le nom de notre père dans les annales de l'histoire de l'Angleterre, s'il te reste un tant soit peu d'amour filial. Tante Augusta, par pitié, servez-vous de votre intelligence virile pour éclaircir ce point. Gwendolen – non, cela vous troublerait excessivement. Laissez ces recherches à des natures moins philosophiques que la vôtre, à nous par exemple.

GWENDOLEN, *héroïquement* : Donnez-moi six volumes de n'importe quelle époque, que ce soit ce siècle ou le précédent. Peu m'importe !

JACK : Quelle noblesse ! En voici une bonne dizaine. Ce serait malcommode pour vous d'en prendre davantage. *(Il lui apporte une pile d'annuaires militaires, les parcourt lui-même en toute hâte et les lui arrache des mains à chaque fois qu'elle essaie de les consulter.)* Non, laissez-moi regarder. Non, laissez-moi faire, très chère. Ma chérie, je crois que je trouverai plus vite. Je vous en prie, mon amour.

CHASUBLE : Mr. Moncrieff, à quelle gare avez-vous dit vouloir vous rendre ?

JACK, *s'interrompant, l'air désespéré* : Quelle gare ! Qui diable vous parle d'une gare ? Ce que je veux simplement, c'est retrouver le prénom de mon père.

CHASUBLE : Mais vous m'avez tendu un indicateur des chemins de fer *(il regarde le volume)* datant de l'année 1869, à ce que je vois. C'est un livre ancien d'un intérêt considérable pour les collectionneurs, mais qui n'a pas le moindre rapport avec les prénoms usuellement donnés aux généraux le jour de leur baptême.

CECILY : Je suis vraiment navrée, oncle Jack, mais les généraux, semble-t-il, ne sont même pas cités dans *L'Histoire de notre temps,* alors qu'il s'agit de la meilleure édition. Celle qui a été écrite en collaboration avec la machine à écrire.

MISS PRISM : Mr. Moncrieff, vous m'avez donné deux catalogues des prix de la coopérative des fonctionnaires. Je ne vois de généraux mentionnés nulle part. Apparemment, il n'y a ni offre ni demande.

LADY BRACKNELL : This treatise, « The Green Carnation », as I see it is called, seems to be a book about the culture of exotics. It contains no reference to Generals in it. It seems a morbid and middle-class affair.

JACK *(very irritable indeed)* : Good Heavens ! and what nonsense are you reading, Algy ? *(Takes book from him.)* The Army List ? Well, I don't suppose you knew it was the Army List. And you have got it open at the wrong page. Besides, there is the thing staring you in the face. M. Generals… Malam – what ghastly names they have – Markby, Migsby, Mobbs, Moncrieff, Moncrieff ! Lieutenant 1840, Captain, Lieutenant-Colonel, Colonel, General 1860. Christian names, Ernest John. *(Puts book quietly down and speaks quite calmly.)* I always told you Gwendolen, my name was Ernest, didn't I ? Well, it is Ernest after all. I mean it naturally is Ernest.

LADY BRACKNELL : Yes, I remember now that the General was called Ernest. I knew I had some particular reason for disliking the name. Come, Gwendolen.

Goes out.

GWENDOLEN : Ernest ! My own Ernest ! I felt from the first that you could have no other name !

JACK : Gwendolen, it is a terrible thing for a man to find out suddenly that all his life he has been speaking nothing but the truth. Can you forgive me ?

GWENDOLEN : I can. For I feel that you are sure to change.

JACK : My own one !

CHASUBLE *(to MISS PRISM)* : Lætitia ! *(Embraces her.)*

MISS PRISM *(enthusiastically)* : Frederick ! At last !

ALGERNON : Cecily ! *(Embraces her.)* At last !

JACK : Gwendolen ! *(Embraces her.)* At last !

Enter LADY BRACKNELL.

LADY BRACKNELL : Ce traité intitulé *L'Œillet vert*[73], à ce que je vois, a apparemment pour sujet la culture des plantes exotiques. On n'y trouve aucune référence à des généraux. C'est, semble-t-il, un livre malsain à l'usage des classes moyennes.

JACK, *vraiment très irrité* : Grands dieux ! Et toi, Algy, quelle sottise es-tu en train de lire ? *(Il lui prend le livre des mains.)* C'est l'Annuaire militaire ? Ma foi, je suis presque sûr que tu n'avais pas vu que c'était l'Annuaire militaire. Et tu ne l'as pas ouvert à la bonne page. Par-dessus le marché, ce que je cherche te crève les yeux. « Généraux… Malam – quels noms cauchemardesques – Markby, Migsby, Mobbs, Moncrieff, Moncrieff ! Lieutenant en 1840, puis capitaine, lieutenant-colonel, colonel, général en 1860. Prénoms : Constant John. *(Il repose le volume tranquillement et prend la parole très calmement.)* Je vous avais toujours dit, Gwendolen, que je m'appelais Constant, n'est-ce pas ? Eh bien, en définitive, c'est Constant. Tout naturellement, voyez-vous, c'est Constant.

LADY BRACKNELL : Mais oui, je me souviens maintenant que le général s'appelait Constant. Je savais bien que j'avais une bonne raison de ne pas aimer ce prénom. Venez, Gwendolen.

Elle sort.

GWENDOLEN : Constant ! Mon Constant ! J'ai senti depuis le début que vous ne pouviez porter un autre nom !

JACK : Gwendolen, c'est une chose terrible pour un homme de découvrir tout à coup que, toute sa vie durant, il n'a rien dit d'autre que la vérité. Pouvez-vous me pardonner ?

GWENDOLEN : Oui, car je sens que vous allez sûrement changer.

JACK : Mon amour !

CHASUBLE *à MISS PRISM* : Lætitia ! *(Il la prend dans ses bras.)*

MISS PRISM, *avec enthousiasme* : Frederick ! Enfin !

ALGERNON : Cecily ! *(Il la prend dans ses bras.)* Enfin !

JACK : Gwendolen ! *(Il la prend dans ses bras.)* Enfin !

Entre Lady Bracknell.

LADY BRACKNELL : I have missed the last train ! – My nephew, you seem to be displaying signs of triviality.

JACK : On the contrary, Aunt Augusta, I've now realised for the first time in my life the vital Importance of Being Earnest.

LADY BRACKNELL : J'ai manqué le dernier train ! Mon neveu, il me semble que vous faites montre d'une certaine frivolité.

JACK : Au contraire, tante Augusta, pour la première fois de ma vie, je viens de comprendre l'Importance vitale d'Être Constant.

NOTES

1. À l'origine, la pièce avait pour titre *Lady Lancing*. Lancing est le nom d'une station balnéaire du Sussex, dans le sud de l'Angleterre. Wilde aimait à donner pour nom à ses personnages des toponymes qui lui étaient familiers (par exemple, le nom de Lord Goring, dans *Un mari idéal*, vient de Goring-on-Thames, où Wilde avait loué une maison pendant l'été 1893). Le nom de Lancing, qui, dans le texte définitif, est celui d'une jeune amie de Lady Bracknell mentionnée seulement à la fin de la pièce, n'a, en fin de compte, été retenu ni pour désigner l'un des personnages principaux ni, *a fortiori*, pour servir de titre. On rappellera que le mot « importance » apparaissait déjà dans une œuvre précédente *(Une femme sans importance)* et que le prénom d'Ernest était celui de l'un des protagonistes de « La critique est un art » *(Intentions)*, dont le sous-titre est, de plus, « Avec quelques remarques sur l'importance de ne rien faire du tout ». Le titre définitif de la pièce a l'avantage considérable d'introduire le jeu de mots sur lequel elle se fonde ; il introduit également le concept victorien de « sérieux » *(earnestness)* : sur ce point, voir la Présentation, p. 28.
2. Nom d'une station balnéaire du Sussex où Wilde séjournait alors qu'il écrivait *Constant*. La profession de John Worthing (« juge de paix »), dont il n'est jamais fait état dans la pièce, introduit une note ironique ; certes, John pourra se rappeler qu'il est juge dans la scène de l'avoué Gribsby ; mais surtout, Wilde se plaît à montrer que la profession, si « sérieuse » *(earnest)* soit-elle, n'est guère qu'un masque de plus : être juge n'empêche pas John de mener une double vie.
3. Dans la première version, ce personnage s'appelait Lord Alfred Rufford. Wilde, à l'évidence, songeait à son ami, Lord Alfred Douglas. Algernon, par ailleurs, était le premier prénom du poète A. C. Swinburne, très admiré de Wilde.
4. Choisir le nom d'un vêtement ecclésiastique pour désigner ce personnage a un double avantage : premièrement, la relation

amoureuse de Chasuble à Miss Prism prouvera que, là encore, « l'habit ne fait pas le moine » ; deuxièmement, Wilde se rattache à une tradition théâtrale très ancienne (et courante dans les *comedies of manners*). Celle-ci consiste, selon le principe de la métonymie, à donner à un personnage le nom d'une de ses caractéristiques principales (qualité ou défaut, élément de costume, etc.).

5. Wilde a emprunté ce nom à une caricature de George Du Maurier dans *Punch*.
6. Le nom du domestique d'Algernon reprend celui de l'éditeur John Lane, avec qui Wilde avait eu des relations orageuses.
7. Bracknell était le lieu de résidence de la mère de Lord Alfred Douglas, la marquise de Queensberry.
8. « Honorable » est un titre de courtoisie donné, par exemple, à la fille d'un baron ou d'un vicomte, ce qui est le cas de Gwendolen.
9. Les Cardew étaient des amis de Wilde ; leur fille, Cicily, était née en mai 1893, et l'écrivain leur avait promis qu'il donnerait ce prénom à l'un des personnages de sa prochaine pièce (à l'époque victorienne, « Cecily » se prononçait « Cicily »).
10. Le nom de Prism est associé à la précision (géométrique) et à la netteté, en particulier celle de l'élocution, une « Miss Prunes and Prism » désignant en anglais une personne très affectée.
11. Rue élégante de Londres, près de St. James's Street. Elle forme approximativement le côté d'un rectangle dont les trois autres côtés sont constitués de Piccadilly, Park Lane et Curzon Street.
12. Ce mot peut se comprendre comme un euphémisme pour ce qui sera désigné plus loin comme une « erreur de jeunesse », soit la naissance d'un enfant illégitime.
13. Cette région d'Angleterre se situe dans les Midlands. Algernon la considère à l'évidence comme un lieu de séjour impossible.
14. On consomme beaucoup de nourritures dans cette pièce : Algernon dans cette scène, le même et Jack à la fin de l'acte III ; on apprend également que Cecily a bon appétit ; quant à la première rencontre de la jeune fille avec Gwendolen, elle se passe autour de tartines beurrées et de tranches de cake : la gourmandise dissimule à peine d'autres appétits. Wilde, pour sa part, mangeait énormément, ce qui explique en partie qu'il souffrit tant de la faim en prison.
15. Les accessoires sont nombreux dans les pièces de Wilde et ceux-ci ont toujours un rôle important dans l'intrigue : un éventail dans *L'Éventail de Lady Windermere*, la broche-bra-

celet de Mrs. Cheveley dans *Un mari idéal* et, ici, un étui à cigarettes. Le choix de cet objet (dans cette scène, lié à un secret) n'est pas fortuit, puisque Wilde avait l'habitude d'offrir des étuis à cigarettes à ses amants de passage.

16. Siège de la police, à Londres.
17. Ville d'eau élégante à la mode depuis le XVIIe siècle ; elle est située dans le Kent, dans le sud de l'Angleterre.
18. Hôtel situé à Piccadilly et alors divisé en appartements pour hommes célibataires fortunés. À l'origine, Wilde avait noté « appartement E 4 », et non B 4. Le E 4 était occupé par un de ses amis, George Ives, qui était homosexuel, et chez qui l'écrivain avait rencontré Jack Bloxam, fondateur de *The Chameleon*, éphémère publication d'Oxford citée lors des procès de Wilde. Le nom de Bloxam apparaît dans la pièce sous la forme de « Lady Bloxham », dame âgée qui loue la maison de Jack à Belgrave Square et que Lady Bracknell, méfiante, dira ne pas connaître.
19. Le nom de Bunbury était celui d'un ami de Wilde, Henry S. Bunbury, qu'il avait connu à Trinity College, à Dublin.
20. Restaurant à la mode, dans King Street, près du St. James's Theatre. Wilde, qui y dînait souvent en compagnie de Lord Alfred Douglas, y fait allusion dans *De profundis*.
21. Wilde renverse les termes du proverbe sentimental : « Two is company, three is a crowd. » (« On est heureux à deux, à trois, il y en a un de trop. »)
22. Allusion au théâtre d'Alexandre Dumas fils, d'Eugène Scribe et d'Émile Augier, dont les pièces étaient souvent censurées lorsqu'elles étaient données sur les scènes anglaises : la liberté de ton de leurs comédies de mœurs, de même que l'importance des infidélités et des adultères qui ponctuaient leurs intrigues, choquaient l'opinion victorienne.
23. Les opéras de Wagner étaient appréciés des intellectuels, mais leur volume sonore donnait aussi souvent lieu à des plaisanteries. À la naissance de son premier fils, Wilde dit de lui qu'il avait un style wagnérien !
24. Au chapitre XVI du *Portrait de Dorian Gray*, Lord Henry fait la même description de Lady Narborough.
25. L'association de la France avec le plaisir, voire avec la licence, était un lieu commun de l'époque, tout comme celle de l'Allemagne avec la majesté et la respectabilité. On rappellera que la famille royale d'Angleterre, depuis l'avènement de George Ier au début du XVIIIe siècle, était d'origine allemande et qu'Albert, époux de la reine, était prince de Saxe-Cobourg-Gotha. Enfin, l'empereur d'Allemagne, Guillaume II, était le neveu de Victoria.

26. Lady Bracknell fait allusion à une loi, votée par le gouvernement libéral en 1894, qui créait un impôt sur l'héritage.
27. Rue élégante du West End, où résidait l'aristocratie.
28. À ne pas confondre avec les libéraux *(liberals)* ; les « Liberal Unionists » se séparèrent du parti *tory* (conservateur) en 1845 mais décidèrent de rejoindre ses rangs à partir de 1886, sous la direction de Joseph Chamberlain. Les représentants de cette tendance politique votèrent contre la proposition d'autonomie de l'Irlande *(Home Rule)*. Ils étaient donc proches du parti conservateur dont ils assurèrent d'ailleurs la victoire en 1895. L'autre parti politique important était le parti *whig* (libéral) ; ses membres les plus à gauche étaient appelés les radicaux *(radicals)*, plus proches des socialistes que de ce qu'on appellerait de nos jours le parti radical. Les *radicals* étaient favorables à une refonte totale du système électoral et social, ce qui représentait une menace pour les classes possédantes.
29. Lady Bracknell laisse entendre que Jack pourrait être l'enfant illégitime d'un gentleman et d'une femme d'un rang inférieur, ce qui aurait rendu leur mariage impossible selon les critères de la société victorienne. L'intrigue d'*Une femme sans importance* est fondée sur ce thème.
30. La saison était, dans les milieux de l'aristocratie, le moment choisi pour les fiançailles.
31. La *Marche nuptiale*, tirée du *Songe d'une nuit d'été*, de Félix Mendelssohn (1826).
32. Monstre terrifiant de la mythologie grecque, dont la chevelure était faite de serpents hérissés. Les gorgones étaient au nombre de trois, la plus célèbre étant Méduse, tuée par le héros Persée.
33. Cette opposition entre les pères et les mères est récurrente dans l'œuvre de Wilde. Voir, par exemple, les propos de Lord Goring au début de l'acte IV d'*Un mari idéal*.
34. Avoir de grands pieds ou de grandes mains est, selon les critères esthétiques de l'époque, un gros défaut. À l'acte III d'*Un mari idéal*, Mrs. Cheveley fait ainsi un commentaire très désobligeant sur la taille des gants de Lady Chiltern.
35. Les *gentlemen* se retrouvaient dans des clubs privés, interdits aux femmes ; ils pouvaient y prendre leur repas et échanger leurs vues.
36. L'Empire Theatre of Varieties, music-hall de Leicester Square. Les prostituées y étaient nombreuses et des rencontres galantes pouvaient aisément s'y faire, ce qui suscitait la désapprobation des ligues puritaines (comme la British

Woman's Temperance Association, qui s'exprima avec véhémence sur ce point en 1894).

37. Wilde avait fait un compte rendu critique sur un « guide du mariage » intitulé *How to Be Happy though Married (Comment être heureux bien que marié)* ; un célibataire y recommandait par exemple à l'un de ses amis de « se marier jeune et fréquemment ».
38. Friedrich von Schiller (1759-1805), dénonciateur des abus de la tyrannie. Son *Guillaume Tell* (1804), mentionné quelques lignes plus bas par Miss Prism, exalte la liberté de l'individu et chante l'indépendance nationale. Le choix de Schiller est évidemment ironique : Miss Prism, qui cherche à rendre Cecily plus docile, n'a sans doute pas lu l'œuvre révoltée du poète allemand !
39. Allusion à l'Épître aux Galates, 6, 7 : « Quoi qu'un homme sème, il le moissonnera. »
40. Bibliothèque de prêt à domicile. Wilde y fait également allusion au chapitre V du *Crime de Lord Arthur Savile*.
41. En anglais, *abandoned* a le double sens d'« abandonné » ou « égaré » d'une part et de « licencieux » d'autre part ; c'est ce qui explique le sursaut de Cecily.
42. Dans la mythologie romaine, nymphe inspiratrice de Numa Pompilius, second roi légendaire de Rome. Pieux et pacifique, il se prétendait inspiré par la nymphe Égérie et aurait organisé la vie religieuse romaine. *Lætitia* veut dire « joie » ou « bonheur » en latin.
43. Monnaie de l'Empire des Indes. Son taux était extrêmement fluctuant depuis 1873, ce qui inquiétait considérablement les milieux dirigeants. L'économie politique n'était pas enseignée aux jeunes filles, ce qui explique les paroles de Miss Prism.
44. Le socialisme est l'épouvantail redouté de l'*establishment*, auquel Miss Prism, comme tout serviteur zélé, s'identifie.
45. Wilde s'était personnellement intéressé au costume féminin alors qu'il était rédacteur en chef de *The Woman's World*. Le 14 octobre 1884, il avait publié un article intitulé « Woman's Dress ».
46. Des bagnards furent déportés en Australie jusqu'au milieu du XIXe siècle. Le nom de l'île resta longtemps associé au châtiment du crime.
47. Allusion au héros chevaleresque du roman de Cervantès (1547-1616), *Don Quichotte*.
48. Rose jaune introduite en Angleterre dans les années 1860.
49. Hôtel de grand luxe situé à Paris, boulevard des Capucines. Wilde y séjourna en novembre et décembre 1891.

50. Allusion à l'Exode, 16. La manne est une nourriture miraculeuse envoyée par Dieu aux Hébreux dans le désert.
51. Le mot « pédobaptiste » (mot à mot : « qui baptise les enfants ») est un néologisme sur le modèle d'« anabaptiste ». Voir *infra* la note 70.
52. Les non-conformistes refusent les règles de l'Église établie, c'est-à-dire celles de l'anglicanisme.
53. Prison située dans la banlieue de Londres. Deux mois après la première de *L'Importance d'être constant*, Wilde y fut enfermé avant d'être transféré à Pentonville puis à Reading.
54. Le bimétallisme est une doctrine économique stipulant que l'argent, au même titre que l'or, peut servir d'étalon à la monnaie. Un débat fut consacré à cette question à la Chambre des communes le 28 février 1893. Il s'agit, pour Wilde, d'un exemple de sujet de conversation ou d'étude ennuyeux, sur lequel, de plus, chacun croit avoir quelque chose à dire. Il y est fait allusion dans *Une femme sans importance*, acte III (Lady Hunstanton se demande si le bimétallisme « est un sujet convenable ») et dans *Un mari idéal*, acte II ; Mabel Chiltern éconduit un soupirant « en lui assurant qu'[elle] étai[t] bimétalliste » : « Par bonheur, je ne sais pas ce que veut dire bimétallisme, et d'ailleurs je ne crois pas que d'autres le sachent. »
55. Le 14 février est le jour de la Saint-Valentin, fête des amoureux ; c'est aussi la date de la première représentation de la pièce.
56. Le jour du printemps.
57. Les accessoires sont nombreux dans le théâtre de Wilde ; voir *supra* la note 15.
58. Les événements mondains, de même que les fiançailles et les mariages, y étaient mentionnés.
59. L'expression anglaise *to call a spade a spade* (mot à mot « appeler une pelle une pelle ») signifie « appeler un chat un chat ». Gwendolen joue sur les mots en renvoyant Cecily à ce qu'elle estime être sa condition de fille de la campagne.
60. Depuis les années 1870, l'agriculture britannique connaissait une grave dépression, due au mauvais temps et à l'importation de denrées bon marché. Les gros propriétaires terriens, et donc l'aristocratie, en pâtissaient.
61. Les compositeurs Gilbert (librettiste) et Sullivan (musicien) avaient brocardé Wilde et les esthètes dans leur opérette *Patience* (1881). L'écrivain se venge ici des opérettes de ces deux auteurs, qui connaissaient alors un immense succès (par exemple, *H.M.S. Pinafore*, 1878 ; *The Mikado*, 1885).

62. Cette épigramme revient çà et là dans l'œuvre de Wilde, par exemple dans la deuxième partie de « La critique est un art » ou dans le premier chapitre du *Portrait de Dorian Gray.*
63. La philosophie allemande est souvent brocardée par Wilde.
64. De nombreux attentats anarchistes avaient alors lieu partout en Europe. Le tsar Alexandre II fut ainsi assassiné en 1881, le président français Sadi Carnot en 1894 et, trois ans plus tard, l'impératrice Élisabeth d'Autriche.
65. Publications annuelles qui recensaient les noms et les adresses londoniennes de l'aristocratie britannique. Les personnes qui y figuraient avait été généralement présentées à la reine.
66. Ces placements sûrs étaient très appréciés.
67. Ce nom, qui devait à l'origine donner son titre à la pièce, était, dans la toute première version, celui de Lady Bracknell elle-même.
68. Être issu d'une grande université était censé être une garantie de respectabilité.
69. Champagne sec de grande qualité. Dans *De profundis*, Wilde, qui insiste sur le caractère extravagant de ses dépenses, affirme en avoir fréquemment commandé pour Lord Alfred Douglas et lui-même.
70. Secte allemande fondée au XVIe siècle. Les anabaptistes considéraient que le baptême ne devait être administré qu'à l'âge adulte, soit à l'âge de raison. Leur mouvement fut réprimé dans le sang. À l'époque de Wilde, ce nom, employé de façon péjorative par leurs ennemis, désignait les baptistes, qui avaient des vues comparables sur le baptême. Voir *supra* la note 51.
71. Leamington Spa, dans le Warwickshire, était une ville d'excellente réputation, tout comme Tunbridge Wells mentionné au début du premier acte. Voir *supra* la note 17.
72. Voir l'épisode de la femme adultère dans l'évangile de Jean, VIII, 7 : « Que celui d'entre vous qui est sans péché lui jette le premier unc picrre. »
73. Plaisanterie de Wilde : en 1894, Robert Hichens avait publié un roman intitulé *The Green Carnation (L'Œillet vert)*, brillante satire de la Décadence dans les années 1890. Wilde en personne y apparaît sous les traits d'un personnage baptisé Esmé Amarinth.

DOSSIER

1 — *Le théâtre d'Oscar Wilde avant* L'Importance d'être constant

L'Importance d'être constant est la dernière pièce de Wilde, et la plus aboutie. Si elle est aussi la plus célèbre et la plus fréquemment représentée sur les scènes du monde entier, elle n'éclipse pas pour autant sa production précédente, extrêmement diversifiée dans la forme et dans le ton. Celle-ci comprend de plus au moins trois pièces *(Salomé, L'Éventail de Lady Windermere, Un mari idéal)*, qui sont désormais considérées comme des œuvres majeures du répertoire. Wilde, par ailleurs, avait une connaissance approfondie du théâtre ; il avait à peu près tout lu, des Grecs jusqu'à ses contemporains, mais cette connaissance du genre dramatique n'était pas que livresque. Il assistait à Londres à autant de spectacles qu'il le pouvait et écrivait régulièrement, dans la *Pall Mall Gazette*, des comptes rendus sur les représentations auxquelles il avait assisté. Il s'interrogea également sur le fait théâtral en consacrant un essai à l'authenticité du costume dans la mise en scène des pièces de Shakespeare [1]. Il s'intéressait de très près au répertoire anglais, et surtout français, de son temps, et il savait aussi y puiser par plaisir et par jeu tout ce qui lui convenait afin de créer ses propres pièces, sans tâcher pour autant de dissimuler ses « emprunts ». Si certains personnages ou certaines situations avaient un air de déjà vu, cela n'avait à ses yeux guère d'importance : l'esprit et le rythme étaient bien à lui, et nul ne pouvait le contester. Enfin, Wilde fit fréquemment allusion au théâtre pour définir son rapport au monde. Il fait ainsi dire à Lord Henry, dans *Le Portrait de Dorian Gray* : « J'adore le théâtre. C'est tellement plus réel que la vie », pour signifier que, derrière le masque, surgissent des vérités insoupçonnées. Le concept de

1. « La vérité des masques », quatrième essai d'*Intentions* (1891).

masque est d'ailleurs fondamental dans la thématique de Wilde comme dans ses principes d'écriture, la circonlocution et le mot d'esprit agissant chez lui à la manière d'une dissimulation dont le but ultime est de révéler. Enfin, le recours au genre dramatique est, pour une large part, l'expansion de ce concept qui, loin de se cantonner dans le champ de la thématique, est au contraire pour lui un élément moteur fondamental : « L'homme est le moins lui-même lorsqu'il parle en son nom propre. Donnez-lui un masque et il vous dira la vérité », écrit-il dans « La critique est un art », troisième essai d'*Intentions* – qui inspirera au poète W. B. Yeats la plupart de ses spéculations sur le masque.

On insistera enfin sur l'accent mis dans l'œuvre entière de l'écrivain (roman, contes, essais et, bien sûr, théâtre) sur le dialogue et l'oralisation. Wilde y revient sans cesse, déclarant ainsi à W. B. Yeats qui lui rendait visite à Londres : « Nous les Irlandais, nous sommes trop poétiques pour être poètes ; nous sommes une nation de brillants ratés, mais les plus grands causeurs depuis les Grecs. [1] » S'il excellait dans le genre dramatique, c'est aussi que Wilde faisait passer dans ses textes le grain de sa propre voix, la courbe de son phrasé et l'élégance de sa prosodie : « Durant presque tout le repas, il n'arrêta pas de conter. Il contait doucement, lentement, sa voix même était merveilleuse », écrit Gide à propos d'une soirée passée en sa compagnie à Paris chez Mallarmé [2].

VÉRA OU LES NIHILISTES (1880)

Wilde excellait à se mettre lui-même en scène ; pourtant ses débuts à la scène furent moins spectaculaires et réussis que ses poses et ses jeux mondains. Il composa, dès le début des années quatre-vingt, deux pièces qui n'ont pas été retenues par la postérité en raison de leur manque d'originalité. La première, *Véra ou les Nihilistes*, sa première œuvre publiée, est un mélodrame où amour et poli-

1. Richard Ellmann, *Oscar Wilde*, 1987. Paris : Gallimard, 1994, p. 332.
2. André Gide, *Oscar Wilde*, 1910. Paris : Mercure de France, 1989, p. 15.

tique se mêlent dans une Russie artificielle et convenue. De façon attendue, les passions – haine et amour – y sont exacerbées : des conspirateurs projettent d'assassiner le tsar, mais Véra, l'une des leurs, et non des moins véhémentes, s'éprend du supposé tyran (en fait accessible à l'amour...) alors qu'elle était chargée de le poignarder. Elle choisit de retourner l'arme contre elle.

La pièce devait être donnée en décembre 1881 à l'Adelphi Theatre, mais les représentations furent en fin de compte annulées. La raison alléguée par le théâtre, puis par Wilde lui-même et, depuis, par la critique, est que, le tsar Alexandre II ayant été assassiné en mars de la même année [1], il eût été déplacé de donner la pièce : la famille royale d'Angleterre avait des liens de parenté avec la famille impériale de Russie (la nouvelle impératrice, épouse d'Alexandre III, était la sœur de la princesse de Galles, Alexandra de Danemark, très populaire en Grande-Bretagne), et Wilde, qui était en bons termes avec le prince, tenait à conserver ce qu'il estimait être son amitié. Cela est vrai, mais il faut aussi ajouter une raison plus terre à terre et plus rarement mentionnée : l'Adelphi manquait d'argent, et là est sans doute l'empêchement majeur. Wilde ne se découragea pas pour autant et, lorsqu'il s'embarqua pour les États-Unis le 24 décembre 1881, il emporta sa pièce dans ses bagages, bien décidé à la faire représenter. Il fallut toutefois attendre août 1883 pour que la pièce fût donnée à New York. Elle ne tint l'affiche qu'une semaine. Les raisons de cet échec sont à la fois politiques (un message révolutionnaire pouvait difficilement être bien reçu dans un théâtre new-yorkais) et littéraires. Les dialogues, en effet, sont artificiels, les personnages mal caractérisés et le choix même de la Russie impériale peu convaincant : décrire l'accès au trône d'un tsar démocrate était irréaliste, puisque chacun savait que personne dans la famille impériale ne désirait renoncer à l'autocratie. Ce manque d'authenticité expliquerait cet échec. L'erreur de Wilde a aussi été de vouloir écrire une pièce d'idées, alors que le

1. L'un des conspirateurs, de plus, se prénommait Vera (Vera Figner, 1852-1942, célèbre révolutionnaire russe), ce qui rendait l'analogie encore plus dérangeante.

public ne voulait pas entendre parler de théâtre « intellectuel » (quelques années plus tard, *La Maison des veufs*, de George Bernard Shaw, connut, pour les mêmes raisons, un échec retentissant) et encore moins de théâtre « révolutionnaire ». La révolution n'y est pourtant qu'un prétexte, et les stéréotypes prennent le dessus : le conflit majeur que décrit Wilde n'est guère que celui qui oppose l'amour au devoir. On en retiendra cependant au moins un personnage, le prince Paul, dont les mots d'esprit annoncent les dandys des comédies brillantes que Wilde écrira une dizaine d'années plus tard :

LE PRINCE PÉTROVITCH, *au tsarévitch* : L'empereur s'est fortement ému de votre apparition tardive au bal d'hier soir, prince.

LE COMTE ROUVALOFF, *en riant* : Je crois bien qu'il s'est imaginé que des nihilistes s'étaient introduits dans le palais et vous avaient enlevé.

LE BARON RAFF : Si cela avait été le cas, vous auriez manqué un bal fort plaisant.

LE PRINCE PAUL : Et un excellent souper. La salade de Gringoire était vraiment exceptionnelle. Ah ! vous pouvez rire, baron ; mais il est infiniment plus délicat de fricoter une bonne salade que de fricoter dans les comptes. Faire une bonne salade, c'est être un brillant diplomate. Le problème est exactement le même dans les deux cas : savoir doser avec précision l'huile et le vinaigre.

LE BARON RAFF : Le cuisinier et le diplomate ! Quelle excellente comparaison ! Si j'avais un fils idiot, je ferais de lui l'un ou l'autre.

LE PRINCE PAUL : Je vois que votre père n'était pas du même avis, baron. Mais, croyez-moi, vous avez tort de dénigrer la cuisine. La culture repose sur la cuisine. Quant à moi, la seule immortalité à laquelle j'aspire, c'est d'inventer une nouvelle sauce. Je n'ai jamais eu le temps d'y réfléchir sérieusement, mais je sens que c'est en moi, je sens que c'est en moi.

LE TSARÉVITCH : Vous avez certainement manqué votre vocation, prince Paul ; le cordon bleu de la cuisine aurait été bien plus seyant sur vous que la Grand-Croix de l'Honneur que vous portez. Mais vous savez que vous n'auriez jamais pu bien porter le tablier blanc ; vous l'auriez souillé trop vite, vos mains ne sont pas suffisamment propres.

LE PRINCE PAUL, *s'inclinant* : Vous oubliez… et comment pourraient-elles l'être ? J'arrange les affaires de votre père.
LE TSARÉVITCH, *amer* : Vous voulez dire que vous dérangez les affaires de mon père ! Mauvais génie que vous êtes ! Avant votre arrivée, il restait encore un peu d'amour en lui. C'est vous qui l'avez aigri, qui lui avez versé dans l'oreille le venin de vos perfides conseils, qui l'avez fait haïr du peuple tout entier, qui avez fait de lui ce qu'il est, un tyran !

Les courtisans échangent des regards entendus.

LE PRINCE PAUL, *calmement* : Je vois que votre Altesse a effectivement besoin de changer d'air. Mais j'ai moi aussi été un aîné. *(Il allume une cigarette.)* Je sais ce que c'est quand un père ne veut pas se décider à mourir pour vous faire plaisir [1].

La Duchesse de Padoue (1883)

La deuxième pièce, *La Duchesse de Padoue*, est une tragédie néo-élisabéthaine – aux échos hamlétiens – écrite en vers blancs : « À eux deux, expliqua un jour Wilde, Hugo et Shakespeare ont épuisé tous les sujets. L'originalité n'est plus possible, même dans le péché. Par conséquent, il ne reste plus de véritables émotions, il n'y a plus que des adjectifs extraordinaires. » Pastiche réussi bien plus que création originale (le titre rappelle celui de *La Duchesse d'Amalfi* – 1623 – de John Webster), habile mise en mots à défaut d'être une œuvre authentique, elle a été inspirée également par les drames de Victor Hugo, tels que *Hernani* ou *Lucrèce Borgia*. Il s'agit d'une histoire d'identité mystérieuse puis révélée, de vengeance, enfin de conflit une fois de plus entre amour et devoir : le personnage principal, Guido, désire venger son père assassiné par un homme, le duc de Padoue, aussi infâme que son épouse, la duchesse dont Guido est amoureux, est douce et généreuse. La pièce se termine mal, comme il se doit. Elle fut donnée pour la première fois à New York au Broadway Theatre, mais elle ne tint l'affiche que trois semaines environ. Le défaut principal de *La Duchesse de Padoue* est en fait moins la complexité de l'intrigue que le recours au vers blanc et l'excès de mots d'esprit (tous les person-

1. *Véra ou les Nihilistes*, traduction de Véronique Béghain, Oscar Wilde, *Œuvres*, Paris, Gallimard, 1996, p. 1003-1004.

nages sont drôles, à l'exception, hélas, de Guido et de la duchesse), qui entravent la dynamique du texte au lieu de la servir. Certaines répliques, toutefois, méritent d'être retenues, qui annoncent le ton des comédies à venir ; la phrase suivante, placée dans la bouche du duc de Padoue (acte I), aurait pu, ainsi, être prononcée par Algernon voire par Lady Bracknell :

> […] l'excentricité
> N'est point chose à encourager,
> Même si, en notre lassante et sotte époque,
> La plus grande excentricité que l'on puisse commettre
> Est d'avoir de l'esprit […] [1].

SALOMÉ (1891)

Le texte de *Salomé*, sous-titré *drame en un acte*, fut écrit en français en novembre et décembre 1891 alors que Wilde, séduit par l'école décadente, se trouvait à Paris. Il avait pour ambition de composer une œuvre authentiquement française dont il espérait même qu'elle serait jouée sur la scène du Théâtre-Français. Le projet était sérieux et Wilde, qui voulait établir sa réputation d'écrivain, n'entendait pas reprendre simplement un sujet à la mode, la danse de Salomé et la décollation de saint Jean-Baptiste étant alors, en cette fin de siècle, omniprésentes dans tous les arts – littérature, peinture, sculpture et théâtre lyrique.

L'intrigue de la pièce est simple : Salomé, fille d'Hérodiade, est fascinée par Iokanaan, saint homme emprisonné par le tétrarque Hérode dans une citerne. Elle tente en vain de le séduire ; mais lui, horrifié et tout entier tourné vers Dieu, maudit la jeune fille. Hérode, pour sa part, désire Salomé et la supplie de danser pour lui en lui promettant de lui offrir tout ce qu'elle désire. Elle accepte et, après avoir dansé, demande la tête de Iokanaan. Hérode, épouvanté, refuse, lui propose des cadeaux somptueux, mais Salomé, qui a le serment d'Hérode, s'obstine. Iokanaan est décapité, Salomé s'empare de sa tête qu'elle embrasse

1. Traduction de P. Aquien.

avec frénésie, et Hérode, révulsé, ordonne à ses gardes d'écraser Salomé sous leurs boucliers.

On ne sait pas comment Wilde, qui possédait bien le français, « admirablement » disait Gide, composa sa pièce. On a d'abord supposé qu'il l'avait écrite en anglais et qu'il l'avait traduite en se faisant aider d'amis français, mais rien ne permet de vérifier cette hypothèse désormais jugée très contestable. En revanche, on sait que l'écrivain avait demandé à Adolphe Retté et Stuart Merrill (américain de nationalité, mais francophone), avec qui il était lié, de lui corriger son manuscrit. Il pria également Marcel Schwob et Pierre Louÿs de vérifier sa grammaire sur les épreuves finales. La pièce parut en février 1893 simultanément à Paris et à Londres. La réception critique fut mêlée : on reprocha à Wilde d'une part sa complaisance pour la décadence et son goût immodéré pour la morbidité, d'autre part ses emprunts systématiques et visibles à la littérature française. Ce sont les noms de Gautier *(Une nuit de Cléopâtre)*, de Flaubert *(Salammbô, La Tentation de saint Antoine* et surtout *Hérodias)* et de Maeterlinck qui reviennent le plus fréquemment. Toutefois, dans un article du 11 mai 1893 publié dans *Black and White*, William Archer, frappé par la lourde pathologie du personnage de la princesse de Judée, évoqua l'*Hedda Gabler* (1890) d'Ibsen, dont l'héroïne contraint un écrivain au suicide avant de se donner la mort : « Salomé, écrit-il, est une Hedda Gabler orientale. »

Le texte fut traduit en anglais par Lord Alfred Douglas, mais cette tentative, peu scrupuleuse, déplut tant à l'écrivain, qui évoque dans *De profundis* « les fautes élémentaires de [s]a tentative de traduction de *Salomé* », qu'il la repoussa et qu'il se fâcha même avec son ami. C'est en fin de compte Wilde en personne qui remania la traduction, et celle-ci peut être considérée en partie comme sienne. La première édition, publiée en 1894, était accompagnée des gravures à la fois ironiques et vénéneuses d'Aubrey Beardsley (1872-1898), depuis couramment associées à elle. Wilde, pourtant, ne les appréciait guère : il en critiquait le style japonisant auquel il aurait préféré, disait-il, une atmosphère byzantine à la Gustave Moreau. La pièce

devait être créée à Londres en juin 1892 au Palace Theatre, avec Sarah Bernhardt dans le rôle-titre. Âgée de quarante-sept ans, elle n'avait guère l'âge du rôle (Salomé a tout au plus dix-huit ans), mais elle était alors considérée comme la plus grande actrice au monde et Wilde pensait qu'elle serait un extraordinaire instrument de promotion. La censure, néanmoins, intervint (sous le prétexte hypocrite qu'il était interdit de montrer sur scène des personnages bibliques). Wilde se sentit non seulement poignardé mais aussi ridiculisé aux yeux du public et de Sarah : « En Angleterre, déclara Wilde, furieux, l'action de la censure est aussi odieuse que ridicule. Que dire d'un organisme qui interdit l'*Hérodiade* de Massenet, *La Reine de Saba* de Gounod, le *Judas Maccabée* de Rubinstein, et permet à *Divorçons* [de Victorien Sardou] d'être représenté sur la scène ? Pendant qu'on laisse libre cours à la représentation de sujets dégoûtants et révoltants, on décourage le traitement artistique de sujets moraux et élevés. [1] » C'est à Paris, le 11 février 1896, tandis qu'il était encore emprisonné à Reading, qu'eut lieu la première au théâtre de l'Œuvre, dans une production triomphale de Lugné-Poe. La première représentation londonienne n'eut lieu qu'en 1905 au Bijou Theatre de Bayswater. La critique, de part et d'autre de la Manche, fut encore une fois peu enthousiaste, ce qui n'empêcha pas la pièce d'avoir une fortune enviable. Sa traduction (partielle) en allemand pour l'opéra de Richard Strauss, *Salomé* (1905), qui est devenu l'une des œuvres majeures du répertoire lyrique, a largement contribué à sa notoriété, tant et si bien qu'à l'heure actuelle, l'opéra, dont il existe également une version française, moins souvent donnée mais plus proche de l'original de Wilde, est plus fréquemment représenté que la pièce.

L'extrait suivant est tiré de la scène finale. Salomé, repoussée par Iokanaan (Jean-Baptiste), a obtenu la décollation du saint. Tout à sa passion nécrophile, elle embrasse avec fougue la tête coupée. Cette scène, suivie de la repré-

---

1. Oscar Wilde, « La censure et *Salomé* », entretien publié dans la *Pall Mall Gazette*, 29 juin 1892, in *Aristote à l'heure du thé et autres essais*, Paris, Les Belles Lettres, 1994, p. 267-268.

sentation, en rien évangélique, de la (petite) mort de Salomé, est le point culminant de la pièce :

> SALOMÉ : Ah ! tu n'as pas voulu me laisser baiser ta bouche, Iokanaan. Eh bien, je la baiserai maintenant. Je la mordrai avec mes dents, comme on mord un fruit mûr. Oui, je baiserai ta bouche, Iokanaan. Je te l'ai dit, n'est-ce pas ? Je te l'ai dit. Eh bien, je la baiserai maintenant... Mais pourquoi ne me regardes-tu pas, Iokanaan ? Tes yeux qui étaient si terribles, qui étaient si pleins de colère et de mépris, ils sont fermés maintenant. Pourquoi sont-ils fermés ? Ouvre tes yeux ! Soulève tes paupières, Iokanaan. Pourquoi ne me regardes-tu pas ? As-tu peur de moi, Iokanaan, que tu ne veux pas me regarder ?… Et ta langue qui était comme un serpent rouge dardant des poisons, elle ne remue plus, elle ne dit rien maintenant, Iokanaan, cette vipère rouge qui a vomi son venin sur moi. C'est étrange, n'est-ce pas ? Comment se fait-il que la vipère rouge ne remue plus ?… Tu n'as pas voulu de moi, Iokanaan, tu m'as rejetée. Tu m'as dit des choses infâmes. Tu m'as traitée comme une courtisane, comme une prostituée, moi, Salomé, fille d'Hérodias, princesse de Judée ! Eh bien, Iokanaan, moi je vis encore, mais toi tu es mort et ta tête m'appartient. Je puis en faire ce que je veux. Je puis la jeter aux chiens et aux oiseaux de l'air. Ce que laisseront les chiens, les oiseaux de l'air le mangeront… Ah ! Iokanaan, tu as été le seul homme que j'aie aimé. Tous les autres hommes m'inspirent du dégoût. Mais toi, tu étais beau. […]
>
> Ah ! j'ai baisé ta bouche, Iokanaan, j'ai baisé ta bouche. Il y avait une âcre saveur sur tes lèvres. Était-ce la saveur du sang ?… Mais peut-être est-ce la saveur de l'amour. On dit que l'amour a une âcre saveur… Mais qu'importe ? J'ai baisé ta bouche, Iokanaan, j'ai baisé ta bouche.
>
> *Un rayon de lune tombe sur Salomé et l'éclaire.*
>
> HÉRODE, *se retournant et voyant Salomé.*
>
> *Aux soldats.*
>
> Tuez cette femme !
>
> *Les soldats s'élancent et écrasent sous leurs boucliers Salomé, fille d'Hérodias, princesse de Judée* [1].

Dossier

1. *Salomé*, Paris, GF-Flammarion, 1993, p. 161-165.

L'Éventail de Lady Windermere (1892)

Fortement encouragé par l'acteur et metteur en scène George Alexander, qui dirigeait à Londres le St. James's Theatre, Wilde se laissa persuader d'écrire une nouvelle pièce, cette fois-ci, une comédie. Il se mit au travail pendant l'été 1891, alors qu'il était en villégiature près du lac Windermere, dont il retint le nom pour baptiser le personnage principal. Le titre original était *A Good Woman (Une femme de bien)*, mais Wilde lui préféra un titre plus énigmatique et esthétique : *L'Éventail de Lady Windermere*. La pièce fut créée au St. James's Theatre le 20 février 1892, avec George Alexander dans le rôle de Lord Windermere, et elle connut un immense succès puisque cent quatre-vingt-dix-sept représentations eurent lieu. C'est lors de la première que Wilde, réclamé par la salle, parut sur scène, un œillet bleu-vert à la boutonnière et une cigarette allumée à la main, ce qui était tout à fait contraire aux usages. Loin de remercier son public en termes conventionnels, il le félicita pour son bon goût, ce qui fut perçu comme une insolence supplémentaire : « Mesdames et messieurs, j'ai pris un immense plaisir à cette soirée. Les acteurs ont interprété de façon charmante cette pièce délicieuse, et votre jugement est des plus intelligent. Je vous félicite du succès considérable de votre prestation, qui me convainc que vous avez une opinion aussi haute de cette pièce que moi-même. » *L'Éventail de Lady Windermere* fut représenté en février 1893 à New York et le texte de la pièce fut publié le 9 novembre 1893 à Londres.

Wilde, pour la première fois, s'inspirait du théâtre bourgeois français, vilipendé par George Bernard Shaw qui en dénonçait les artifices flagrants. Wilde connaissait *L'Étrangère* (1876) d'Alexandre Dumas fils, dont un personnage ressemble trait pour trait à la Mrs. Erlynne de Wilde. Il songea aussi à une pièce de Jules Lemaitre, *La Révoltée* (1889), aujourd'hui oubliée : une femme, que sa fille croit morte, intervient pour sauver son honneur menacé. Malgré ces emprunts à un théâtre peu apprécié en Angleterre, souvent pour des raisons morales, la réception critique de *L'Éventail de Lady Windermere* fut bonne, par-

fois élogieuse, et les comptes rendus soulignèrent avec insistance l'enthousiasme du public, séduit par l'esprit des reparties. En février 1893, la pièce fut donnée à New York où elle fut accueillie très favorablement : la réputation de Wilde, devenu l'auteur à la mode le plus fêté, était solidement assurée.

L'Éventail de Lady Windermere est la première comédie de Wilde où apparaissent des personnages (le dandy, la femme honnête, la femme au passé douteux) auxquels il aura systématiquement recours dans ses comédies ultérieures [1]. C'est aussi une œuvre dont la construction, très soignée, rend compte du désir de l'auteur de bâtir un cadre rigoureux (quatre actes qui respectent l'unité de temps) attestant son professionnalisme. L'intrigue met en scène un couple jeune, riche et heureux, Lord et Lady Windermere, dont le bonheur est terni par une révélation : Lord Windermere entretient une femme, Mrs. Erlynne, et veut contraindre sa femme à l'inviter. Scandalisée par ce qu'elle croit être l'infidélité de son mari, et par son stupéfiant cynisme, elle se laisse presque séduire, de dépit, par Lord Darlington, très amoureux d'elle. Ce qu'elle ignore, toutefois, est que Mrs. Erlynne est sa propre mère (que son mari essaie d'aider à retrouver une position honorable dans le monde) qu'elle croit morte et qui mène une vie peu conforme à la morale vitorienne. À la suite d'un certain nombre de rebondissements, Mrs. Erlynne, au prix de sa propre réputation, déjà ternie, sauve l'honneur de sa fille – qui ne connaîtra jamais l'identité de sa mère – et Lady Windermere, revenant sur ses préjugés, et comprenant sa méprise, lui exprimera toute sa gratitude.

La scène suivante se situe à la fin de l'acte I. Elle met en scène les époux Windermere, après que Lady Windermere a refusé d'inviter Mrs. Erlynne. On y trouve des jugements sur les hommes et les femmes, récurrents dans le théâtre de Wilde :

LORD WINDERMERE : Vous refusez ?
LADY WINDERMERE : Absolument.
LORD WINDERMERE : Ah ! Margaret, faites-le pour moi. C'est sa dernière carte.

---

1. Voir Présentation, p. 24.

LADY WINDERMERE : En quoi cela me regarde-t-il ?
LORD WINDERMERE : Comme les femmes honnêtes sont dures !
LADY WINDERMERE : Comme les hommes dépravés sont faibles !
LORD WINDERMERE : Margaret, il n'y a pas parmi nous un homme qui vaille les femmes que nous épousons, c'est vrai, mais ne croyez pas que jamais je... Oh ! c'est une idée monstrueuse !
LADY WINDERMERE : Pourquoi seriez-vous, *vous*, différent des autres hommes. On m'a assuré qu'il n'y avait pas un mari à Londres qui ne gâche sa vie sans quelque honteuse passion.
LORD WINDERMERE : Je ne suis pas de ceux-là.
LADY WINDERMERE : Je n'en suis pas sûre.
LORD WINDERMERE : Vous en êtes sûre dans votre cœur. Mais ne creusons pas de fossé entre nous. Dieu sait que ces dernières minutes nous ont séparés. Asseyez-vous et écrivez l'invitation.
LADY WINDERMERE : Rien au monde ne m'y contraindra.
LORD WINDERMERE, *allant au bureau* : Alors c'est moi qui l'inviterai [1].

Une femme sans importance (1893)

Wilde avait trouvé sa voie et, à la fois encouragé par le succès de *L'Éventail de Lady Windermere* et scandalisé par la censure qui avait frappé *Salomé*, il se décida à composer une nouvelle comédie, au titre étrangement provocateur : *Une femme sans importance*. La première eut lieu au Royal Theatre de Haymarket le 19 avril 1893, et la pièce tint l'affiche jusqu'au 16 août de la même année. *Une femme sans importance* fut également donné à New York, du 11 décembre 1893 au 13 janvier 1894, mais sans grand succès : les attaques ironiques contre le puritanisme des Américains, incarné par le personnage de Hester Worsley, qui porte le prénom de l'héroïne de *La Lettre écarlate* de Nathaniel Hawthorne, explique en grande partie ce semi-échec. Le texte fut publié à Lon-

1. *L'Éventail de Lady Windermere*, traduction d'Albert Savine, in Oscar Wilde, *Œuvres*, Paris, Le Livre de Poche, 2000, p. 978-979.

dres le 9 octobre 1894. Alexandre Dumas fils est encore une fois une source probable puisque, dans *Le Fils naturel* (1858), une femme vertueuse de milieu modeste est séduite et abandonnée par un jeune homme. La suite de l'intrigue est presque en tout point semblable à celle de la pièce de Wilde. Un fils naît de cette liaison, mais le jeune homme refuse d'épouser la jeune femme par crainte d'une mésalliance. Parvenu à l'âge adulte, le fils mène une brillante carrière diplomatique, et son père, flatté, lui propose alors de le reconnaître. Le fils repousse son offre avec dédain. Dans la pièce de Wilde, les personnages ont pour nom Lord Illingworth et Mrs. Arbuthnot, pour les parents, et Gerald, pour le fils. Celui-ci, qui ne connaît pas son père, autre trait récurrent dans le théâtre de Wilde, comme dans sa fiction, est remarqué par lui (qui ignore également que ce jeune homme talentueux est son fils) pour ses qualités. Il lui propose de devenir son secrétaire et de l'aider à faire carrière dans le monde de la diplomatie. À l'enthousiasme de Gerald répond la stupeur de sa mère qui tâche de le dissuader de suivre Lord Illingworth, sans pouvoir lui expliquer sa réticence de façon convaincante. La fin de la pièce est mélodramatique et complique encore les relations œdipiennes qu'entretient le jeune homme avec celui dont il ignore encore qu'il est son père : Lord Illingworth tente d'embrasser une jeune fille dont Gerald est amoureux ; ce dernier veut frapper le séducteur, mais sa mère l'en empêche en lui révélant les liens de parenté qui l'unissent à Lord Illingworth. Le fils prend le parti de Mrs. Arbuthnot et rejette définitivement son géniteur. La pièce serait bien sombre si elle n'était traversée en permanence de mots d'esprit étincelants, qui lui assurèrent d'ailleurs son succès. Les brillantes conversations de salon annoncent celles des deux pièces suivantes : Lord Illingworth joue bien sûr le rôle du dandy cynique, mais pour la première fois les personnages féminins rivalisent d'esprit, comme ils le faisaient dans le théâtre de Sheridan [1] ; l'extrait suivant se situe au début de l'acte II, et la scène se passe dans le salon de Lady Hunstanton :

Dossier

1. Voir *infra*, p. 276.

LADY CAROLINE, *prenant une tasse de café que lui présente un domestique* : Que signifient donc ces sots propos sur les hommes ? Le vrai parti à prendre, c'est de donner aux hommes le rôle qui leur convient.

MRS. ALLONBY : Mais quel est le rôle qui leur convient, Lady Caroline ?

LADY CAROLINE : D'avoir des attentions pour leur femme, Mrs. Allonby.

MRS. ALLONBY, *prenant sa tasse des mains du domestique* : Vraiment ? Et s'ils ne sont pas mariés ?

LADY CAROLINE : S'ils ne sont pas mariés, ils devraient s'occuper de chercher une femme. C'est un vrai scandale, ce nombre infini de célibataires qui vont et viennent dans la société. On devrait voter une loi pour les contraindre tous à se marier dans les douze mois.

LADY STUTFIELD, *refusant sa tasse de café* : Mais s'ils aiment une femme qui peut-être appartient à quelqu'un d'autre ?

LADY CAROLINE : En ce cas, Lady Stutfield, il faudrait les obliger à se marier dans un délai de huit jours, avec quelque fille laide et respectable, afin de leur apprendre à ne pas toucher au bien d'autrui.

MRS. ALLONBY : Je ne trouve pas qu'on doive parler de nous comme étant le bien de quelqu'un. Tous les hommes mariés sont le bien des femmes. Voilà la vraie définition de ce qu'est réellement le bien des femmes mariées. Mais nous ne sommes la propriété de personne.

LADY STUTFIELD : Oh ! que je suis contente, que je suis contente de vous entendre parler ainsi !

LADY HUNSTANTON : Mais pensez-vous vraiment, chère Caroline, que la législation soit capable d'apporter quelque amélioration à cet état de choses ? On me dit que de nos jours tous les gens mariés vivent comme des célibataires, et tous les célibataires comme des gens mariés.

MRS. ALLONBY : Il est certain que je n'ai jamais pu les distinguer les uns des autres.

LADY STUTFIELD : Oh ! je crois qu'il est possible de reconnaître à première vue si un homme a ou n'a pas charge de famille. J'ai remarqué une expression triste, si triste, dans la physionomie de tant de gens mariés.

MRS. ALLONBY : Ah ! tout ce que j'ai remarqué, c'est que, quand ils sont de bons maris, ils sont horriblement ennuyeux, et que quand ils ne le sont pas, ils sont d'une vanité abominable.

LADY HUNSTANTON : Bon ! je suppose que l'idée qu'on se fait d'un mari a complètement changé depuis le temps de ma jeunesse, mais je me fais un devoir de reconnaître que ce pauvre cher Hunstanton était la plus charmante des créatures. Il valait son pesant d'or.
MRS. ALLONBY : Ah ! mon mari est comme un billet échu ; je suis lasse de l'attendre.
LADY CAROLINE : Mais vous lui consentez un renouvellement de temps à autre ?
MRS. ALLONBY : Oh ! non, Lady Caroline. Je n'ai eu qu'un mari jusqu'à présent. Je suppose que pour vous, je ne suis qu'un amateur [1].

Un mari idéal (1895)

Wilde commença à rédiger *Un mari idéal* alors qu'il se trouvait en villégiature à Goring-on-Thames en compagnie de Lord Alfred Douglas, et l'écrivain retint le toponyme pour baptiser l'un des personnages principaux, Lord Goring. *Un mari idéal* fut créé le 3 janvier 1895 au Royal Theatre de Haymarket à Londres. La pièce connut un vif succès et elle était encore donnée à guichets fermés lorsque Wilde fut arrêté le 6 avril 1895. Elle ne fut pas pour autant immédiatement retirée de l'affiche, mais, du 13 au 27 avril, elle fut représentée dans une autre salle londonienne, le Criterion Theatre. À la même époque, elle était également donnée au Lyceum Theatre de New York.

Le dramaturge s'inspirait de diverses pièces, plus ou moins contemporaines. Dans *Le Ministre*, d'Arthur Wing Pinero (1890) [2], un financier véreux fait chanter l'épouse d'un ministre en la contraignant à révéler une information secrète sur une décision gouvernementale. Celle-ci concerne un projet de construction de canal. Une autre source est *Dora* (1877) de Victorien Sardou (1831-1908), dont le personnage principal, qui a volé une lettre très importante, est victime du chantage d'une femme sans scrupule, conseillée par un certain baron Stein (baron Arnheim dans *Un mari idéal*), tout aussi corrompu qu'elle. Le

1. *Une femme sans importance*, traduction d'Albert Savine, in Oscar Wilde, *Œuvres*, p. 1066-1067.
2. Voir Présentation p. 9, note 1.

chantage et les lettres volées sont ici des ressorts dramatiques essentiels, comme ils le sont dans de nombreuses pièces du théâtre anglais et français de l'époque [1].

L'intrigue d'*Un mari idéal* se fonde sur le contraste entre rôle public et réalité privée, et, à l'instar du dernier essai d'*Intentions*, elle pourrait tout aussi bien s'intituler « La vérité des masques » : un homme politique en vue, promis à un très bel avenir, Sir Robert Chiltern, heureux époux d'une femme qui l'aime et l'admire (c'est lui le « mari idéal »), a construit sa fortune en vendant un secret d'État. Tout le monde l'ignore, à l'exception d'une aventurière, Mrs. Cheveley, qui le fait chanter en voulant l'obliger à défendre un projet très lucratif pour elle (la construction d'un canal), dont elle sait qu'il n'est qu'une escroquerie. Si jamais Sir Robert refuse, elle le dénoncera, preuve à l'appui (une lettre très compromettante de Sir Robert qu'elle a en sa possession). Sir Robert demande à un ami, Lord Goring, dandy à la fois cynique et charmant, de lui venir en aide, et, en fin de compte, l'aventurière sera prise à son propre piège. Les hypocrisies sociales n'en sont pas moins dénoncées par Wilde qui écrit pour la première fois une pièce véritablement politique qui laisse très loin derrière elle *Véra, ou les Nihilistes* : si la réputation de Sir Robert est sauve, son acte, qui n'est révélé à personne si ce n'est à Lord Goring, ne lui vaut nul châtiment, en dépit de son extrême gravité. Les puissants se protègent les uns les autres, et Wilde n'est pas dupe.

Dans l'extrait suivant, situé dans l'acte II, Lady Markby, qui est une amie de Lady Chiltern, expose ses vues sur l'éducation des hommes et des femmes ; la question de l'égalité des droits, chère à Wilde, est également présente :

> LADY MARKBY : [...] Je me rappelle qu'à Bath, il y a des années, je perdis dans la chambre de la Pompe un bracelet orné d'un camée de toute beauté, que Sir John m'avait donné. Je ne crois pas qu'il m'ait rien donné depuis, je suis fâchée de le dire. Il a tristement baissé. Réellement, cette horrible

1. Voir par exemple Eugène Scribe (1791-1861), auteur du *Verre d'eau* (1840) ; la thématique de la réussite sociale et du pouvoir de l'argent est essentielle dans son théâtre.

Chambre des communes nous gâche entièrement nos maris. Je crois que l'entrée à la Chambre basse est, de tous les coups, le plus grave que reçoive l'existence conjugale depuis l'invention de cette chose terrible qu'on appelle l'éducation supérieure de la femme.

LADY CHILTERN : Ah ! c'est hérésie que de parler ainsi dans cette maison, Lady Markby. Robert est un grand partisan de l'éducation supérieure des femmes, et moi aussi, je le crains.

MRS. CHEVELEY : L'éducation supérieure des hommes, voilà ce que j'aimerais à voir. Les hommes laissent tristement à désirer.

LADY MARKBY : Ils laissent à désirer, ma chère. Mais je crains qu'un projet de ce genre ne puisse pas passer dans la pratique. Je ne crois pas que l'homme ait une grande aptitude à se perfectionner. Il est allé aussi loin qu'il pouvait, et ce n'est certes pas bien loin ! En ce qui concerne les femmes, eh bien, chère Gertrude, vous appartenez à la jeune génération, et je suis sûre que tout cela est très bien, si vous l'approuvez. Naturellement, en mon temps, on nous enseignait à ne rien comprendre du tout. C'était l'ancien système, et il était étonnamment intéressant. Je vous l'assure, c'était quelque chose de vraiment extraordinaire que la quantité de choses qu'on nous a appris à ma pauvre sœur et à moi à ne point comprendre. Mais les femmes modernes comprennent tout, à ce que j'entends dire.

MRS. CHEVELEY : Excepté leurs maris. C'est la seule chose que la femme moderne ne comprenne jamais.

LADY MARKBY : Et c'est là chose excellente, ma chère, je puis vous le dire. Si elles le faisaient, cela détruirait le bonheur de nombre de foyers [...] [1].

---

1. *Un mari idéal*, traduction d'Albert Savine, in Oscar Wilde, *Œuvres*, p. 1190-1191.

2 — *Wilde et ses pairs* [1]

MÉNANDRE

Athénien par la naissance et par l'éducation, il l'était aussi par la subtilité de sa pensée et par sa langue, aisée et élégante. On sait peu de chose de la vie de Ménandre (342-292 av. J.-C.). Il a composé plus de cent comédies, à une période pourtant troublée de l'histoire d'Athènes, celle qui suivit la mort d'Alexandre. Cette époque est marquée par des guerres et la dislocation de l'Empire. Partout, on se battait, on pillait, on incendiait, mais on ne trouve nulle trace de ces désastres dans le théâtre de Ménandre. L'essentiel, pour lui, était d'écrire malgré tout, en affichant une apparente insouciance. Il soignait particulièrement la caractérisation des personnages, la dynamique de ses pièces, qu'il s'agisse des rebondissements de l'action, des péripéties et du dénouement. Sa maîtrise de l'écriture est également exceptionnelle. Loin d'être artificielle, elle est avant tout jeu de rythmes et de sonorités, ce qui n'est pas surprenant, la civilisation grecque d'alors étant encore fortement dominée par l'oral. Ménandre influença Plaute et Térence, et son art est devenu source d'inspiration pour le théâtre européen. William Congreve se réfère longuement à lui dans la lettre adressée au comte de Montagu, à qui il dédie sa comédie, *Le Train du monde*. Wilde, pour sa part, connaissait l'édition des *Fragmenta comicorum græcorum* (1841), dont August Meineke était l'auteur. Quelques fragments, plus ou moins importants, nous sont parvenus (par exemple *La Samienne*, réflexion sur le mariage, le concubinage et les liens de l'adoption, ou *Le Dyscolos* et *Le Bouclier*, qui s'en prennent au légalisme et à l'hypocrisie). Dans la scène suivante, la Fortune explique au public que, contrairement à ce qu'a annoncé son serviteur,

1. Voir Présentation, p. 14 et sq.

le jeune Cléostrate n'est pas mort à la guerre. On trouve dans cet extrait, outre l'annonce du retour du mort, la description d'une famille dans laquelle deux jeunes filles « vivent en bonne harmonie » et où l'argent joue un rôle non négligeable. La dernière phrase, enfin, est moins une description de la toute-puissance de la divinité qu'une allusion au pouvoir de l'auteur et à son arbitraire qui le rendent maître de son histoire :

> LA FORTUNE : Eh bien, si quelque vrai malheur s'était abattu sur ces gens, vous ne vous attendriez pas à me voir ici, à leur suite, moi qui suis une déesse : nous autres dieux nous devons éviter la souillure d'un deuil. Ces pauvres gens sont dans l'erreur la plus totale. Mais vous, écoutez-moi et je vais tout vous apprendre. Cléostrate n'est pas mort, ce que vous venez d'entendre est faux ; c'est un autre mercenaire qu'on a pris pour lui : au moment où les barbares ont attaqué, la trompette a sonné l'alarme ; chacun s'est précipité à la rescousse. On s'équipait des premières armes qu'on trouvait à portée de main. C'est ainsi que l'autre mercenaire, qui partageait alors la tente du jeune maître, se jette dans la mêlée avec le bouclier que vous venez de voir. Il est aussitôt tué. Mais le cadavre était là parmi les morts, et le visage du jeune soldat était devenu méconnaissable : d'où la confusion du serviteur. Quant à Cléostrate, après s'être battu avec les armes d'un autre, il a été fait prisonnier ; il est vivant, il va revenir sain et sauf avant qu'il ne soit longtemps. Vous voici parfaitement informés. Le vieux qui à l'instant fourrait son nez partout, c'est son oncle paternel ; il surpasse en méchanceté tous les autres hommes ; il ne connaît ni parents ni amis et ne respecte rien dans la vie. Il ne veut que posséder, tout posséder, c'est là son unique souci, et il vit terré dans son coin, avec une vieille qui le sert. L'autre maison, celle où le serviteur s'est introduit, c'est la maison du frère cadet de ce vieux grippe-sou, lui aussi oncle paternel du jeune Cléostrate. Mais celui-là est un modèle d'homme bon ; il est d'ailleurs riche, marié et père d'une fille unique. C'est à lui que notre jeune homme a confié sa sœur au moment de partir en guerre ; ainsi, les deux jeunes filles vivent en bonne harmonie sous un même toit. Le père, je l'ai dit, a toutes les qualités : quand il s'est aperçu que son neveu Cléostrate s'éternisait à l'étranger, il s'est dit qu'il avait largement de quoi vivre, qu'il pouvait se permettre de marier lui-même la jeune fille ; c'est alors qu'il a arrangé le mariage avec un jeune homme, fils de sa femme d'un premier lit. De sa poche,

il a donné deux talents de dot. Le mariage est prévu pour aujourd'hui. Mais ce qui vient de se passer va tout embrouiller. L'affreux bonhomme de tout à l'heure a entendu mentionner six cents pièces d'or, il a vu les esclaves barbares, les bêtes de somme, les petites servantes : il sait parfaitement que la sœur de Cléostrate hérite de tout cela ; il sait aussi que la loi lui donne le droit de l'épouser : elle reste seule héritière, et il est son plus proche parent, avec l'avantage d'être l'aîné. Mais rassurez-vous, c'est en vain qu'il va se fourrer dans une série d'ennuis, cela ne lui servira qu'à faire voir à tous quel homme il est. Puis il retournera d'où il est venu.
Il ne me reste qu'à vous révéler mon nom : je suis celle qui souverainement a pouvoir d'ordonner tout cela : la divine Fortune [1].

William Shakespeare

Très abondamment cité dans *Le Portrait de Dorian Gray* (de nombreux extraits de son théâtre, puisque Sibyl Vane, qui ainsi séduit Dorian, interprète avec génie les grandes héroïnes shakespeariennes jusqu'au moment où, devenue amoureuse, elle devient incapable, *stricto sensu*, de jouer la comédie) et dans *Le Portrait de Mr. W. H.* (citations des sonnets), Shakespeare est un modèle inévitable. Ses comédies sont une référence constante pour Wilde, à la fois pour leur inventivité langagière et pour l'ingéniosité des intrigues. *Comme il vous plaira* (1599), dont le titre sonne comme une phrase toute faite, principe que le dramaturge a conservé pour le sous-titre de *La Nuit des rois (Ce que vous voudrez)*, et qui a été retenu par Wilde pour sa propre pièce, est une comédie pastorale où les jeux amoureux qui rapprochent Orlando et Rosalinde, de même que leurs échanges verbaux, annoncent certains traits du marivaudage. On trouve dans cette comédie de nombreuses oppositions (ville / campagne, culture / nature, par exemple), dont Wilde fera bon usage, et plusieurs couples d'amoureux : outre les susnommés, on mentionnera Olivier et Célia, ainsi que Touchstone, fou grotesque, et Audrey, gardienne de chèvres, qui en sont le versant ridi-

1. Ménandre, *Théâtre*, *Le Bouclier*, traduction d'André Hurst, Aigle, Éditions de l'Aire, 1981, p. 149-150.

cule, de même que Chasuble et Miss Prism seront les caricatures des couples formés par Jack et Gwendolen ou Algernon et Cecily. Dans *Comme il vous plaira*, les déguisements sont légion, les identités sexuelles se brouillent : Rosalinde se travestit en garçon, sous le nom de Ganymède, et la bergère Phébé s'éprend de lui / elle au premier coup d'œil. La situation est d'autant plus piquante qu'à l'époque de Shakespeare les rôles féminins étaient interprétés par des garçons. Partout, le plaisir du théâtre sans cesse s'affiche, de même que le jeu permanent avec les formes et les joutes oratoires. Dans la scène suivante, Rosalinde, déguisée en homme, rencontre Orlando :

> ROSALINDE : Je vais lui parler en page impudent, et, sous cet accoutrement, trancher avec lui du faquin… Hé ! chasseur, entendez-vous ?
> ORLANDO : Très bien. Que voulez-vous ?
> ROSALINDE : Quelle heure dit l'horloge, je vous prie ?
> ORLANDO : Vous devriez me demander quel moment marque le jour. Il n'y a pas d'horloge dans la forêt.
> ROSALINDE : Alors c'est qu'il n'y a pas dans la forêt de véritable amant : car un soupir à chaque minute et un gémissement à chaque heure indiqueraient la marche lente du temps aussi bien qu'une horloge.
> ORLANDO : Et pourquoi pas la marche rapide du temps ? L'expression ne serait-elle pas au moins aussi juste ?
> ROSALINDE : Nullement, monsieur. Le temps suit diverses allures avec diverses personnes. Je vous dirai avec qui le temps va l'amble, avec qui il trotte, avec qui il galope, et avec qui il fait halte.
> ORLANDO : Dites-moi ! avec qui trotte-t-il ?
> ROSALINDE : Ma foi, il trotte, et très dur, avec la jeune fille, entre le contrat de mariage et le jour de la célébration. Quand l'intérim serait de sept jours, l'allure du temps est si dure qu'il semble long de sept ans.
> ORLANDO : Avec qui va-t-il l'amble ?
> ROSALINDE : Avec un prêtre qui ne possède pas le latin, et un riche qui n'a pas la goutte. Car l'un dort moelleusement, parce qu'il ne peut étudier ; et l'autre vit joyeusement, parce qu'il ne ressent aucune peine. L'un ignore le fardeau d'une science desséchante et ruineuse ; l'autre ne connaît pas le fardeau d'une accablante et triste misère. Voilà ceux avec qui le temps va l'amble.
> ORLANDO : Avec qui galope-t-il ?

ROSALINDE : Avec le voleur qu'on mène au gibet. Allât-il du pas le plus lent, il croit toujours arriver trop tôt.
ORLANDO : Avec qui fait-il halte ?
ROSALINDE : Avec les gens de loi pendant les vacations. Car ils dorment d'un terme à l'autre, et alors ils ne s'aperçoivent pas de la marche du temps.
ORLANDO : Où demeurez-vous, joli damoiseau ?
ROSALINDE : Avec cette bergère, ma sœur, ici, sur la lisière de la forêt, comme une frange au bord d'une jupe.
ORLANDO : Êtes-vous natif de ce pays ?
ROSALINDE : Comme le lapin que vous voyez demeurer où il trouve à s'apparier.
ORLANDO : Votre accent a je ne sais quoi de raffiné que vous n'avez pu acquérir dans un séjour si retiré.
ROSALINDE : Bien des gens me l'ont dit ; mais, vrai, j'ai appris à parler d'un vieil oncle dévot qui, dans sa jeunesse avait été citadin et qui ne se connaissait que trop bien en galanterie, car il avait eu une passion. Je l'ai entendu lire bien des sermons contre l'amour ; et je remercie Dieu de ne pas être femme, pour ne pas être atteint de tous les travers insensés qu'il reprochait au sexe en général [1].

William Congreve

Les critiques parlent souvent de l'influence de ce qu'il est convenu d'appeler la « comédie de la Restauration » à propos de *L'Importance d'être constant*. Il est malaisé d'imaginer l'extraordinaire soif de liberté qui s'empara de Londres à la fin du régime de Cromwell, qui avait interdit les théâtres et sévissait contre les contrevenants. Charles II, revenu d'exil, veilla personnellement au renouveau de ce genre que le puritanisme avait voulu détruire. Pour libre qu'il fût, ce théâtre, bâti sur des principes récurrents qui en assuraient le succès, n'en était pas moins très codifié :

> [c]'était essentiellement un divertissement de société dont les thèmes, les personnages, l'intrigue, le dialogue même, surtout enfin le public et l'ambiance générale se confinaient dans des limites assez étroites. Régulièrement, un jeune roué bien né y trompait (et rossait au besoin) quelques maris bourgeois et

1. *Comme il vous plaira*, traduction de François-Victor Hugo, Paris, GF-Flammarion, 1964, p. 265-266.

> bafouait parents et tuteurs ; il lui fallait ensuite se débarrasser de quelques liaisons, et il finissait par épouser une jeune héritière. Les stratagèmes par lesquels le dénouement était retardé d'abord, puis précipité, appartenaient aux conventions consacrées du théâtre : méprises, déguisements, pseudo-mariages, substitutions de personnes. Un seul roi de la scène : le libertin [1].

Dans ce théâtre, le cynisme est à l'honneur, les intrigues sont souvent négligées (le public attendait bien moins une construction solide qu'une suite de morceaux de bravoure, d'autant qu'il lui arrivait fréquemment de ne pas assister à la pièce en entier), mais le dialogue est toujours brillant et extrêmement soigné dans le détail, même si les mots d'esprit donnent parfois le sentiment de se déclencher comme des mécanismes bien huilés.

Les meilleurs exemples de cette *comedy of manners* (« comédie de mœurs » [2]) qui plaisait infiniment plus aux gens du monde qu'à la bourgeoisie puritaine se trouvent chez William Congreve (1670-1729), dont *L'Amour pour l'amour* (1695) et surtout *Le Train du monde* (1700) sont considérés comme des sommets. La structure de ses pièces est fondée sur l'art du contraste et du contrepoint, que l'on retrouve dans la caractérisation des personnages, avec d'une part ceux qui ont de l'esprit et d'autre part ceux qui en sont dénués mais prétendent néanmoins en être doués. Dans sa phrase, organisée autour de paradoxes et d'antithèses, nul effet de rythme n'est négligé. Congreve apparaît comme le critique à la fois cinglant et indulgent d'un milieu, la haute société qui se pressait aux représentations de ses pièces : toujours prêt à condamner les excès, il a pour arme principale l'épée du sens commun. En ce sens, il n'est pas sans rappeler Molière, dont en 1704 il avait traduit, en collaboration, *Monsieur de Pourceaugnac*. Il est aussi reconnaissable à un phrasé et à sa capacité à mettre en scène d'authentiques chorégraphies verbales, talent dont il a également fait montre dans la composition de livrets d'opéra. La farce, pour autant, n'est pas absente,

---

1. *Le Train du monde*, traduction et introduction d'Aurélien Digeon, Paris, Aubier, 1943, p. 10-11.
2. Voir Présentation p. 16 et sq.

comme l'attestent les scènes de déguisement ou le recours à un certain nombre de personnages (comme l'amoureuse vieillissante) qui font partie du répertoire attendu.

Dans *Le Train du monde*, une intrigue amoureuse se noue entre un jeune homme, Mirabell, et une jeune héritière, Millamant. D'abord contrariée par Lady Wishfort, tante de la jeune fille courtisée, et par divers intrigants, l'idylle se conclut sur le mariage (attendu mais envisagé sans la moindre sensiblerie, et Wilde s'en est souvenu pour construire le personnage de Cecily) des deux jeunes gens. Dans la scène suivante, l'une des plus célèbres de la pièce, Millamant pose ses conditions à Mirabell sur un ton péremptoire, fortement représentatif d'une manière très moderne de concevoir les relations entre hommes et femmes :

> MRS. MILLAMANT : [...] Oh ! je ne peux souffrir un amant qui se croit en liberté de respirer un instant sans la permission de sa maîtresse. Il n'est rien de si impudent au monde que les airs avantageux d'un homme sûr de son fait, certain de son succès. Même la pédante arrogance du mari paraît moins suffisante. Ah, je ne me marierai jamais, à moins qu'on me garantisse d'abord mes volontés et mes plaisirs.
> MIRABELL : Exigez-vous les unes et les autres avant le mariage ? Ou vous contenterez-vous des premières maintenant, en attendant pour les seconds jusqu'après la bénédiction ?
> MRS. MILLAMANT : Ne soyez pas impertinent. Ma chère liberté, vais-je donc t'abandonner ? Fidèle solitude, méditation chérie, faut-il donc que je vous dise adieu ? Quoi donc, que je dise adieu à mes pensées matinales, réveils agréables, indolentes somnolences, et vous douceurs et vous sommeils du matin, adieu ? Non, je ne puis pas, c'est plus qu'impossible. C'est décidé, Mirabell, je prétends rester au lit aussi longtemps qu'il me plaira.
> MIRABELL : Mais alors, je me lèverai le matin aussi tôt qu'il me plaira.
> MRS. MILLAMANT : Ah, paresseux, levez-vous quand vous voudrez. Autre chose : vous m'entendez, je ne veux pas qu'on me donne toutes sortes de petits noms quand je serai mariée. C'est formel. Qu'on ne me donne pas de petits noms.
> MIRABELL : Des petits noms ?
> MRS. MILLAMANT : Oui, comme *ma femme*, *mon épouse*, *ma chérie*, *ma joie*, *mon bijou*, *amour*, *cher cœur*, et tout ce jargon répugnant, coutume nauséabonde des gens mariés –

jamais je ne supporterai cela – mon cher Mirabell, il ne nous faudra pas être trop familiers ou trop tendres, nous embrasser devant les gens, comme Milady Fadler et Sir Francis : ni aller ensemble nous promener à Hyde Park le premier dimanche dans un carrosse neuf, pour provoquer les coups d'œil et les chuchotements, et pour ne plus jamais nous faire voir ensemble après ; comme si nous étions fiers l'un de l'autre la première semaine, et ensuite honteux l'un de l'autre pour toujours. Ne faisons jamais de visites ensemble, n'allons jamais ensemble au spectacle ; soyons très distants et courtois ; aussi distants que si nous étions mariés depuis longtemps, aussi courtois que si nous n'étions pas mariés du tout [1].

Richard Sheridan

Richard Sheridan (1751-1816), dramaturge et directeur de théâtre irlandais, est une source essentielle. *L'École de la médisance* (1777) est sans doute sa *comedy of manners* la plus accomplie, composée lors de la reprise de ce genre au XVIIIe siècle. L'intrigue, fondée sur un principe d'oppositions, est la suivante : la première partie de la pièce décrit les intentions malveillantes de divers fourbes, sur le point d'aboutir ; la deuxième partie dépeint leur échec. Dans le détail, l'action est bien sûr plus compliquée. Sir Peter Teazle, qui vient d'épouser une jeune coquette éblouie par sa découverte de la « bonne » société, a deux protégés, Charles et Joseph Surface : le premier passe, à tort, pour un homme perdu de vices, et le second, son frère, pour un homme vertueux, alors qu'il n'est bien sûr qu'un hypocrite. Charles est amoureux de Maria, pupille de Sir Peter, mais Joseph voudrait épouser la jeune fille pour sa fortune. Une certaine Lady Sneerwell, amoureuse de Charles, va s'allier avec Joseph pour faire échouer le mariage des jeunes gens, mais en vain. La vilenie de Joseph et de Lady Sneerwell sera révélée, à la suite de nombreuses péripéties, et Charles pourra épouser Maria. Cette pièce manifeste une extraordinaire maîtrise de l'art du dialogue, « l'incomparable dialogue, l'immortel esprit » de Sheridan, déclara Lord Byron en 1816 lors d'un hommage

1. *Le Train du monde*, p. 217-218.

solennel rendu au dramaturge dans son théâtre de Drury Lane : le ton est brillant sans être jamais cynique – Sheridan joue avec les travers humains plus qu'il ne les dénonce – le choix du lexique, la souplesse du phrasé, le rythme et ses variations font l'objet d'un soin minutieux. Il en va de même pour les constructions syntaxiques, qui jouent souvent sur des effets d'antithèse, de contraste et d'inversion. L'esthétique de Sheridan se fonde sur une attention extrême portée à l'architecture au cœur de laquelle se déploient de multiples jeux verbaux : art du trait (certains ont pu lui reprocher une surabondance de mots d'esprit, jugée nuisible au dynamisme de la pièce ; le même reproche sera d'ailleurs fait à Wilde), art de l'observation piquante, de la répétition de mots et de formules, voire comique de farce où mimiques et jeux de scène occupent une place essentielle. On mentionnera également *Le Critique ou Répétition d'une tragédie* (1779), comédie burlesque, qui exploite les possibilités comiques de « la pièce dans la pièce » (avec la représentation, au sein de la comédie, d'une tragédie ridicule). La technique des enchâssements, déjà présente dans *Hamlet*, a été depuis souvent reprise, par exemple par George Bernard Shaw, dans *Fanny's First Play* (1914), ou par Pirandello dans *Six Personnages en quête d'auteur* (1921). Wilde en a retenu divers principes, comme celui des commentaires métatextuels (lorsque, par exemple, Algernon commente ses propres mots d'esprit, ou que Jack les dénonce).

Dans la scène suivante, qui rappelle la scène des portraits du *Misanthrope* de Molière (acte II, scène 4), Lady Sneerwell, Lady Teazle, Mrs. Candour, Sir Benjamin Backbite et Crabtree rivalisent d'esprit dans la médisance :

> MRS. CANDOUR : Las ! vous me faites mourir ; vous êtes si mauvaise langue que je vous renie.
> LADY TEAZLE : Qu'y a-t-il, Mrs. Candour ?
> MRS. CANDOUR : Ils ne veulent pas admettre que Miss Vermillon est jolie.
> LADY SNEERWELL : Oh ! pourtant, elle est agréable.
> CRABTREE : Je suis heureux que vous la jugiez telle, madame.
> MRS. CANDOUR : Son teint est charmant de fraîcheur.

LADY TEAZLE : Oh ! oui, quand le rouge est fraîchement étalé.
MRS. CANDOUR : Oh ! je mettrai ma main au feu qu'elle n'use pas de fard. Je l'ai vue pâlir et rougir tour à tour.
LADY TEAZLE : C'est vraisemblable, madame, ses joues se fanent le soir, mais elle en ravive la couleur le matin.
SIR BENJAMIN BACKBITE : Parfaitement, si le rouge lui monte au visage, sa cameriste peut le redescendre.
MRS. CANDOUR : Ha ! ha ! ha ! Je vous honnis de vous entendre parler ainsi. Mais voyons, sa sœur *est* – ou *était* très belle.
CRABTREE : Qui ? Mrs. Evergreen ? Oh ! Seigneur ! elle a cinquante-six ans comme un jour !
MRS. CANDOUR : Non vraiment, vous êtes injuste à son égard ; cinquante-deux ou cinquante-trois, au plus – et je ne crois pas qu'elle en paraisse davantage.
SIR BENJAMIN BACKBITE : On ne peut guère juger sur l'apparence, il faudrait voir son visage.
LADY SNEERWELL : Bon, bon, si Mrs. Evergreen prend quelque soin de réparer les ravages du temps, vous avouerez qu'elle le fait avec beaucoup d'ingéniosité ; et certes, cela vaut mieux que la négligence avec laquelle la veuve Ochre plâtre ses rides.
SIR BENJAMIN BACKBITE : Allons, allons, Lady Sneerwell, vous êtes sévère pour la veuve. Ce n'est pas qu'elle use si mal du pot au rouge, mais, quand elle en a fini avec le visage, elle opère si mal le raccord avec le cou qu'elle a l'air d'une statue restaurée, dont le connaisseur peut dire que si la tête est moderne, le tronc est antique [1].

1. *L'École de la médisance*, traduction de M. Huchon, Paris, Aubier, 1969, p.135-137.

3 — Wilde et la postérité

Wilde ne considérait pas *L'Importance d'être constant* comme le point culminant de sa carrière théâtrale, ce qui est pourtant aujourd'hui l'opinion unanime de la critique. Comme il en avait fait part à George Alexander, et toute la correspondance de l'écrivain avec le directeur de théâtre l'atteste, il désirait écrire une pièce plus « sérieuse », c'est-à-dire une pièce qui lui donnât un statut d'écrivain à part entière, au lieu de le confiner dans ce qu'il considérait comme un rôle d'amuseur talentueux. C'était sans doute se méprendre sur l'importance de sa dernière comédie, et sur son impact : à bien des égards, elle annonce le théâtre du XXe siècle, ou plutôt les théâtres, tant les formes en sont diverses, et parfois incompatibles les unes avec les autres. Si, dans une large mesure, la pièce de Wilde ouvre la voie à des œuvres de facture classique comme celles de Jean Anouilh (1910-1987), elle annonce en même temps un théâtre d'une tout autre nature, beaucoup plus puissant dans ses modes de fonctionnement : celui, par exemple, de Ionesco, le personnage principal de la pièce de Wilde étant, comme chez l'auteur de *La Cantatrice chauve*, le langage et la complexité des jeux de logique ou de non-sens que celui-ci met en place. L'ultime influence enfin prend la forme de la parodie et de la réécriture : ce sera *Travesties* (1974), de Tom Stoppard (paru en français sous le titre de *Parodies*), où *L'Importance d'être constant* côtoie l'*Ulysse* de Joyce et où l'esprit, le *wit* de la comédie de la Restauration, retrouve droit de cité.

Anouilh, qui aime lui aussi emprunter et parodier, adapta en français *The Importance of Being Earnest* sous le titre – contestable – d'*Il est important d'être aimé* (1954). Dans une large mesure, *Léocadia* (1939) est un exemple de ce théâtre, à la forme plutôt conservatrice, qui s'est inspiré du monde de Wilde et de l'atmosphère de ses pièces. On y trouve ainsi certains types, comme le person-

nage de la duchesse autoritaire qui terrorise la jeune Amanda [1]. Dans cette « pièce rose », pour reprendre la terminologie d'Anouilh, comme, d'une manière générale, dans l'ensemble des comédies qu'il composa avant la Seconde Guerre mondiale, le ton de l'écrivain, qui mêle jugements sur l'existence, plaisanteries et réflexions sur le pouvoir de l'imagination, ainsi que sa virtuosité technique, ont des liens perceptibles avec les procédés auxquels Wilde a recours dans son propre théâtre. Bien d'autres points communs sont identifiables, qu'ils soient thématiques ou structurels. Ainsi, *Le Bal des voleurs* (1938), comédie-ballet dont l'action se déroule « dans une ville d'eaux de style très 1880 », offre un exemple de la fantaisie du dramaturge qui donne à la musique une place prépondérante : ballets et musique ne sont plus simplement dans les mots, comme chez Wilde, et Anouilh donne à voir ce que Wilde préférait donner à entendre. La scène suivante, tirée de *Léocadia*, met en scène la duchesse dans ses démonstrations d'autorité :

> *Un boudoir d'un luxe écrasant. Une jeune femme, Amanda, est assise, une petite valise de carton à ses pieds. Elle a l'air d'être là depuis longtemps. Elle bâille, caresse un nègre de Venise tout près d'elle, sur son socle. Soudain, elle le lâche vivement ; une petite dame est entrée, précédée d'un face-à-main, c'est la duchesse. Elle va d'abord vers le nègre et le replace comme il doit être, puis elle marche vers la jeune femme qui s'est levée.*
>
> LA DUCHESSE : C'est vous ?
> AMANDA : Oui, madame, je crois.
> LA DUCHESSE : Tenez-vous droite.
> *Amanda abasourdie se redresse.*
> LA DUCHESSE, *sévère* : Comment se fait-il que vous ne soyez pas plus grande ?
> AMANDA : Je ne sais pas, madame, je fais ce que je peux.
> LA DUCHESSE, *péremptoire* : Il faudra faire un sérieux effort.

1. Voir aussi, dans *Humulus le muet*, la description de la Duchesse, au début de la scène 1 : « La Duchesse, sorte de personnage fabuleux sur un immense fauteuil à oreilles armoriées. » Jean Anouilh, *Pièces roses : Humulus le muet, Le Bal des voleurs, Le Rendez-vous de Senlis, Léocadia*, Paris, La Table Ronde, 1966, p. 11.

Amanda la regarde.

Mon enfant, j'ai soixante ans et je n'ai jamais porté que le Louis XV.

Elle montre son talon.

Mais pas votre Louis XV de coureurs cyclistes. Résultat, quelle taille me donnez-vous pieds nus ?

AMANDA : Un mètre quarante peut-être, madame.

LA DUCHESSE, *vexée* : C'est bon, j'ai trente-huit. Mais cela n'a aucune espèce d'importance, car vous ne me verrez jamais pieds nus. Personne ne m'a jamais vue pieds nus, mademoiselle. Sauf le duc, bien entendu. Mais il était myope comme une citrouille.

Elle va à elle, sévère.

Qu'est-ce que cela ?

AMANDA, *un peu décontenancée* : Des gants.

LA DUCHESSE : Jetez-les aux bêtes !

AMANDA : Aux bêtes ?

LA DUCHESSE : C'est une expression. Elles n'en voudraient pas. Mon horreur du vert a, si j'ose dire, déteint sur mes caniches. On ferait de la chair à pâté de ces malheureuses petites créatures plutôt que de les faire coucher sur un coussin vert. Je dois ajouter qu'ils n'en ont d'ailleurs jamais vu. Il n'y a rien de vert dans ce château, mademoiselle, que vos gants.

Elle les jette au feu [1].

Dans cette scène, qui est la première de la pièce, il n'y a pas que le personnage de la duchesse qui soit de nature wildienne, mais aussi les indications scéniques, les accessoires (le face-à-main, les gants, les commentaires de la duchesse, qui rappellent ceux, désobligeants, de Mrs. Cheveley sur les gants portés par Lady Chiltern, dans *Un mari idéal*) et certains détails : le snobisme de la dame, avec par exemple son discours sur ses caniches ; l'absurdité de certains propos : ainsi l'image incongrue, « il était myope comme une citrouille », et la dernière tirade sur les chiens, dont la logique est contestable (ils ne veulent pas dormir sur des coussins verts, et d'ailleurs ils n'ont jamais vu de vert ; de plus, en quoi un chien peut-il être sensible à la couleur d'un coussin ?) ; on relèvera aussi l'évocation méprisante de personnages extérieurs à la scène : le duc, comme Lord Bracknell dans *L'Importance d'être constant*,

1. Jean Anouilh, *Léocadia,* p. 271-272.

est un homme que l'on évoque mais que l'on ne voit pas et qui est traité par sa femme avec désinvolture. On soulignera également l'allusion à la couleur verte, qui fait référence à la fois à l'œillet vert que portait Wilde à la première de *L'Éventail de Lady Windermere* et aux nombreuses spéculations de l'écrivain sur cette couleur, associée à la décadence [1]. L'organisation du texte même n'est pas sans rappeler celle de la première scène de *L'Importance d'être constant* : deux personnages sont introduits, et l'un est en situation dominante (ici la duchesse ; chez Wilde, Algernon), l'autre en situation dominée (ici Amanda, chez Wilde, Lane). De même, la scène se fonde sur une alternance de questions et de réponses, les premières visant généralement à déstabiliser l'interlocuteur et surtout à faire avancer le texte. Le procédé est récurrent chez Wilde qui y a recours pour donner du mouvement à ce qui risquerait, sinon, de prendre la forme d'une suite de mots brillants et d'observations caustiques.

La postérité de Wilde prend toutefois bien d'autres aspects, radicalement opposés à l'esthétique d'un Jean Anouilh. C'est ainsi que Wilde anticipe certains aspects du théâtre de Samuel Beckett (1906-1989), pour ce qui est de la mise en scène du *nonsense* [2], et surtout de celui d'Eugène Ionesco (1912-1994). Dans *La Cantatrice chauve*, en effet, comme dans *L'Importance d'être constant*, le premier personnage est le langage : Ionesco désarticule les clichés, non pas pour rétablir le sens mais, au contraire, pour faire s'emballer la machine à produire des mots, pour manipuler la logique, ruiner le mythe du langage conçu comme un outil de communication et s'abîmer dans le non-sens. Ce n'est pas que le dramaturge cherche à

---

1. Voir Oscar Wilde, « La plume, le crayon, le poison », in *Le Portrait de Mr. W. H.*, Paris, GF-Flammarion, 1999, p. 82.
2. « Dès le début des années cinquante, écrit Élisabeth Angel-Perez, Samuel Beckett se révèle être le principal artisan [du théâtre de l'absurde] en faisant triompher, de part et d'autre de la Manche, un théâtre intellectuel et non commercial qui prend pour base de travail les situations de communication entre les hommes. Beckett érige, pour la première fois, la tradition anglo-irlandaise du *nonsense* (Edward Lear, Lewis Carroll) en dramaturgie » (Élisabeth Angel-Perez, *Le Théâtre anglais*, Paris, Hachette, 1997, p. 119).

tuer le langage, c'est plutôt qu'en renonçant à l'immédiateté du sens, il veut restituer au verbe toutes ses potentialités poétiques. Tout se passe comme si le langage progressait tout seul dans son apparente prolifération anarchique, hors de toute désignation du réel : « Théâtre abstrait, drame pur. Anti-thématique, anti-idéologique, anti-réaliste-socialiste, anti-philosophique, anti-psychologique de boulevard, anti-bourgeois, redécouverte d'un nouveau théâtre libre », écrit Ionesco dans *Notes et contre-notes* [1] en proposant une description qui pourrait tout aussi bien s'appliquer au programme de Wilde dans *L'Importance d'être constant*, dont on peut justement dire qu'il s'agit d'une pièce sur rien. On trouve par ailleurs de nombreuses analogies de détail dans les deux pièces. Ainsi, la prolifération du signifiant *Ernest / earnest* (Constant) chez Wilde se retrouve dans l'épisode de Bobby Watson, où tous les personnages sont désignés par le même nom (Bobby Watson) qui suffit à leur donner une existence au sein du texte :

> Mme SMITH : C'est triste pour elle d'être demeurée veuve si jeune.
> M. SMITH : Heureusement qu'ils n'ont pas eu d'enfants.
> Mme SMITH : Il ne leur manquait plus que cela ! Des enfants ! Pauvre femme, qu'est-ce qu'elle en aurait fait !
> M. SMITH : Elle est encore jeune. Elle peut très bien se remarier. Le deuil lui va si bien.
> Mme SMITH : Mais qui prendra soin des enfants ? Tu sais bien qu'ils ont un garçon et une fille. Comment s'appellent-ils ?
> M. SMITH : Bobby et Bobby comme leurs parents. L'oncle de Bobby Watson, le vieux Bobby Watson, est riche et il aime le garçon. Il pourrait bien se charger de l'éducation de Bobby.
> Mme SMITH : Ce serait naturel. Et la tante de Bobby Watson, la vieille Bobby Watson, pourrait très bien, à son tour, se charger de l'éducation de Bobby Watson, la fille de Bobby Watson. Comme ça, la maman de Bobby Watson, Bobby, pourrait se remarier. Elle a quelqu'un en vue ?
> M. SMITH : Oui, un cousin de Bobby Watson.
> Mme SMITH : Qui ? Bobby Watson ?
> M. SMITH : De quel Bobby Watson parles-tu ?

---

1. Cité par Emmanuel Jacquart dans la Préface de son édition de *La Cantatrice chauve*, Paris, Folio, 1993, p. 19.

Dossier

Mme SMITH : De Bobby Watson, le fils du vieux Bobby Watson, l'autre oncle de Bobby Watson, le mort [1].

De même, le sous-titre de la comédie de Wilde *(Comédie frivole pour gens sérieux)*, qui ne permet en rien d'identifier le genre de pièce que l'on va lire ou voir, trouve un écho, plus affirmé, dans le terme d'« anti-pièce » que choisit Ionesco pour définir *La Cantatrice chauve.* Une volonté de rupture avec les formes établies est clairement signifiée dans les deux cas, alors que le même souci d'ôter toute épaisseur aux personnages ouvre la voie aux jeux de langage. Par ailleurs, s'il y a du rythme, au sens musical du terme, dans *L'Importance d'être constant*, il y en a également dans *La Cantatrice chauve*, dont la scène 7, par exemple, est traitée comme un quatuor vocal, avec ses effets de contrepoints, une intervention chorale et divers parallélismes qui font du texte une partition parlée. Ces effets musicaux étaient déjà présents chez Wilde, sous des formes très comparables. La thématique même présente des points communs : par exemple, les liens de parenté sont l'un des sujets privilégiés dans les deux œuvres, et le temps est traité avec la même désinvolture (M. Smith observe que la pendule « indique toujours le contraire de l'heure qu'il est ») [2]. La logique, enfin, est sans cesse malmenée, les personnages des deux pièces prononçant des jugements qui sont, encore plus souvent dans *La Cantatrice chauve* que dans *L'Importance d'être constant*, en contradiction flagrante avec la réalité, même s'il leur arrive (c'est le cas de Jack et de M. Smith) d'exprimer l'idée que le sens se dilue : « C'est un non-sens », lance M. Smith au milieu de la scène 1. Tout cela ne signifie évidemment pas que Ionesco a eu besoin de Wilde pour écrire sa pièce, et rien même n'atteste qu'il ait lu *L'Importance d'être constant*. C'est plutôt que la comédie de Wilde, loin d'être un morceau de bravoure sans postérité, rend compte d'une mutation profonde dans la composition théâtrale. Elle anticipe également les préoccupations des créateurs du XXe siècle, en rupture avec les formes établies, sou-

1. *La Cantatrice chauve*, Paris, Folio, 1993, p. 48-49.
2. Sur le traitement du temps dans *L'Importance d'être constant*, voir Présentation, p. 32-33.

cieux, non pas de faire du nouveau à tout prix, mais de donner au verbe un autre espace d'expression, plus libre, désincarcéré, ouvert à toutes les potentialités du langage et à la contestation de l'impérialisme du sens.

Avec Tom Stoppard (né en 1937), ce n'est plus d'influence qu'il faut parler, mais de parodie et de réécriture. Comme le fait observer Élisabeth Angel-Perez, « [s]i Tom Stoppard est l'héritier d'Oscar Wilde dans sa revendication d'un théâtre pour le théâtre, étranger le plus souvent à toute propagande politique ou à toute intention moralisatrice, il n'en est pas moins un philosophe du langage théâtral. Sa lecture de Beckett, mais aussi de Wittgenstein, l'inscrit dans la mouvance élitiste d'un théâtre polysémique pour initiés. Son thème ne naît pas d'une transcription de la réalité, mais d'une réécriture, d'une parodie de l'art lui-même [1]. » Tom Stoppard a très tôt connu la notoriété avec sa pièce *Guildenstern et Rosencrantz sont morts*, représentée au festival d'Édimbourg en 1966, où les rôles principaux sont donnés à deux personnages secondaires du *Hamlet* de Shakespeare, ici frères jumeaux des Vladimir et Estragon du *En attendant Godot* de Beckett. Stoppard aime jongler avec les formes et les idées, par exemple dans *Jumpers* (*Les Acrobates*, 1972), dont le personnage principal est professeur de philosophie, et il clôt le cycle de ce qu'il appelait des « farces philosophiques » avec *Travesties (Parodies)*, qui superpose *L'Importance d'être constant* à divers événements historiques. Le point de départ est un constat objectif : Lénine, James Joyce et le dadaïste Tristan Tzara [2] ont vécu en même temps à Zurich pendant la Première Guerre mondiale, et la tentation était grande de tirer profit de ce hasard étrange. D'autres coïncidences méritaient d'être exploitées : l'appartement de Lénine et le café où se réunissaient les membres de la revue dadaïste *Cabaret Voltaire* étaient situés dans la même rue, la Spiegelgasse, soit, *stricto*

Dossier

1. Élisabeth Angel-Perez, *Le Théâtre anglais*, *op. cit.*, p. 125.
2. Tristan Tzara (1896-1963) : poète et essayiste, il créa en 1916 le *Cabaret Voltaire* auquel succéda bientôt la revue *Dada*. Le mot « dada » fut choisi parce qu'il ne signifie rien. Bien au-delà du désarroi provoqué par la guerre, il traduisait le nihilisme ambiant.

sensu, ruelle du Miroir. Il n'est donc guère surprenant que le pastiche de Stoppard illustre le principe de Wilde selon lequel « la vie imite l'art bien plus que l'art n'imite la vie », et que la tension entre ces deux éléments soit l'un des pôles thématiques de la pièce. À l'origine, *Travesties* devait d'ailleurs s'intituler *Prism (Prisme)*, d'après le nom de la gouvernante de *L'Importance d'être constant*, Miss Prism, qui confond un livre et un bébé. Mais ce titre renvoyait aussi, et surtout, aux déformations visuelles et aux changements de points de vue qui correspondent à la remise en perspective d'une part de la pièce de Wilde, d'autre part de la coprésence de ces trois personnages historiques évoquée à travers la mémoire défaillante d'un personnage désormais sénile, Henry Carr, autrefois employé au consulat de Zurich, et à qui Joyce avait fait un procès [1]. Ces juxtapositions conduisent à des fragmentations et à des dédoublements. Carr, par exemple, apparaît dans la pièce à la fois en tant qu'homme jeune et aussi tel qu'il est cinquante ans plus tard. Les personnages de la pièce de Stoppard ont tous des liens avec ceux de la comédie de Wilde : Lénine est Constant (il est *earnest*, c'est-à-dire sérieux dans ses intentions politiques) ; Joyce est Lady Bracknell ; Tzara et le jeune Carr sont Jack et Algernon, et tous les deux font la cour, en usant de pseudonymes, à Gwendolen et Cecily, qui sont à la fois des personnages de la vie réelle et ceux de la pièce de Wilde. Toutes deux sont liées respectivement à Joyce / Lady Bracknell (Gwendolen est sa secrétaire) et à Lénine / Constant (Cecily est son disciple en politique). La double vie des personnages est métaphorique du travail de l'imagination créatrice, et la dislocation du passé opérée par Carr repose à la fois sur les associations libres de Joyce et sur les principes dadaïstes de spontanéité et de simultanéité. Le jeu, en même temps, est omniprésent : ainsi, l'*Ulysse* de Joyce et la polémique de Lénine sur l'« impérialisme » sont inter-

---

1. Joyce avait mis en scène *L'Importance d'être constant* avec une troupe d'amateurs, et Carr jouait le rôle d'Algernon. Joyce, toutefois, refusa d'assumer le coût des costumes de Carr, et l'affaire se régla devant les tribunaux à l'avantage de Joyce. Une note sarcastique de Joyce dans *Ulysse* fait allusion à cet épisode.

changeables, tout comme le bébé et le roman en trois volumes dans la pièce de Wilde. *Travesties*, pour autant, n'est pas que pur plaisir ludique. Joyce y apparaît comme l'incarnation de la tradition alors que Tzara cherche à libérer l'imagination et à ruiner le temple des formes esthétiques. Lénine, lui, est le révolutionnaire pour qui « l'art, c'est la société » : à ses yeux, la politique est l'équivalent matérialiste de la poésie. En même temps, Tzara considère la vie comme un fait artistique et Lénine, s'il rejette les valeurs esthétiques, n'en reconnaît pas moins le rôle fondamental de l'art dans la civilisation. Ces positions contradictoires rappellent celles de Wilde, esthète mais aussi penseur radical dans son essai « L'âme de l'homme sous le socialisme », paru en 1891, soit la même année qu'*Intentions* qui, pour sa part, fait le point sur son esthétique. Pièce-collage où se rencontrent l'imagination et l'histoire, le passé et le présent, des extraits réécrits de *L'Importance d'être constant* et des discours de Lénine, *Parodies* se fonde sur des principes de composition dadaïstes. En même temps, la mise en perspective que propose cette pièce présente des liens étroits avec certains aspects d'*Ulysse*. Si les conflits meurtriers de la Première Guerre mondiale et de la révolution russe se muent en un conte antique, « avec ses héros, une pomme d'or, un cheval de bois » (c'est-à-dire l'*Iliade*), parallèlement, comme c'est le cas pour le personnage principal d'*Ulysse*, Carr, dans *Parodies*, est insignifiant ; quant à la guerre, elle se trouve également réduite à une querelle ridicule autour d'une paire de pantalons (le procès qui opposa Joyce à Carr au sujet des costumes de scène coûteux de ce dernier). En fin de compte, la pièce répond à la question sur laquelle elle se termine : la difficulté est de savoir si les mots « révolutionnaire » et « artiste » sont interchangeables, s'ils s'excluent l'un l'autre, ou si la vérité se situe entre ces deux positions. La réponse apportée par Stoppard est que la fonction révolutionnaire de l'art est esthétique et qu'elle crée un changement social en modifiant la perception de la réalité.

La fin de *L'Importance d'être constant* parodie les conclusions heureuses des comédies festives de Shakespeare comme celles du théâtre victorien : les amoureux s'enlacent selon un rituel stylisé, et c'est à cette tradition

que se réfère Stoppard dans la scène suivante, la dernière de la pièce. Cette fois-ci, toutefois, les jeunes gens laissent la place à un couple de vieux époux :

Musique d'époque. Changement de lumière. Brève scène de danse très codifiée. Tzara danse avec Gwen, Carr avec Cecily. Joyce et Bennett dansent tout seuls. L'effet est bien sûr d'opérer une totale dislocation de la pièce. On ne voit plus Carr et Cecily. Les autres continuent jusqu'à ce que, eux aussi, quittent la scène au moment où Carr, âgé, revient sur scène en dansant avec Cecily, elle aussi âgée.
Cecily a bien sûr environ quatre-vingts ans, comme Carr. Ils esquissent quelques pas de danse, comme le font les petits vieux.

CECILY : Non, non, non, non et non, c'est navrant, même si je reconnais qu'il y a eu un procès à cause de ton pantalon, cela je ne le nie pas, mais tu n'as jamais approché Vladimir Ilitch, et je ne me souviens même pas de l'autre. Je me souviens bien de Joyce ; je suis d'accord avec toi : il était irlandais et il portait des lunettes, mais c'était l'année suivante, en 1918, et cela faisait un bout de temps que le train avait quitté la gare ! J'ai agité un mouchoir rouge en criant vive la révolution, et le train l'a emporté avec son chapeau melon, et oui, je t'ai répondu oui quand tu m'as posé la question, mais il était déjà à la tête de millions d'hommes à l'époque où tu as joué Algernon…
CARR : Algernon, c'est ça.
CECILY : Je te dis que c'était l'année d'après.
CARR : Après quoi ?
CECILY : Tu n'as même jamais vu Lénine.
CARR : Si, je l'ai vu. Je l'ai vu dans des cafés. Je les connaissais tous ; ça faisait partie de mon boulot.
CECILY, *après un bref silence* : Et tu n'as jamais été consul.
CARR : Je n'ai jamais dit le contraire.
CECILY : Si.
CARR : Et si on prenait une tasse de thé ?
CECILY : Le consul s'appelait Percy machinchose.
CARR : Bennett.
CECILY : Quoi ?
CARR, *d'un ton irrité* : Je te dis que le consul s'appelait Bennett.
CECILY : Oui, c'est ça, Bennett. *(Silence.)* C'est encore une autre histoire.
CARR : Alors, on prend le thé ou non ?

CECILY : Et je ne l'ai jamais aidé à écrire *L'Impérialisme, stade suprême du capitalisme* ; ça aussi, c'était l'année précédente, en 1916.
CARR : Cecily, si seulement j'avais su que tu deviendrais aussi prétentieuse ! *(En colère)* C'était pas comme ci, j'ai pas fait comme ça, 1916, 1917. Et alors ! Moi, j'y étais, et eux aussi. Ils ont poursuivi leur chemin, moi aussi, comme tout le monde.
CECILY. Non, c'est faux. Nous, nous sommes restés. Sophia s'est mariée avec un artiste. Je me suis mariée avec toi. Tu as joué Algernon. Et les autres ont tous poursuivi leur chemin.

La lumière, qui a faibli, se concentre maintenant sur Carr.

CARR : C'était le bon temps. Zurich pendant la guerre, avec tous ces réfugiés, ces espions, ces exilés, ces peintres, ces poètes, ces écrivains, ces révolutionnaires de tout poil. Je les connaissais tous. On discutait toujours tard dans la nuit, à l'Odéon, à la Terrasse... J'ai appris trois choses à Zurich pendant la guerre. Je les ai notées. La première, c'est que soit on est un révolutionnaire soit on ne l'est pas, et si on ne l'est pas, il vaut mieux être artiste qu'autre chose. La deuxième, c'est que si on ne peut pas être artiste, alors il vaut mieux faire la révolution. La troisième chose, je l'ai oubliée [1].

Les lumières s'éteignent.

L'indication scénique du début, qui mentionne « une totale dislocation de la pièce », est essentielle : en mettant ainsi un terme à sa comédie qui traite de dislocations et de conflits entre le fond et la forme, Stoppard entend disloquer un peu plus les dislocations précédentes. Quant à Carr, il ne renonce pas à sa réinvention du passé, tout occupé qu'il est à donner forme aux mensonges qu'il entend, coûte que coûte, faire passer pour d'authentiques souvenirs. Mais comme l'avait écrit Wilde dans « Le déclin du mensonge » *(Intentions)*, « mensonge et poésie sont des arts, des arts qui ne sont pas sans rapports réciproques, comme Platon l'avait compris, et qui réclament un travail assidu et un désintéressement total. Ils comportent leur technique [...], des secrets subtils de forme et de couleur, des tours de main, des méthodes précises [2]. » La pièce de Stoppard est elle aussi une variation sur le mensonge.

1. Traduction de P. Aquien.
2. Oscar Wilde, *Œuvres*, « Le déclin du mensonge » *(Intentions)*, Paris, Le Livre de Poche, 2000, p. 710.

CHRONOLOGIE

1854 (16 octobre) : Naissance à Dublin d'Oscar Fingal O'Flahertie Wills Wilde, deuxième fils de William Wilde (Sir William Wilde à partir de 1864, date à laquelle il fut anobli par la reine Victoria), médecin et chirurgien très célèbre, spécialiste de l'œil et de l'oreille, et de Jane Francesca Elgee, poétesse engagée, qui, dans les années 1840, avait défendu la cause du mouvement Jeune Irlande sous le pseudonyme de Speranza. Plus tard, Wilde, qui toujours revendiqua ses origines celtes et irlandaises, partagea avec sa mère un très fort sentiment nationaliste. Celle-ci avait pour ancêtre Charles Maturin, auteur de *Melmoth ou l'Homme errant* (1820). Wilde, lors de son exil en France, après son procès, prit le pseudonyme de Sebastian Melmoth.

1864-1871 : Élève à la Portora Royal School, *public school* élégante située près d'Enniskillen en Irlande.

1867 : Mort de sa sœur cadette, Isola, à l'âge de dix ans ; le traumatisme fut profond pour le jeune Oscar.

1871-1874 : Études à Trinity College, Dublin. Il y obtient, en 1874, la médaille d'or du meilleur helléniste. Lecture passionnée de l'œuvre de A. C. Swinburne, en particulier d'*Atalante en Calydon*, néo-tragédie grecque (1865) et de *Poèmes et Ballades* (1866), poèmes à l'esthétisme morbide, alors violemment attaqués par la critique pour leur prétendue immoralité.

1873 : Publication de *La Renaissance*, de Walter Pater. Wilde, qui appelait ce recueil d'essais « mon livre d'or », le décrit dans *De profundis* comme « le livre qui a eu une si étrange influence sur [sa] vie », en raison de l'accent mis par Pater sur la valeur fondamentale et première de l'esthétique.

1874-1878 : Études à Magdalen College, Oxford. Suit l'enseignement de Walter Pater et de John Ruskin, dont l'influence fut également profonde sur lui.

1875 : Voyage en Italie.

1876 : Mort de Sir William Wilde, déconsidéré après un retentissant procès pour le viol supposé de l'une de ses patientes.

1877 : Voyages en Grèce et à Rome où Oscar est reçu en audience privée par le pape Pie IX.

1878 : Écrit « Ravenna », poème qui lui valut le prix Newdigate. Termine brillamment ses études à Oxford.

1879 : S'installe à Londres où il devient un personnage très en vue en tant qu'esthète et homme d'esprit.

1881 : Publication de *Poèmes* ; *Véra ou les Nihilistes*, première pièce de Wilde, est retirée de l'affiche à la veille de la première à la suite de l'attentat meurtrier contre le tsar de Russie. La pièce, médiocre, sera représentée à New York pour la première fois en 1891, sans grand succès.

1882 : Tournée de conférences aux États-Unis sur l'esthétisme et les arts décoratifs. À son arrivée à New York le 2 janvier, il déclare « ne rien avoir à déclarer en dehors de son génie ». Extraordinaire succès de curiosité et retour triomphal en Angleterre le 27 décembre.

1883 : Publication de *La Duchesse de Padoue*, pastiche peu intéressant du théâtre élisabéthain. La première aura lieu à New York en 1891.

1884 : Mariage avec Constance Lloyd ; Huysmans publie *À rebours*.

1885 : Collabore à la *Pall Mall Gazette* ; naissance de Cyril Wilde.

1886 : Naissance d'un second fils, Vyvyan. Rencontre Robert Ross, avec qui il eut sans doute sa première relation homosexuelle. Ross, qui restera toujours son ami, sera son exécuteur testamentaire.

1887-1889 : Wilde est rédacteur en chef de *The Woman's World*.

1888 : Publication du *Prince heureux et autres contes*. Grand succès : Wilde est comparé à Andersen, et il est enfin reconnu comme écrivain.

1889 : Publication du *Portrait de Mr. W. H.*, nouvelle sur le mystérieux dédicataire des *Sonnets* de Shakespeare. La question de l'homosexualité du dramaturge y est très largement abordée.

1890 : *Le Portrait de Dorian Gray*, première version.

1891 : Wilde rencontre Lord Alfred Douglas, fils cadet du marquis de Queensberry ; fort attachement amoureux de Wilde au jeune lord qui lui fait aussi connaître les milieux clandestins de la prostitution masculine. Publication d'*Intentions*, recueil d'essais sur l'art et sur la critique littéraire. Publication du *Portrait de Dorian Gray* dans sa version définitive. Publication du *Crime de Lord Arthur Savile et autres histoires*, d'*Une maison de grenades* et de *L'Âme de l'homme sous le socialisme*. Voyage à Paris où il rencontre Stéphane Mallarmé, qui travaille alors sur *Hérodiade*.

1892 (22 février) : Première à Londres de *L'Éventail de Lady Windermere* ; *Salomé*, pièce écrite en français, dont la représentation était prévue avec Sarah Bernhardt dans le rôle-titre, est interdite à Londres sous le prétexte qu'une loi ancienne interdisait que l'on montrât sur scène des personnages bibliques.

1893 : Publication de *L'Éventail de Lady Windermere* ; première d'*Une femme sans importance* ; publication de *Salomé*.

1894 : Publication d'*Une femme sans importance*, du poème « La sphinge » et de la version anglaise de *Salomé*, illustrée par Aubrey Beardsley. La traduction, due à Lord Alfred Douglas, avait été remaniée par Wilde, très mécontent du travail de son ami. La pièce sera retraduite par Vyvyan, fils de Wilde, en 1957.

1895 : Première d'*Un mari idéal* le 3 janvier. En compagnie d'Alfred Douglas, séjour à Alger où les deux hommes rencontrent André Gide, très embarrassé ; première triomphale de *L'Importance d'être constant*. Poussé par Lord Alfred qui haïssait son père, Wilde porte plainte en diffamation contre le marquis de Queensberry qui l'avait insulté en l'accusant de « poser au somdomite [sic] ». Wilde perd son procès et est à son tour poursuivi par Queensberry ; l'écrivain est condamné pour délit d'homosexualité (très précisément pour « outrage aux mœurs ») à deux ans de travaux forcés, soit la peine la plus lourde. La plus grande partie de cette peine sera purgée à la prison de Reading. Wilde est ruiné, ses biens sont vendus aux enchères et sa femme, contrainte par les événements, décide de changer de nom. Mrs. Wilde et ses enfants s'appelleront désormais Holland. Ce nom est toujours porté par la descendance de l'écrivain.

1896 : Le 3 février, mort de Lady Wilde, mère d'Oscar : « Sa mort fut un si terrible choc que moi, naguère seigneur du verbe, je ne trouve pas de mots pour exprimer mon angoisse et ma honte », écrivit Wilde dans *De profundis*. Première de *Salomé* à Paris le 11 février.

1897 : En prison, Wilde, désespéré et malade, écrit une longue lettre à Lord Alfred Douglas, plus tard publiée sous le titre de *De profundis*. Exil en France, d'abord à Berneval près de Dieppe. Rejoint Lord Alfred Douglas en Italie.

1898 : S'installe à Paris à l'hôtel d'Alsace, pension bon marché. Mort de Constance Holland en Italie à la suite d'une opération. Publication de *La Ballade de la geôle de Reading*, dernière œuvre de Wilde.

1899 : Publication d'*Un mari idéal* et de *L'Importance d'être constant*.

1900 (30 novembre) : Mort de Wilde à Paris dans le plus grand dénuement. Enterrement de sixième classe au cimetière de Bagneux. Les restes de Wilde ne seront transférés au Père-Lachaise qu'en 1908 ; un monument funéraire imposant, orné d'un sphinx dont les traits rappellent ceux de l'écrivain, sera érigé quelques années plus tard par le sculpteur Jacob Epstein. Il a été récemment restauré et est devenu lieu de pèlerinage.

1905 : Publication de *De profundis* en version expurgée ; l'édition complète ne paraîtra qu'en 1962. Première représentation de la version anglaise de *Salomé*.

1908 : Publication des *Œuvres complètes* de Wilde par son ami Robert Ross.

BIBLIOGRAPHIE

Bibliographies

FLETCHER Ian et STOKES John, « Oscar Wilde », *Anglo-Irish Literature : A Review of Research*, Richard J. Finneran éd., New York, 1976, p. 48-137.

FLETCHER Ian et STOKES John, « Oscar Wilde », *Recent Research on Anglo-Irish Writers*, Richard J. Finneran éd., New York, 1983, p. 21-47.

MASON Stuart [C. S. Millard], *Bibliography of Oscar Wilde*, Londres, T. Werner Laurie, 1914 ; Oak Knoll Press, USA, et St Paul's Bibliographies, GB, 1999.

MIKHAIL E. H., *Oscar Wilde : An Annotated Bibliography of Criticism*, Londres, 1978.

The Wildean, The Journal of the Oscar Wilde Society, Donald Mead éd., Londres, The Oscar Wilde Society. Cette revue semestrielle remet régulièrement à jour la bibliographie (e-mail : michael.seeney@btinternet.com et donmead@wildean.demon.co.uk).

Plusieurs sites Internet sont consacrés à Oscar Wilde :

– le World Wide Wilde Web est le plus complet : www.showgate.com/tots/gross/wildeweb.html

On pourra également consulter :

– le Wild Wilde Web : www.anomtec.com/oscarwilde

– www.public.iastate.edu/-spires/Concord/earnest.html

– www.1890s.org

Manuscrits

Divers manuscrits et tapuscrits de la pièce peuvent être consultés dans un certain nombre de bibliothèques en Grande-Bretagne et aux États-Unis. La Arents Tobacco Collection de la New York Public Library possède les manuscrits des actes I et II, et la British Library de Londres ceux des actes III et IV. La collection Arents possède également le tapuscrit de la version en trois actes. Celui-ci appartenait autrefois à Charles Frohman, qui s'en était servi pour

mettre en scène la pièce lors de sa création à New York. La collection Arents possède également un tapuscrit des actes I, II et IV, de même que le tapuscrit révisé par Wilde pour l'édition de 1899. On peut également consulter, à la New York Public Library au Lincoln Center, un tapuscrit de la version en quatre actes (daté du 31 octobre 1894), également ancienne propriété de Frohman ; à la British Library, un exemplaire de la pièce sous le titre *de Lady Lancing : A Serious Comedy for Trivial People* ; à la Harvard Theater Collection, l'exemplaire de l'acteur et metteur en scène George Alexander (avec ses annotations autographes pour les premières représentations), qui créa la pièce à Londres. Enfin, le Harry Ransom Humanities Research Center, University of Texas (Austin), possède les épreuves de l'édition de 1899, révisées par Wilde.

Éditions de l'œuvre d'Oscar Wilde

FOTHERGILL Anthony, éd., *Oscar Wilde. Plays, Prose Writings and Poems*, Londres, Everyman, 1996.

HYDE H. Montgomery, éd., *The Annotated Oscar Wilde*, Londres, Orbis Publishing, 1982.

MURRAY Isobel, éd., *The Writings of Oscar Wilde*, Oxford, Oxford University Press, 1989.

MURRAY Isobel, éd., *Complete Poetry*, Oxford, Oxford University Press, 1997.

WILDE Oscar, *Lettres d'Oscar Wilde*, 2 vol., Paris, Gallimard, 1966.

WILDE Oscar, *Complete Works*, introduction par Merlin Holland, Londres & Glasgow, Collins, 1970 et 1994.

WILDE Oscar, *Œuvres complètes*, t. I, Alain Delahaye éd., Paris, Mercure de France, 1992.

WILDE Oscar, *Œuvres*, introduction de Pascal Aquien, Paris, Gallimard, « Bibliothèque de la Pléiade », 1996.

WILDE Oscar, *Œuvres*, introduction et notices de Pascal Aquien, Paris, Le Livre de Poche, « La Pochothèque », 2000.

WILDE Oscar, *The Major Works*, edited and with an introduction by Isobel Murray, Oxford, Oxford University Press, 2000.

The Complete Letters of Oscar Wilde, edited by Merlin Holland, Londres, Fourth Estate, 2000.

Éditions et traductions de *L'Importance d'être constant*

The Importance of Being Earnest, A Trivial Comedy for Serious People as Originally Written by Oscar Wilde, 2 vol., Sarah Augusta Dickson, New York, New York Public Library, 1956.

The Definitive Four-Act Version of The Importance of Being Earnest, Ruth Berggren éd., New York, Vanguard, 1987.

The Importance of Being Earnest, Russell Jackson éd., Londres, Benn, 1980 ; 4e édition révisée en 1992.

Oscar Wilde's The Importance of Being Earnest. *A Reconstructive Critical Edition of the Text of the First Production*, Joseph Donohue and Ruth Berggren éd., Gerrards Cross, Colin Smythe, 1995.

The Importance of Being Earnest and Other Plays, Peter Raby éd., Oxford, Oxford University Press, 1995.

Théâtre, traduction d'Albert Savine, Paris, Stock, 1910-1911.

Théâtre, traduction de Guillot de Saix, Paris, Denoël, 1954.

L'Important, c'est d'être fidèle, *France Illustration*, n° 165, Paris, 1954.

Il est important d'être aimé, traduction de Jean et Nicole Anouilh, 1954 ; Arles, Actes Sud, 1986.

L'Éventail de Lady Windermere, *Une femme sans importance*, *Un mari idéal* et *L'Importance d'être constant*, traduction de Jean-Michel Déprats, Paris, Gallimard, « Bibliothèque de la Pléiade », 1996.

Ouvrages et articles critiques

Angel-Perez Élisabeth, *Le Théâtre anglais*, Paris, Hachette, 1997.

Aquien Pascal, « Entre Dionysos et Apollon : pour une lecture nietzschéenne de Wilde », Paris, Didier Érudition, *Études anglaises*, n° 2, avril-juin 1996.

Auden W. H., « An Improbable Life », *The New Yorker*, 9 mars 1963. Repris dans *Forewords and Afterwords*, Londres, Faber, 1973.

Beckson Karl, éd., *Oscar Wilde. The Critical Heritage*, Londres, Routledge and Kegan Paul, 1970.

Beckson Karl, *London in the 1890s. A Cultural History*, New York, Norton, 1992.

Beckson Karl, *The Oscar Wilde Encyclopedia*, New York, AMS Press, 1998.

Bentley Eric, *The Playwright as Thinker*, New York, Reznal and Hitchcock, 1946.

BERGSON Henri, *Le Rire* (1899), Paris, PUF, 1975.

BIRD Alan, *The Plays of Oscar Wilde*, Londres, Vision Press, 1977.

BLOOM Harold, éd., *The Importance of Being Earnest. Modern Critical Interpretations*, New York, Chelsea House Publishers, 1988.

BOOTH Michael R., *Theatre in the Victorian Age*, Cambridge, Cambridge University Press, 1991.

BORGÈS J. L., « Sur Oscar Wilde », *Enquêtes*, Paris, Gallimard, 1957.

ELLMANN Richard, « Introduction : The Artist as Critic as Wilde », in *The Artist as Critic : Critical Writings of Oscar Wilde*, New York, Random House, 1968.

ELLMANN Richard, *Oscar Wilde, A Collection of Critical Essays*, Englewood Cliffs, NJ, Prentice Hall, 1969.

ELTIS Sos, *Revising Wilde. Society and Subversion in the Plays of Oscar Wilde*, Oxford, Clarendon Press, 1996.

GAGNIER Regenia, *Idylls of the Marketplace : Oscar Wilde and the Victorian Public*, Stanford, Stanford University Press, 1986.

GAGNIER Regenia, éd., *Critical Essays on Oscar Wilde*, New York, G. K. Hall, 1991.

HENKLE Roger B., *Comedy and Culture. England 1820-1900*, Princeton, Princeton University Press, 1980.

JENKINS Anthony, *The Making of Victorian Drama*, Cambridge, Cambridge University Press, 1991.

KAPLAN Joel H. et STOWELL Sheila, *Theatre and Fashion. Oscar Wilde to the Suffragettes*, Cambridge, Cambridge University Press, 1994.

KIBERD Declan, « Wilde and the English Question », *Times Literary Supplement*, 16 décembre 1994.

LECERCLE Jean-Jacques, *Philosophy of Nonsense*, Londres & New York, Routledge, 1994.

MARTIN Roger Bernard, *The Triumph of Wit*, Oxford, Clarendon Press, 1974.

MASON A. E. W., *Sir George Alexander and the St. James's Theatre*, Londres, Macmillan, 1935.

MCCORMACK Jerusha, éd., *Wilde the Irishman*, New Haven & Londres, Yale University Press, 1998.

MERLE Robert, *Oscar Wilde*, Paris, Perrin, 1984, et Éditions de Fallois, 1995.

MORGAN Margey, *File on Wilde*, Londres, Methuen, 1990.

NASSAAR Christopher S., *Into the Demon Universe : a Literary Exploration of Oscar Wilde*, New Haven & Londres, Yale University Press, 1974.

POWELL Kerry, *Oscar Wilde and the Theatre of the 1890's*, Cambridge, Cambridge University Press, 1990.

PREWITT BROWN Julia, *Cosmopolitan Criticism. Oscar Wilde's Philosophy of Art*, Charlottesville & Londres, The University Press of Virginia, 1997.

RABY Peter, *Oscar Wilde*, Cambridge, Cambridge University Press, 1988.

RABY Peter, éd., *The Cambridge Companion to Oscar Wilde*, Cambridge, Cambridge University Press, 1997.

REINERT Otto, « The Courtship Dance in *The Importance of Being Earnest* », *Modern Drama*, I (1958-1959).

SANDULESCU C. George, éd., *Rediscovering Oscar Wilde*, Princess Grace Irish Library, n° 8, Gerrards Cross, Colin Smythe, 1994.

SCHMIDGALL Gary, *The Stranger Wilde. Interpreting Oscar*, Londres, Abacus, 1994.

SINFIELD Alan, *The Wilde Century. Effeminacy, Oscar Wilde and the Queer Moment*, Londres, Cassell, 1994.

SMALL Ian, *Oscar Wilde Revalued : an Essay on New Materials and Methods of Research,* Greenboro, NC, ELT Press, 1993.

SMITH Philip E. et HELFAND Michael S., *Oscar Wilde's Oxford Notebooks : A Portrait of the Mind in the Making*, New York & Oxford, Oxford University Press, 1989.

TANITCH Robert, *Oscar Wilde on Stage and Screen*, Londres, Methuen, 1999.

TYDEMAN William, *Wilde, Comedies. A Casebook*, Londres, Macmillan, 1982.

VARTY Anne, *A Preface to Oscar Wilde*, Londres & New York, Longman, 1998.

WARNER BLANCHARD Mary, *Oscar Wilde's America : Counterculture in the Gilded Age*, Londres, Yale University Press, 1999.

WORTH Katherine, *Oscar Wilde*, Londres, Macmillan, 1983.

BIOGRAPHIES ET TÉMOIGNAGES DIVERS SUR LA VIE DE WILDE

BELFORD Barbara, *Oscar Wilde, a Certain Genius*, Londres, Bloomsbury, 2000.

BENTLEY Joyce, *The Importance of Being Constance*, Robert Hale, Londres, 1983.

COAKLEY Davis, *The Importance of Being Irish*, Dublin, Town House, 1994.

ELLMANN Richard, *Oscar Wilde*, Harmondsworth, Penguin Books, 1987 ; Paris, Gallimard, 1994.

HOLLAND Vyvyan, *Son of Oscar Wilde*, Londres, Hart-Davis, 1954 ; Oxford, Oxford University Press, 1988 ; édition revue, Londres, Robinson Publishing, 1999.

HOLLAND Vyvyan, *Oscar Wilde, a Pictorial Biography*, Londres, Thames and Hudson, 1960 ; rééd. 1966 et 1988.

HYDE H. Montgomery, *The Trials of Oscar Wilde*, Dover, New York, 1962 ; traduit sous le titre *Les Procès d'Oscar Wilde*, Paris, Mercure de France, 1966.

HYDE H. Montgomery, *Oscar Wilde*, New York, Farrar Straus, 1976.

JULLIAN Philippe, *Oscar Wilde*, Paris, Perrin, 1967 ; Londres, Constable, 1969.

MERLE, Robert, *Oscar Wilde ou la « destinée » de l'homosexuel*, Paris, Gallimard, 1955.

MIKHAIL E. H., éd., *Oscar Wilde. Interviews and Recollections*, Londres, Macmillan, 1979.

MURRAY Douglas, *Basic. A biography of Lord Alfred Douglas*, Londres, Hodder and Stoughton, 2000.

PAGE Norman, *An Oscar Wilde Chronology*, Londres, Macmillan, 1991.

PEARSON Hesketh, *The Life of Oscar Wilde*, Londres, Methuen, 1946 ; Penguin Books, 1960.

RANSOME Arthur, *Oscar Wilde, A Critical Study*, Londres, Martin Secker, 1912 ; traduit sous le titre d'*Oscar Wilde*, Paris, Mercure de France, 1914.

SCHMIDGALL Gary, *The Stranger Wilde : Interpreting Oscar*, Londres, Abacus, 1994.

SHERARD Robert, *The Life of Oscar Wilde*, Londres, T. Werner Laurie, 1906.

SHERARD Robert, *The Real Oscar Wilde*, Londres, T. Werner Laurie, 1917.

YEATS W. B., *Autobiographies, The Trembling of the Veil*, Londres, Macmillan, rééd. 1991.

ICONOGRAPHIE

GARDINER Juliet, *Lettres illustrées d'Oscar Wilde*, Paris, Herscher, 1996.

GATTÉGNO Jean et HOLLAND Merlin, *Album Wilde*, Paris, Gallimard, « Bibliothèque de la Pléiade », 1996.

HOLLAND Merlin, *The Wilde Album*, Londres, Fourth Estate, 1997.

DERNIÈRES PARUTIONS

ARISTOTE
Petits Traités d'histoire naturelle (979)
Physique (887)

AVERROÈS
L'Intelligence et la pensée (974)
L'Islam et la raison (1132)

BERKELEY
Trois Dialogues entre Hylas et Philonous (990)

BOÈCE
Traités théologiques (876)

COMTE
Discours sur l'ensemble du positivisme (991)

DÉMOSTHÈNE
Les Philippiques, suivi de **ESCHINE,** contre Ctésiphon (1061)

DESCARTES
Le Discours de la méthode (1091)

DIDEROT
Lettre sur les aveugles. Lettre sur les sourds et muets (1081)

EURIPIDE
Théâtre complet I. Andromaque, Hécube, Les Troyennes, Le Cyclope (856)

FABLIAUX DU MOYEN ÂGE
(bilingue) (972)

GALIEN
Traités philosophiques et logiques (876)

HEGEL
Principes de la philosophie du droit (664)

HERDER
Histoire et cultures (1056)

HIPPOCRATE
L'Art de la médecine (838)

HUME
Essais esthétiques (1096)

IDRÎSÎ
La Première Géographie de l'Occident (1069)

JAMES
L'Espèce particulière et autres nouvelles (996)

KANT
Critique de la faculté de juger (1088)

LAFORGUE
Les Complaintes (897)
Les Moralités légendaires (1108)

LEOPOLD
Almanach d'un comté des sables (1060)

LORRIS
Le Roman de la Rose (bilingue) (1003)

MALLARMÉ
Écrits sur l'art (1029)

MARX & ENGELS
Manifeste du parti communiste (1002)

MONTAIGNE
Apologie de Raymond Sebond (1054)

MUSSET
Premières Poésies (998)
Poésies nouvelles (1067)

NIETZSCHE
Le Gai Savoir (718)
Par-delà bien et mal (1057)

PLATON
Alcibiade (987)
Apologie de Socrate. Criton (848)
Banquet (988)
Cratyle (954)

PONGE
Comment une figue de paroles et pourquoi (901)

POUCHKINE
Boris Godounov. Théâtre complet (1055)

PROUST
Écrits sur l'art (1053)

RODENBACH
Bruges-la-Morte (1011)

ROUSSEAU
Dialogues. Le Lévite d'Éphraïm (1021)

MME DE STAËL
Delphine (1099-1100)

TITE-LIVE
Histoire romaine. Les Progrès de l'hégémonie romaine (1005-1035)

THOMAS D'AQUIN
Contre Averroès (713)
Somme contre les Gentils (1045-1048, 4 vol. sous coffret 1049)

MIGUEL TORGA
La Création du monde (1042)

WILDE
Le Portrait de Mr. W.H. (1007)

GF-CORPUS

La Loi (3056)
Le Mal (3057)
Les Passions (3053)
La Religion (3040)
Le Travail (3025)

GF-DOSSIER

GF Flammarion

00/09/82271-IX-2000 – Impr. MAURY Eurolivres SA, 45300 Manchecourt.
N° d'édition FG107401. – Octobre 2000. – Printed in France.